KB269246

치 즈

치 즈

이명인 장편소설

문이당

작가의 말

　바다가 절망이어 본 사람은 섬사람이다. 그러나 바다에서 일상의 삶을 얻는 사람은 진정한 섬사람이다. 바다가 모든 곳으로 열려 있고, 모든 것을 품고 있다는 걸 아는 것이다.

　난 섬이 되고 싶다. 망망대해에서 쉼 없이 달려온 파도를 내 발아래 쉬게 하고, 그곳으로부터 달려온 바람으로 내 정수리도 적시고 싶다. 언제부터인가 난 섬이 되고 싶었다. 마음속의 것을 꺼내 놓고 보면 늘 다른 것이었다. 그러나 언제든 난 섬이 되고 싶었다. 섬이 되어서 절망도 되고 일상도 되는 바다와 교접하고 싶은 것이다. 그러면 섬은 바다고, 바다는 섬이다. 둘이 같은 말이란 건 둘만의 비밀이다.

　출렁이는 바다 한가운데 굳은 심지로 선 자존심 같은 섬 말이다.

2002년 7월

이　명　인

1

「그래, 너랑 있다니 안심이다.」

정민은 전화기 너머 아득한 남자의 목소리를 안다. 늦은 밤이라서 그런지 반질반질하게 돌던 기름기가 살짝 빠진 것을 제외하면, 10년 저쪽에서 날아온 목소리는 여전했다. 목소리는 시간의 흐름을 거스를 수 있는 걸까. 물이 아래로 흐르듯 시간도 아래로 흐른다는 것은 만고의 이치다. 시간 따라 주름살도 아래로 처지고, 어깨도 아래로 처지며, 목소리는 낮은 톤으로 처진다. 그러다 결국 땅속으로 완전히 사라지는 게 시간의 흐름을 거역할 수 없는 법칙이련만, 오늘 밤 이 남자의 목소리는 감히 시간 따위의 물살은 가볍게 건너뛴 듯 그대로다.

정민은 휴대 전화 폴더를 접어 문갑 위에 놓아두었다. 휴대 전화를 넘겨주던 현주는 이미 이불도 덮지 않은 채 요 위에 큰대 자로 누워 버렸다. 정민은 새근거리며 위아래로 오르내리는 현주의 가슴을 무심코 내려다보았다. 한 점 근심 없이 널브러진 그녀의 몸뚱어리는 차라리 순진해 보였다.

정민은 방문을 다시 확인하고 불을 끄고 자리에 누웠다. 그러나 좀처럼 잠이 오지 않았다. 거리는 여전히 살아 있노라 몸부림치는 소리로 넘쳐 났고, 네온사인은 미처 유혹하지 못한 사람들을 향해 식은 눈빛을 깜박였다. 커튼의 벌어진 틈새로 악착같이 스며든 불빛과 소리가 정민의 잠을 앗아 간 건 아니다. 오히려 정민의 머리맡을 지분거리며 맴도는 건 윤재의 목소리였다.

「넌 낮엔 투사지만, 밤엔 요조숙녈 거야. 난 낮엔 투사든 숙녀든 뭐든 상관없어. 하지만 밤엔 창녀가 좋아.」

이보다 더 솔직한 이별 선언은 없다. 정민은 무언으로 윤재의 이별 선언을 받아들였다. 슬픔이나 그리움이 번지기엔 정민의 몸은 이미 독으로 가득 차 있었다. 탄력성이 대단한 그 독덩어리는 어느 것도 곱다시 받아들이지 않았다. 불에 덴 것처럼 그녀에게 닿는 것들을 모두 화들짝 튕겨 내버렸다. 그러므로 윤재의 그 이별 선언도 흔적 없이 사라져 버린 줄 알았다. 그땐 모든 것들이 다 그녀로부터 튕겨져 나가던 때였다. 하지만 몸에 닿는 그 짧은 순간에도 다시 돌아올 지점을 표시해 두었던 것일까. 객지의 낯선 여관방으로 느닷없이 되돌아온 윤재의 말, 혹은 윤재.

그리 키가 큰 건 아니었다. 얼굴도 잘생기지 않았으며, 어딘지 스산한 삶 한 줌이 영락없이 박여 있는 그런 얼굴이었다. 그러나 서울 김 서방만큼이나 흔하디흔한 외모에서 뿜어져 나오는 그 열기 때문이었을 것이다, 정민이 윤재와 어울린 것은.

왜 그랬는지 고개가 갸웃해지지만, 윤재와 정민은 나름대로 이름 난 캠퍼스 커플이었다. 아마 생각해 보면 그것은 순전히 윤재의 인기 때문이었을 것이다. 생긴 것과 다르게 유난히 여학생들의 관심을 끌어 모은 윤재는 그러나 그 독한 혓바닥 때문에 쉽게 접근할 수 없는 게 흠이었다. 그런 그와 거의 언제나 붙어 다녔으니 그런 이름을 얻었는지도 모른다.

윤재의 꿈은 참 소박했다. 태권도 유단자인 그는 미국에서 작은아버지가 하는 태권도 도장 사범이나 하면서 미국물을 적당히 마시다가 한국에 나와서 영어 학원을 차리는 게 소원이었다. 그런 그가 '헬리콥터'에 들어온 것은 순전히 정민 때문이었다. 긴 머리에 갓 화장하는 맛에 빠진 어설픈 새내기들 가운데서 짧은 커트 머리에 남들 눈 따윈 아랑곳하지 않는 옷차림하며 속사포처럼 빠른 말투로 자기 주장을 펴는 정민을 보고 한눈에 반했다고 했다. 그런 그녀의 모습을 보는 순간 이단 옆차기로 상대방 급소를 찔렀을 때의 쾌감을 맛본 것과 흡사했다고 했다.

스산한 젊음이었다. 스무 살이 그토록 삭막할 수 있다는 건 스무 살만 안다. 서른 살도 마흔 살도 다들, 빛나는 스무 살로 왜곡한 채 기억할 뿐이다.

헬리콥터는 그런 스산함을 견디지 못한 무리들이었다. 툭하면 싸움질이었고, 술 마시고 토해 내고 토한 세상을 다시 주워 담아 꺼이꺼이 삭였으며, 다음날이면 언제 그랬냐 싶게 배시시 웃으며 서로 얼굴을 마주했다. 스무 살은 피부만큼이나 생각도 탄력적이었으므로 골 깊은 곳에 감정을 숨겨 두지 않았다. 때때로 운명처럼 믿어지는 깊은 자국이 생기기도 했지만, 견딜 만한 것들이었다. 배설하듯 써대는 시와 소설이 그들을 견디게 해주는 힘이었다. 또한 그것들이 그들을 분노하게 하고 싸움판으로 몰아가기도 했지만, 어쨌든 그들은 상대의 시와 소설들을 헤집고 돌아다니며 에너지를 얻었다. 특히 윤재의 독한 혓바닥은 헬리콥터 무리 중 발군이었다.

윤재는 남의 작품 속을 눈 오는 날 강아지처럼 헤집고 다니길 좋아했다. 그의 독한 혓바닥은 때때로 도를 넘어서기도 했지만, 자기 작품은 언제나 빈곤했다. 그랬기에 더 미친 듯이 다른 사람 작품을 난도질했는지도 모른다. 특히 정민의 작품은 윤재의 혓바닥 위에서 처참하게 무너져 내렸다. 정민은 나름대로 논리가 충분한 윤재에게 어떤 대꾸도 하지 않았다. 다만 조용히 시작(詩作)을 멈추었다. 그리고 냉정하게 돌아섰다.

느닷없이 정민이 파리로 떠나고 나서도 헬리콥터는 여전히 '코뿔소'에서 먹고 마시고 토하고 싸움박질을 했다. 이유는 간단했다. 코뿔소는 그들이 먹고 마시며 토악질해 대는 데 부담이 없기 때문이었다.

코뿔소는 대학로 후미진 골목에 있었다. 코뿔소 한 마리 들어가면 딱 맞을 공간에서 정민의 엄마 김순자는 남편의 추억을 되새김질하길 좋아했다. 요절한 천재 배우라고 단단히 믿어 의심치 않는 순자는 죽은 남편 어름에서 아직 기웃거리는 셈이었다. '여기가 바로 요절한 배우 손영우의 집이야'라는 한마디만 있으면, 그날 먹은 음식값의 대부분은 공짜였다.

사람들은 죽은 손영우를 좋아했다. 그는 죽어서도 가난한 연극쟁이들의 배를 아낌없이 채워 주었다. 연극쟁이들의 가난한 배에 기름 기를 채워 줄 때 정민은 관광객들을 위해 발품을 팔며 마른 빵도 아껴 먹어야 했다. 그러면서 간간이 헬리콥터들이 여전히 가난한 연극쟁이들과 함께 코뿔소의 뿔을 잡고 달리고 있다는 소식을 들었다.

아무래도 좋았다. 그건 김순자의 인생이라고 밀어 둔 지 오래였다. 순자는 정민을 인정머리 없는 년이라고 욕하길 좋아했다. 독하고 앉은자리에 풀 한 포기 나지 않을 년, 인생이란 그렇게 사는 게 아니라고 잎담배 말듯 꾹꾹 눌러 충고해 주어도 정민은 콧방귀도 뀌지 않았다. 그렇기는 순자도 마찬가지였다. 딸년이랍시고 사사건건 간섭하며 약게 살라고 입바른 소릴 해대는 걸 콧등으로도 듣지 않았다. '저것이 내 뱃속에서 나온 게 신기한 일이지' 하고 쯧쯧 혀를 차며 돌아앉을 뿐이었다.

코뿔소는 김순자의 남편 영우가 지은 이름이다. 남편이 처음으로 배역다운 배역을 맡은 연극이 〈코뿔소〉였다. 그 후로 주인공이랄 수 없는, 그렇다고 비중 있는 조연이랄 수도 없는 조연을 하며 연극판에서 죽는 날까지 살았다. 순자는 남편이 조금만 더 살았더라면 연극판이 달라졌을 거라고 굳게 믿었다. 남편은 돈 때문에 영화판이나 텔레비전 카메라 앞으로 달려 나가는 선후배들을 고까워했다. 연극쟁이가 무대에 서지 않으면, 그래서 관객을 코앞에 두고 그들의 숨소리를 들으며 연극을 하지 않으면 진짜가 아니라고 순자를 믿게 만들었다. 그리고 스스로도 그렇게 믿었는지 모른다.

때때로 시기 적절하지 않은 순간이 있다. 너무 빠르거나 너무 늦거나, 혹은 평생토록 그 시기가 오지 않아야 될 것들 말이다. 정민은 너무 빨리, 아버지가 그토록 숭배해 마지않는 연극판에 대한, 아니 연극만이 사는 것의 전부인 양 말하는 아버지에 대한 환상을 깨버렸다. 그날 이후로 아버지는 더 이상 지고지순하고 가난한 예술가가 아니었다. 그저 평범한 사내에 불과했다. 그와 더불어 예술이니 고고함이니 하는 따위의 수식어에 대한 환상도 깔끔하게 지워 버렸다.

가끔 순자는 그들이 코뿔소에 달아 놓는 외상도 모자라 아예 음식을 연습실로 무료 배달까지 했다. 그날도 정민은 무료 봉사 음식을 잔뜩 싸들고 극장으로 갔다. 여느 날처럼 극장 뒷문으로 들어서는데 사람들의 소리가 들리지 않았다. 아버지는 며칠 전부터 새로운 연극 연습에 들어간다고 큰소리 탕탕 쳐놨었다. 그러므로 왁자지껄한 대사 뜨는 소리와 웃음소리와 때로는 감독의 호통 소리 등이 넘쳐 나야 하는 극장이었다. 어쩐지 등골이 섬뜩한 기분으로 어두운 무대 뒤 복도를 걸어가는데, 수상쩍은 소리가 발등을 간지럽혔다. 본능적으로 조심조심 분장실로 다가서는데, 대낮처럼 밝은 불빛 속에 아버지가 보였다. 벗은 젊은 여자를 돌려세워 브래지어를 채워 주는 아버지의 뒷모습이었다. 비현실적으로 밝아서 오히려 희게 바래 보이는 아버지의 등이었다. 단발머리 여고생이 보기엔 시기 적절하지 않은 풍경이었지만, 정민은 이상하리만치 냉정하고 침착한 기분이 되어 극장을 돌아 나왔다. 그 뒤로 세상에 대해 무서울 것이 없다는 오기 비슷한 감정이 치받쳤다. 세상의 모든 역경들이 다 몰려와도 끄떡없을 것 같은 굳센 심지 하나가 가슴 저 밑바닥에서 단단하게 만져지는 기분이었다. 그것은 어쩌면 자신도 아버지처럼 치열하고도 순수한 연극판에 발을 담글지 모른다는, 막연하고도 말랑말랑한 상상이 한순간에 날아가 버리고 난 자리였다. 그래서 아무 설명도 없이 싸간 음식을 고스란히 순자 앞에 디밀어 놓고 집으로 돌아와 책상 앞에 앉아서 죽도록 공부를 했다.

시를 쓴답시고 꺼떡대다가 느닷없이 사진으로 방향을 튼 것도 어찌 생각해 보면 분장실 복도에서 찾아온 대담함에 연유한 것인지 모른다. 아니다 싶으면 그 자리에서 미련 없이 방향을 틀어 버리는 것 말이다. 헬리콥터에서 윤재에게 수시로 얻어터지고 나서 깨달은 것은 시에 목매달 만큼 소질이 없다는 것이다. 아버지처럼 소질이 있고 없는 것이 중요한 것이 아니고, 그래서 그 판에서 주연이 되고 안 되고가 중요한 것이 아니고, 그저 자신이 좋아하는 일에 평생 목매달며 주변이라도 맴돌 미련함 따위를 이미 오래전에 버렸다.

윤재가, 잠자리에서만큼은 창녀가 좋다고 말했을 때 정민은 뒤도 안 보고 감정을 접었다. 감정이나마나 이것이 사랑일까 고개를 갸웃거릴 무렵이었으니 어려울 것도 없었다. 스무 살 적엔 뭐든 깊게 스미지 않는지도 모른다. 무언가를 깊이 간직하기엔 불안하고, 할 게 터무니없이 많아 보이는 나이니까.

그러나 네온사인 불빛이 번들거리는 낯선 여관방에 누워 있으려니 우르릉 소리가 들린다. 스무 살 적에 팅겨 버렸던 수없이 많은 것들이 되돌아오는 소리다. 되돌아오는 화살을 받아들이기엔 너무 이른 나이인 것 같은데도, 그것들은 네온사인의 마술에 걸린 듯 꾸역꾸역 몰려왔다.

「날아가는 헬리콥터 안에서 너랑 진하게 얼크러지고 싶다.」

정민의 눈을 똑바로 쳐다보면서 이빨 사이로 내뱉던 윤재의 첫 인사말을 생각하고 정민은 픽 웃었다. 윤재가 동아리에 제일 늦게 합류하던 날이었다. 늦은 봄 반소매 차림인 그의 팔뚝 근육은 영글 대로 영근 옥수수처럼 단단해 보였고, 종아리는 면바지 속에서도 그 탄탄함을 감출 수 없었다. 주먹 꼭 쥔 손에서 검지손가락만 쪽 뻗어서 그의 팔뚝이며 가슴을 톡톡 찔러 보고 싶게 만드는 몸이었다. 그의 몸은 링 위에 오른 복서처럼 긴장감이 느껴졌다.

이제 막 스무 살이 된 여자 애의 눈에 그런 그의 몸이, 윤재의 말대로 '자신의 모든 것 중에서 가장 쓸 만한 것'으로 다가오진 않았다. 그런데 10여 년이 지난 지금 윤재를 떠올렸을 때 제일 먼저 떠오른 것은 독설과 함께 그의 탄탄한 몸매였다. 설령 윤재가 그런 멋진 몸을 가지고 있었다 해도 그런 모습은 어느 한순간 '아, 정말 자기 말대로 멋진 몸이군'이라고 느끼고 지나간 게 전부였을지도 모른다. 정말이지 그와 어울려 다닐 때 그의 몸매에 대해 그리 염두에 두진 않았으니까. 그런데 아주 짧은 순간에 느꼈던 그의 모습이 10여 년이 지난 다음 되살아난 건 참 기이한 일이다. 오래된 앨범을 뒤지다가 문득 자신이 지은 낯선 표정을 보았을 때처럼 말이다.

짧은 한순간이 정말 순간일까. 순간이 곧 영원이 될 수도 있다.

2

순자는 정민과 똑바로 눈을 맞추려 하지 않았다. 신산한 삶이 훑고 지나간 자리건만, 순자의 어깨는 조금도 무너지지 않았다. 그녀의 신념은 여전히 변함이 없었다. 딸 정민이 인정해 주지 않는 점이 약간 서운하다면 서운할 뿐이었다. 정민으로부터 약간 삐딱하게 돌아앉은 그녀의 옆모습에서도 그런 서운함과 당당함이 묻어 있었다.

「그 신념에 몸이라도 건강하니 다행이네.」

「몸뿐만 아니라 정신도 너보다 훨씬 건강하니까 괜한 걱정 말고 다신 오지 마라.」

순자는 돌아앉은 채로 정민의 말을 받았다. 그녀의 말투에서 약간 작위적인 냉랭함이 묻어났다. 정민은 그런 순자를 슬며시 보고는 방안을 휘 둘러보았다. 얼룩진 벽장 문을 달력의 보살들이 간신히 가리고 서 있고, 그 아래로 베니어판을 벽돌로 괴어 만든 탁자엔 다기와 보온병과 구닥다리 텔레비전이 놓여 있었다. 다른 벽 횃대엔 잿빛 승려복 한 벌이 초라하게 걸려 있었다.

「웬일로 그 사진은 치웠어?」

순자는 방에다가 언제나 놓았던 남편의 사진을 두지 않았다. 공양주 보살의 방에 속세의 미련을 두고 싶지 않아서일까.

영우는 언제나 순자와 함께 하얀 이를 드러내고 웃고 있었다. 십수 년도 훨씬 전부터 그랬다. 햇살이 푸지게 쏟아졌는지 순자의 눈살은 찌푸려졌는데도, 영우는 배우답게 용케 환한 웃음을 웃고 있었다. 배우가 아닌 순자는 눈을 찡그린 채 행복하게 영우의 어깨로 고개를 기울이고 있다. 250분의 1초 사이에 벌어진 이 일을 순자는 십수 년이 훨씬 넘게 문갑 위에 두었었다.

속세를 등 뒤에 남겨 두고 오면서 남편 영우에 대한 프라이드도 버렸을까. 무대에 서는 배우보다 더 연극에 대한 자부심이 강한 순자였다. 그것은 세상 무엇보다 고결하며 아름다운 종교 같은 것이었다. 그래, 영우 혹은 연극은 순자에게 종교와 비슷한 무엇이었던 것 같다.

정민은 아주 드물게 순자를 찾아왔다. 하지만 출발할 때부터 다졌던 마음은 산문을 들어서면서 서서히 금이 가다가, 공양간에 있는 순자를 보는 순간 모두 무너지고 말았다. 누르고 다진 공든 탑이 와르르 무너지는 소리가 귓전에 들릴 정도였다.

「부처님께 절이나 올리고 얼른 가.」

아직도 돌아앉은 채인 순자는 정민을 재촉했다.

「부처님한테 절하면 뭐가 생긴대? 아침저녁으로 하는 엄마가 있는데, 나까지 뭐 하러. 나야 엄마한텐 언제나 깍두기였잖아. 엄마

가 절하면 깍두기는 그냥 먹고 들어가는 거야. 여태 그것도 몰랐
어?」

「꼭 뭐가 생겨야만 하는 게 너지. 하지만 생기고 안 생기고의 문제
가 아니라, 절집에 온 사람의 예의야. 부처님도 너 잘난 줄 아니까
서서 절 받을 거다.」

「얼마면 돼?」

「억만금인들 절값에 대할까.」

「넬모레 아버지 기일이잖아. 부처님도 공짜는 싫을 거고.」

「미친년. 내 다 알아서 해.」

복상사가 아닌 것은 그나마 순자를 위해서 다행한 일이었다. 아버
지가 죽던 그날 낮에 정민은 아버지를 보았었다. 여관 문을 열고 나
오던 영우의 볼은 움푹 패어 있었고, 팔에 매달려 있는 여자조차 힘
겨워하는 모습이었다. 영우는 그날 저녁 공연에서 조연 역을 멋들어
지게 연기하고 술 한잔 거나하게 걸친 다음 집으로 돌아와 고꾸라졌
다. 급살을 맞은 것이다. 무대 위에서 맞았다면 훨씬 더 연극적이었
으련만, 참으로 아쉬운 급살이었다. 그러나 어쨌든 ‘연극에 온 평생
을 바쳐 혼신을 다한 손영우’는 또 한 번 순자의 마음에 깊은 인상을
남겼다. 과연 연극은 남편이 목숨 바쳐 사랑할 만큼 숭고한 예술이
며 그 이상의 무엇인 것이다.

「아버지도 네 돈으로 차린 상은 원하지 않을 테니까. 너한테야 돈
도 변변히 벌어다 주지 못한 무능한 남자일 뿐이었잖아.」

「그렇다면 맘대로 해. 하긴 아버지도 나한텐 염치가 없을 거야.」

「썩을 년. 내가 널 낳고 미역국을 먹은 게 속없다, 속없어, 이년아.」

순자는 튼 몸을 더 비틀어 아예 정민에게 등을 보였다. 정민은 그런 순자를 보면서 나갈 듯이 벌떡 일어났다. 순자는 그런 정민을 올려다보며 슬며시 시계를 보았다. 그러나 정민은 일으킨 몸을 순자와 마주 보는 자리로 옮겨 등을 벽에 기댄 채 다리를 쭉 뻗고 앉았다.

「아무리 미운 딸년이라도 마주 보고는 있읍시다. 어쩌다 한 번 보는 얼굴인데, 마르고 닳도록 보아야 내가 없어도 내 얼굴 떠올리면서 미워하지.」

「호랑이가 물어 갈 년 같으니라고.」

순자는 그런 정민을 보면서 삐죽이 나오는 웃음을 보이고야 말았다. 그러면서 그제서야 주섬주섬 다기들을 챙기며, 전기 포트에서 뜨거운 물을 수구에 따라 놓고 녹차 한 줌을 덜어 내었다.

「조금 있으면 공양 시간이야. 공양이나 하고 가. 혼자 산다고 먹는 것도 시원찮을 건데.」

「절간 음식은 시원하고? 됐어. 그래도 오늘은 차라도 주니 호사잖아.」

「오면 염장 지르는 게 네 일인데, 아무렴, 차 한 잔도 호사고말고지.」

정민은 픽 웃었다. 순자도 차 따르던 손길을 멈추고 같이 웃었다.

오래된 사찰이 아닌 게 그나마 다행이었다. 유서 깊은 절은 그만큼 산문까지의 길도 길었다. 하지만 도시 속에 있는 절은 산문까지 그리 멀지 않았다. 순자를 보고 돌아오는 길, 느린 걸음으로 걸어 나오자면 그 쓸쓸함을 어디에다 버려둔단 말인가. 정민은 차에 오르자마자 라디오 볼륨을 높이고 다른 차들 무리 속으로 휩쓸려 들어갔다. 버려야 할 것은 빨리 버리는 게 정민의 사는 방식이다. 그래도 순자가 준 녹차의 향기는 입 안에 오래도록 머물렀다. 그러면서 문득 오늘은 한 가지 잔소리를 듣지 못했다는 걸 깨달았다.

순자는 정민을 보기만 하면 결혼 애기로 시작해서 결혼 애기로 끝을 맺곤 했다. 하지만 영우의 기일을 앞둔 순자의 마음은 이미 딴 곳에 있었던 게다. 계속 정민에게 등을 보였던 순자의 속마음을 정민은 이제야 깨달았다. 어쩔 수 없이 눈 속에 담겨 있을 생각을 자식에게도 들키고 싶지 않았던 순자의 몸짓이었다.

정민은 평생 한 방향만 보고 달려올 수 있는 순자가 내심 부럽기도 했다. 늘 두리번거리며 의구심을 들이대는 자신보다는 순자가 훨씬 행복할 거라는 생각을 가끔씩 했다. 아버지와 아버지가 사랑하는 일만을 사랑하며 살아온 여자였다. 정민은 아버지가 살아 있는 동안에 엄마가 아버지 앞에서 싫은 소리 하는 걸 들어 본 적이 없었다. 엄마와 아버지 사이에서 기억되는 것이라곤, 늘 손님을 몰고 오는 아버지와 대접하는 엄마, 그 많은 손님들이 비우고 간 그릇들을 뒷전으로 마음 좋게 외상만 달아 놓는 아버지, 음식을 잔뜩 싸서 아버지에게 보내는 엄마와, 그 빈 그릇 들고 오는 것도 어쩐지 사내 체면이 손상되는 듯해서 꼭 정민에게 두 번 걸음을 하게 만드는 아버지, 몇 줄 되지 않는 아버지 대사에다 주인공 대사까지 곁들여서 온갖 제스처와 감정을 섞어 읊어 대는 아버지를 자랑스럽게 보는 엄마의 옆모습 따위뿐이었다.

「주인공인 그 사람보다 당신이 집에서 한 대사가 훨씬 멋있었어요. 왜 사람들은 당신 같은 사람을 몰라주나 몰라. 하지만 곧 사람들이 알 거예요. 언제나 주인공은 늦게 나타나는 법이잖아요. 그래도 이번에는 당신 역할이 만만찮았어요. 조금씩 당신의 진가를 보기 시작하는 것 같아요.」

순자가 본 영우의 진정이 무엇이었는지 정민은 가끔 의아해질 때가 있었다. 아무리 콩깍지가 씐 사랑이었대도 20년이 넘도록 끼어 있는 콩깍지가 어디 있으랴.

「네 아버진 연극 포스터를 붙이러 풀통을 들고 뛰어다니는 모습도 연극적이었어. 천생 연극쟁이야.」

언젠가 정민이 순자에게 아버지와 어떻게 만났느냐고 물었을 때 순자가 한 말이었다.

「어느 날 아침 출근하려는데, 한 남자가 저 골목 끝에서 달려오더니 벽에다 풀질을 쓱쓱 하고는 뭔가를 턱 붙이는 거야. 흘끗 보는데, 진지하게 풀질하고 포스터를 붙이는 뒤꼭지가 얼마나 예뻤는지 아니? 뛰어다니느라 뒤꼭지에서 김이 모락모락 나는데, 난 그 모습이 객석에 앉아서 보는 어느 멋진 배우의 뒷모습 같았지. 잘생긴 조롱박 같던 짧은 머리의 뒤꼭지가 아직도 눈에 삼삼해. 그 순간 그 남자의 모든 것이 내 속으로 확 달려 들어오는 기분이었다니까. 그때 네 아버지가 붙인 포스터가 바로 이오네스코의 〈코뿔소〉였는데, 난 그 코뿔소한테 받힌 거야.」

정민은 짧은 산문을 벗어나면서 줄곧 틀어 놓은 라디오를 껐다. 입 안에 감돌던 차향은 사라졌고, 대신 빈속이 조금씩 쓰려 왔다. 가난한 위는 녹차에 대해 신경질적이었다. 위벽은 창살처럼 뾰족한 위산으로 녹차의 공격을 되받아쳤다. 결코 너 따위가 들어올 자리가 아니라는 듯 위산의 공격은 맹렬했다. 가난한 위는 맹렬하게 짖어 대는 개목에 걸린 쇠줄처럼 철거덕 소리를 내며 정민의 신경을 곤두세웠다.

정민은 식당에서 밥을 먹고 들어가려다가 집 근처의 식당에 2인분을 주문했다. 새집으로 이사 오고부터 생긴 버릇이었다. 위벽의 신경질이 아무리 광분해 있더라도, 정민 혼자 공복을 메우지 못했다.

밤늦도록 개들이 짖어 댔다. 복순이도 쇠줄이 끊어지도록 철렁거리며 우우 울어 댔다. 쇠줄은 오래도록 끽끽거리는 소리를 내거나 스렁스렁하며 풀어지지 않았다. 나갔다 오니 밥그릇도 다 비우지 않았었다. 쓰린 위장을 참아 가며 새로 주문해 놓은 밥은 보나마나 고스란히 남길 게 분명했다.

「온 동네 수컷들이 다 난리니 복순이를 풀어 주지 그래.」

아침에 마주친 이웃집 할머니가 게슴츠레한 눈을 비비며 정민을 나무랐다.

「특별히 혈통을 관리해야 한다면 모를까, 왜 애먼 개한테 수절을 강요하고 그러누. 다 제 본성대로 사는 게지. 에구, 쯧쯧.」

집 주변을 서성거리며 낑낑대던 놈들의 속셈이 복순이에게 있었다니. 며칠째 복순이는 밥도 먹는 둥 마는 둥 했다. 정민은 신문을 들고 있는 자신에게 펄쩍펄쩍 뛰어들며 아양을 떠는 복순이 뱃구레를 발로 차버렸다. 녀석은 순간 어제저녁 시켜 준 식당 밥이 고스란히 남아 있는 밥그릇 쪽으로 나자빠지며 깨갱깨갱하고 울었다. 정민은 그런 녀석을 두 주먹으로 한 번 더 을러 주고 집으로 들어섰다.

아파트 지구에서 제외된 이곳은 여전히 녹지대였기 때문에 집들은 낡고 오래되었다. 대신에 전셋돈은 헐해서 정민의 마음에 꼭 들었다. 게다가 작업실과 살림집을 함께 겸해도 되어서 좋았다. 비록 마당은 시멘트로 덮여 있어도 나름대로 손바닥만 한 화단도 있고, 한쪽 구석엔 은행나무도 있어서 정민의 마음에 드는 집이었다. 오래된 집이라 외풍이 센 게 흠이긴 했지만, 삐걱거리는 마루도 참을 만했고, 조용한 이웃들도 좋았다. 그리고 서울이나 아파트 촌으로 개발된 위성 도시에서 몇 걸음밖에 떨어지지 않았다.

개는 정민의 취향에 맞는 것은 아니었다. 다만 이 집에 살던 사람이 이사 가면서 아파트에선 개를 키울 수 없다며 맡아 달라고 사정했기 때문에 할 수 없이 키우게 된 애물이었다. 하지만 한솥밥을 먹는다는 게 이런 것인지, 개는 쉽게 정이 들었다. 어느 땐 밥하기 싫어서 굶으려다가도 복순이 때문에 해서 같이 먹기도 했다.

정민은 카메라를 들고 나왔다. 얼마 전에 새로 장만한 디지털 카메라였다. 대세를 거역할 수 없어서 정민도 디지털 카메라 작업도 같이 하는 중이었다. 아날로그 카메라만이 옳다고 주장할 수는 없는 노릇이었다. 또 그럴 근거도 없었다.

정민은 아까 맞은 것도 잊은 듯 다시 반갑다고 꼬리 치며 달려드는 녀석에게 카메라를 들이댔다. 녀석은 한참 정민에게 달려들더니, 그깟 사진 작업이야 내 일이 아니라는 듯 시큰둥한 표정으로 물러나 버렸다. 그러면서도 시선은 연방 정민을 따라잡으며 낑낑거렸다.

「무슨 사진이에요?」

조수로 있는 은석이 컴퓨터 앞에 새로 붙여 놓은 사진을 보고 물었다. 사진 속에서 복순이는 심드렁한 표정으로 바닥에 배를 깔고 엎드려 있었다. 녀석의 눈은 세모꼴로 불만스러운 표정이 역력했는데, 그런 녀석의 배경엔 홍살문이 위풍당당하게 서 있었다.

「수절하는 복순이야.」

디지털 카메라의 큰 매력 중 하나는 컴퓨터로 장난을 맘껏 할 수 있다는 점이었다. 솔직한 것이 매력인 사진에서 어쩌면 이런 장난이 사진의 매력을 감추는 일일 수도 있지만, 어쨌든 장난은 장난이었다. 그리고 장난이 그 이상의 영역으로 확대되고 있는 것도 분명한 현실이었다.

「수절하는 복순이요?」

「저게 지금 발정기래. 동네 개들이란 개들이 다 우리 집으로 몰려들잖아.」

호랑이가 물어 갈 년 같으니라고. 정민은 엄마처럼 혼잣말로 복순이에게 욕지거리를 해댔다.

복순이는 자신의 첫사랑을 억압하는 정민이 싫다는 표정인지, 혹은 묶여 있는 몸이 처량하다는 것인지 세모꼴 눈에 잔뜩 불만을 담고 정민을 노려보는 중이었다. 놈은 오래도록 그 불만스러운 눈동자를 정민에게 고정시키고 있을 것이다. 고개만 들면 복순이는 세모꼴 눈으로 그렇게 정민을 보았다. 정민만 보면 늘 펄떡펄떡 뛰며 반가워하던 놈이 어쩔 수 없이 들키고 만 한순간의 마음이었다.

은석이 출사 가방을 점검하는 동안 정민은 먼저 나갔다. 서둘러 나가야 약속 시간에 맞출 수 있을 시간이었다. 정민은 인물 촬영을 하기 위해선 무슨 일이 있어도 늘 오전 열시에서 열한시경으로 약속 시간을 맞추곤 한다. 특히 일이 많으면서 나이가 좀 든 사람이라면 거의 철칙에 가깝게 지키는 시간이다. 오후가 되면 이미 피부는 조금씩 피로감을 나타내고 나이가 든 사람이라면 당사자가 노골적으로 불만을 드러낼 만큼 피부가 더 처지고 얼굴선이 형편없이 무너져 보이기 때문이다. 아침에 거울을 보고 온 당사자로선 도저히 용납할 수 없는, 이건 순전히 사진사의 기술이 형편없기 때문이라고 매도할 만한 얼굴이기 일쑤이다. 그런 면에서야말로 사진은 너무 정직하고 정교하다. 아침마다 거울로 늘 보는 얼굴이지만, 사진을 찍어 놓고 보면 그제서야 자신의 나이를 새삼 느끼게 되는 일도 그렇다. 사진은 나이에 대해 비교적 정직한 편이다. 물론 조명이라든지 메이크업 등의 보조 수단으로 분위기를 새롭게 할 수는 있지만, 나이에 관해서는 너무 솔직해서 민망할 때가 많다.

마당에 내려서자 복순이는 쇠줄을 철렁이며 정민에게 달려들었다. 녀석의 꼬리는 명랑하게 치켜 올려져 있고, 겅중겅중 들어 올리는 앞발엔 반가움이 역력했다. 그러나 정민은 컴퓨터 앞에 붙여 둔 녀석의 세모꼴 눈빛이 떠올랐다.

정민은 자동차 시동을 걸었다. 빨리 달려가 현장에서 여러 테스트를 거쳐야 하고, 오늘 촬영할 인물처럼 표정이 자유롭지 못할 게 뻔한 상대라면 좀 더 시간이 걸릴 것을 염두에 두어야 한다. 정민은 은석에게 폴라로이드 카메라를 챙겼는지 확인했다. 지난번에 폴라로이드를 빠뜨려서 된통 혼이 난 은석은 제일 먼저 그것부터 챙겼노라며 씩 웃었다. 정민이 막 출발하려는데 주인 차 소리를 용케 알아듣는 복순이가 컹컹 짖어 대는 소리가 들렸다. 녀석을 묶은 목줄이 철거덕거리는 소리로 보아 얌전히 앉아 있는 게 아니라 발버둥이라도 치는 모양이었다.

「풀어 주고 오지 그랬어요.」

「새끼 낳으면 그걸 어떻게 감당해. 애초부터 맡지 않는 건데, 참. 꼴에 암컷이라고 생리 냄새 풀풀 풍기는 것도 꼴같잖고. 저것이 암놈이고, 그런 일들이 인간처럼 똑같이 벌어지는 줄 알았다면 죽어도 맡지 않았을 거야. 인간에 대한 휴머니티도 싹수없다는 소릴 듣는 판에 개라니⋯⋯.」

은석은 기어를 바꾸며 속력을 내기 시작하는 정민을 슬쩍 바라보았다. 학교에서 정민은 히틀러였다. 학생들이 그렇게 불렀다. 특히 정물 사진을 배울 땐 그 꼼꼼함이 극에 달해서 모두들 숨결에 조명이 흔들리기라도 하는 양 조심조심 숨을 쉬었다. 이제 겨우 셔터 누르는 법을 배운 학생들에게 날카롭기가 이루 말할 수 없었다. '프로를 꿈꾼다면 이따위로 할 수 없어. 아직도 네 부모가 뭘 해줄 수 있을 거라 생각하는 것 같구나. 스무 살의 감성이 이 정도밖에 안 되니, 망부석으로 늙은 돌멩이도 이보다 나은 감성을 갖고 있겠다. 휴대 전화로 수다 떠는 값 버느라고 아르바이트에 목매지 말고 제대로 생각하란 말이야. 생각도 안 하는 머리를 무겁게 뭐 하러 달고 다니니. 수다 떨고 먹는 입만 달고 다니든지.' 그러나 은석은 자청해서 정민의 스튜디오로 들어왔다. 조수들이 자주 바뀌고 있던 터라 그 자리는 어렵지 않게 났다.

늦은 아침 한강물은 플래시가 간격을 두고 연방 터지듯 눈부셨다.

「수없이 선배들이 우려먹은 거야. 기술적인 계산이나 해보든지.」

가끔 은석이 한곳을 오래 보고 있으면 정민은 앞뒤 몽땅 자른 말을 툭 던지곤 했다. 그리 친절하달 순 없었다. 그러나 가끔 강의실에서나 들을 수 있는 기초까지 툭툭 던지며 짚고 넘어가는 세심함도 있었다. 지금처럼 오늘의 피사체가 될 인물에 대해 많은 정보가 없을 땐 머릿속이 복잡할 터인데도 은석의 초점을 놓치지 않았다.

「'해 아래 새로운 것이 없다'라는 말이 언제 나온 줄 아세요?」

「글쎄, 재능 없는 어떤 예술가가 한탄한 말이겠지.」

「솔로몬요. 아니, 이미 그전에 있었던 말인지도 모르지요. 하지만 솔로몬 잠언에 보면 그 말이 나와요. 그때 이미 새로운 것이란 없었단 얘기지요.」

「흥, 제 아비가 물려준 것을 누리다 지쳐 복에 겨운 소릴 한 거구먼.」

「어차피 왕족들이란 다 그렇지요.」

「아니, 솔로몬은 너무 과하게 미화된 거야. 그 지긋지긋한 왜소함에서 벗어나지 못했던 유대인들이 유일하게 자랑할 만한 역사가 바로 다윗과 솔로몬이었으니까. 물론 유일신을 창조해 낸 그 놀라운 능력을 제외한 인간적인 역사에서 말이지. 사진으로 치면 피사계 심도가 아주 얕은 사진이지. 아웃 포커스로 주변을 거의 흐리게 처리하고 솔로몬만 기이하도록 밝게 표현한 사진이랄까.」

「그래요? 솔로몬 하면 지혜의 왕 아니에요?」

「솔로몬의 제일 밥맛없는 극치는 말년에 그가 한 말이야.」

「그래요? 뭐라고 했기에요.」

「헛되고 헛되며 헛되다고 했지. 자기가 다 누려 보고 나니까 모든 게 소용없더래. 그 지엄한 유일신 지상주의 국가에서 이방 신을 섬기는 첩들을 위해 사당까지 지어 주며 온갖 호사를 누린 늙은이 입에서 나온 말이지. 하지만 거의 삭막한 사막이다시피 한 유대인 들에게 나라다운 나라를 건설해 준 제 아버지 다윗은 그런 허무한 말년 따위 없었어. 복에 겨워 온갖 할 짓 못할 짓 다 한 그 사람이 나 할 말이지. 그러고 보면 솔로몬은 요샛말로 오렌지족이야. 물 론 장사 하나는 끝내 주게 잘했지만 말이야.」

은석은 정민을 흘끗 보았다. 앞만 보며 운전하는 정민은 무표정이 었다. 그러나 가끔 은석은 그런 정민의 표정에서 잘 벼려진 칼날을 보는 것 같아 소름이 돋았다.

정민은 인물 촬영에 들어가기 전에 그 사람에 대한 충분한 정보를 접하고 나갔다. 취미는 물론이고, 그 사람이 평상시에 하는 일, 예를 들어 시인이라면 그의 시를 꼼꼼히 읽고 간다든가, 기업체 사장이라 면 그 기업에서 생산하는 물건에 대한 것 등을 충분히 공부하고 나 가는 게 보통이다. 그러나 이번 경우처럼 개인적인 정보에 대해 비 서가 무관심한 적은 없었다. '개인적인 일은 제가 잘 모르겠습니다' 로 일관했다, 앵무새처럼 높은 목소리의 여비서는.

그러나 정민은 인터넷을 뒤져서 웅비교육재단의 요즘 상황을 조 금 엿볼 수 있었다. 최근에 웅비재단은 세대 교체를 이루었다. 새로 운 이사장이 영입되었다는 소식이 올라와 있었는데, 그곳에도 이사 장에 대한 정보가 대단히 간략하게 올라와 있었다. 짧게 올려진 경 력으로 보건대 그는 대학생 때부터 미국에서 죽 살아온 것으로 되어 있었다. 한국에서의 이력은 고등학교로 끝이었다. 그나마 달랑 웅비 고등학교 졸업이 다였고, 미국의 대학 이름과 그가 근무했던 학교 이름이 전부였다. 어지간히 노출에 인색한 사람임이 분명했다.

앵무새처럼 표정 없던 목소리의 여비서는 의외로 둥글고 소탈해 보였다.

「이사장님께서는 모든 일정을 다 비우라고 하셨지만, 제가 한 가지 일만은 남겨 두었습니다. 일하시는 자연스러운 모습도 원할지 모른다고 생각했습니다. 혹시 그게 싫으시면 그 일은 다음으로 미루겠습니다. 이사장님께서 미리 여쭤 보시라고 해서요.」

의외였다. 언제나 바쁜 이런 유의 사람들은, 물론 초 단위로 시간을 잘라 쓸 정도는 아니겠지만, 막무가내로 30분 정도의 시간 안에 좋은 작품을 찍어 내라고 하기 일쑤다. 그런데 하루 일정을 비우라고 했다니. 정민은 오는 동안 줄곧 어떤 생각도 떠오르지 않아 답답했던 마음이 싹 개는 기분이었다.

이사장은 의외로 젊었다. 입고 있는 감색 슈트보단 니트에 청바지도 참 잘 어울리겠다는 생각이 얼핏 스치고 지나갔다. 첫눈에도 하체가 길고 얼굴이 화사해서 귀공자 스타일이었다. 한 번도 바닥으로 가라앉아 보지 않은 삶을 누린 흔적이 역력한 귀티와 자유분방함이 함께 배어 있었다. 쌍꺼풀 없이 시원스럽게 찢어진 눈매와 둥근 콧날이 묘하게 어울리는 얼굴이었다. 거칠게 터치된 핸디코트 결 사이로 옅은 오렌지빛이 살짝살짝 보이는 벽면을 체리 원목으로 마감질해 놓은 사무실은 소박한 듯하면서도 고급스러웠다. 그러나 어찌 보면 카페 같은 분위기로 갈 뻔했을 이 벽면 맞은편엔 수많은 책들, 단지 장식용이 아닌 손때 묻은 책들이 빽빽이 꽂혀 있어 분위기를 확실하게 가라앉혀 주었다.

「사무실 분위기가 너무 뜨는 것 같죠?」

날카롭게 사무실을 휘 훑어 내리는 정민의 눈길을 자기 쪽으로 끌어당기며 악수하는 젊은 이사장의 손은 따뜻했다.

「그래도 난 이렇게 밝은 게 좋아요. 늙은이의 숨결이 묻어날 것 같은 고성의 육중한 분위기나 칼라 빳빳이 세운 것 같은 분위기는 숨 막히잖아요.」

「생각보다 젊으셔서 좀 놀랐습니다.」

「잘생기지도 않았나요?」

젊은 이사장은 껄껄 웃었다.

정민은 저 나이에 저런 웃음이 어울리는 건 지배층이 갖는 여유와 카리스마 때문이라는 생각을 얼핏 했다.

「할아버지가 손수 추천해 주시고 강력히 권하기에 남잔 줄 알았거든요. 난 정민 씨가 여자라서 놀랐습니다. 껄껄.」

젊은 이사장은 정민이 건네준 명함을 다시 들여다보며 그녀의 이름을 불렀다. 처음 보는 상대방의 이름 앞에 성도 붙이지 않고 자연스럽게 말하는 걸 보면서 정민은 또다시 '지배층……' 하는 생각을 떠올렸다. 그러면서, 할아버지가 누구더라 하고 잠시 미간을 찡그렸다가 얼른 웃으며 이사장의 말을 받았다.

「예. 몇 해 전에 제가 이 학교 이사장님을 찍은 적이 있…… 아, 그러면…….」

젊은 이사장은 마치 자신과의 옛 추억을 떠올려 준 여자가 대견스럽다는 듯 활짝 웃으며 고개를 끄덕였다.

그때 완고한 고집쟁이 같았던 할아버지가 있었다. 오랜 세월 동안 자리가 만들어 준 사람됨의 표시로 꽤나 점잖고 인자해 보이려고 했지만, 정민의 앵글에 잡힌 노인의 얼굴엔 지울 수 없는 노회한 너구리 같은 강인함과 질긴 근성이 있었다. 그 노인은 정민에게 매튜 브래디라는 사진가의 이야기를 했다. 그 사진가가 촬영한 링컨의 사진이 바로 링컨을 대통령으로 당선시키는 데 결정적인 역할을 했는데, 이는 링컨도 인정한 사실이었다는 것이다. 당시 초등학교밖에 나오지 못한 링컨의 능력에 대해 많은 사람들은 회의적이었는데, 브래디가 찍은 링컨의 사진은 그를 존엄하고 강인하며 지적으로 보이게 만들었기 때문이라는 것이다. 정민도 오래전에 어느 책에선가 보았던 이야기였다.

나이가 들어 처진 눈꺼풀 안에서도 표독스러움이 생생하게 살아 있던 그 할아버지 이사장은 정민이 제안한 여러 포즈 말고도 브래디가 찍은 링컨의 포즈로도 사진을 찍었다. 나비넥타이를 매고 한일자로 굳게 다문 입으로 비스듬히 서서, 왼손은 탁자에 놓인 책 위에 얹고 오른손은 강인하면서도 자연스럽게 내려뜨린 채로. 후에 사진을 들고 정민이 직접 찾아갔을 때, 할아버지 이사장은 그 사진을 제일 맘에 들어 했다. 그러나 나중에 보니 싣고자 했던 책에는 다른 사진이 인쇄되어 있었다.

「젊은이 못지않게 활기찼던 분이시지요.」

「그래도 나이는 어쩔 수 없지요. 정민 씨가 찍어 준 사진 중에서, 왼손으로 책을 짚고 서 있는 사진은 할아버지 방에 지금도 있어요. 눈에 할아버지 성격을 고스란히 담아 놨더군요.」

정민은 그러냐는 뜻으로 싱긋 웃어 주었다. 기억하는데, 그 사진은

천장이 10미터는 족히 넘고, 붉은 벽돌로 완고하게 지은 성 입구에
걸어 놓으면 딱 맞을 만한 것이었다. 그러고 보니 지금 와 있는 이
방도 그때 그 방임에 틀림없었다. 그런데 아마 이 유쾌하고 젊은 이
사장이 오면서 분위기를 바꾼 모양이었다. 그땐 월넛 무늬목 질감으
로 된 벽이었고, 한쪽 장식장 앞에는 손수 사냥했다는 동물들이 박
제된 채 놓여 있었다. 유리문이 굳게 닫힌·책장에는 정장본 책들이
반듯하게 꽂혀 있었으며, 테두리 장식이 화려한 조각으로 이루어진
자줏빛 가죽 소파가 둔중하게 놓여 있었다.

은석은 정민이 이사장과 이야기하는 사이 촬영 준비를 다 해놓았
다. 정민은 은석의 준비 상황을 보고 작업에 들어갈 태세를 취했다.
그녀는 제일 먼저 배경을 오렌지빛이 살짝 감도는 벽으로 정했다.
아마 다른 사람이었다면 장중한 무게를 자랑하는 서가 쪽이었거나
책상이었을 것이다. 이사장은 정민이 특별히 주문하지 않았는데도
다양한 포즈를 취해 주며 연방 정민에게 무언가를 물어보거나 대답
해 주거나 했다. 아, 피부가 참 좋으시네요, 웃음이 참 멋집니다, 그
렇게 웃으시니까 훨씬 부드럽습니다, 혹시 모델 제의를 받아 보셨나
요 따위의 말을 할 필요가 없었다.

정민이 젊은 이사장이 비워 둔 하루에서 쓴 것은 단 한 시간이었
다. 무겁고 뻣뻣한 것에 매력을 느끼지 못한다는 잘생긴 젊은 이사
장은 하루의 나머지가 자유인 셈이었다. 그는 정민과 은석에게 함께
점심 할 것을 제의했다. 그러나 정민은 정중하게 거절했다. 유쾌하
고 젊은 이사장은 따뜻한 손을 내밀어 정민의 손을 잡았다. 정민은
이 남잔 애틋한 이별조차 따뜻하게 하겠다는 생각을 했다.

정민은 학교 다닐 때 몇 번 데모를 한 적이 있다. 그것은 독재나 민생 따위의 거창한 것이 아니라, 자신이 다니던 학교의 족벌 체제에 반대하는 데모였다. 그러나 젊고 유쾌한 이 남자가 이사장이었다면 격렬한 데모조차 오래 하지 못했을 것이란 생각이 얼핏 지나갔다.

작업을 마치고 나면 정민은 핸들을 은석에게 넘겨주고 앉은 자세를 낮춘 채 맥 놓고 거리를 바라보곤 했다. 엉덩이와 의자 등받이 사이에 뚱뚱한 고양이 한 마리는 충분히 누워 있을 만큼의 공간을 둔 채로 달리는 거리를 바라볼 때 정민은 평화로웠다. 때때로 아주 잠깐 플래시가 터질 때처럼 머릿속이 환한 빛뿐인 절대 무의 순간을 가질 수 있기도 했다. 아무 생각도 일어나지 않는 머릿속은 얼마나 평안한가. 단 1초도 되지 않을 짧은 평화.

그 평화를 가르고 전생처럼 낯익은 얼굴이 창밖에서 달려왔다. 순간적으로 정민은 엉덩이를 등받이 쪽에 붙이며 고개를 틀어 뒤로 사라지는 피사체를 움켜잡았다. 안구는 점점 좁아지면서 망원 렌즈처럼 멀어져 가는 피사체를 붙잡을 듯 노려보았다.

그는 여전했다. 한눈에 봐도 척 알 수 있었다. 탱탱한 종아리가 바짓가랑이 속에서 턱턱 살아 움직이는 모습과 꼿꼿하게 펴진 척추 선 아래 찰싹 올라붙은 엉덩이는 10년 전의 것과 똑같았다. 학생인 듯한 젊은 두 여자 사이에서 유쾌하게 걸어가는 그의 일상조차 변하지 않아 보였다. 그 사내는 손짓을 해가며 열심히 무언가를 이야기하고 있었다. 양옆에 나란히 걷는 여자들 표정을 보거나 남자의 표정을 보거나 독설이 아닌 것은 분명했다.

'헤어진 애인이 여자라면 뚱뚱해졌거나 말라 바스러졌거나 둘 중이요, 남자라면 낡은 털자켓같이 축 늘어졌거나 그렇지 않으면 얼굴이 시뻘게지고 눈빛이 혼탁해졌을 것이다.' 피천득의 수필에 나오는 구절이 문득 떠올랐다. 그러나 그는 여전했다. 단단한 살집 속에 그는 건재한 것이다. 정민은 가늘게 한숨을 내쉬었다.

은석이 그러는 정민을 흘끗 바라보았다.

「차 세울까요?」

정민은 대답 대신에 다시 등받이에서 엉덩이를 멀찌감치 떼어 내며 자세를 낮추었다.

착시겠지만, 때때로 시간은 흐르지 않고 괴어 있는 것처럼 보일 때가 있다. 그 흐르지 않고 괴어 있는 웅덩이 속엔, 마음만은 10대라는 늙은이라든지, 텔레비전에 20여 년 넘게 똑같이 젊은 모습으로 나오는 여배우만 있는 게 아니다. 때때로 그 기이한 웅덩이에는 여전히 싱싱하게 살아 있는 절절한 그리움이 납작 엎디어 있다가 스나이퍼의 총구처럼 벌떡 일어나 사람을 당황하게 만들기도 한다. 홍수 난 강물처럼 모든 상처들이 시뻘겋게 뒤집혀서 기억의 저편으로 빨려 들어가면 좋았을 것들일수록, 몸을 낮추고 납작 엎디어 물살을 견뎌 내는 것이다. 그러므로, 흐르는 물살이 괴어 있다고 보는 것이 착시일 수는 있어도 물살 아래 엎디어 있다가 불쑥 수면 위로 떠오른 그것까지 착시일 수는 없을 것이다.

이런 불상사는 얼마 전 낯선 여관방에서 한 차례 예고가 있긴 했었다. 스무 살 여린 살갗을 뚫고 들어온 그 병균은 참 오래도록 잠복해 있던 질긴 것이었다.

「선혈이 뚝뚝 흐르던 고깃덩어리가 있었다고 쳐. 그 고깃덩어리를 냉동실에 한 십 년 보관했다면 넌 그걸 먹을 수 있겠니?」

「네?」

은석이 갑자기 무슨 소리냐는 듯 정민을 바라보았다.

「그냥 그렇다는 이야기야.」

「푹푹 삶는 스튜를 한대도 먹기 싫죠.」

「핏물이 뚝뚝 듣는 쇠고기 스테이크 먹고 싶다.」

「설마 십 년 전 선혈이 해동된 쇠고기는 아니겠죠?」

「우리 집 복순이년이 아직도 밥그릇을 비우지 않았을까?」

「……?」

「개 주제에 안 먹으면서 시위하는 게 가당찮지? 나도 못해 본 그런 시위를.」

은석은 정민이 무슨 말을 하고 싶어하는지 알 수 없었으므로 더 이상 대꾸하지 않았다. 친구들은 정민의 날카로움이나 앞뒤 모르게 불쑥불쑥 던져 놓는 덫 같은 말들을 보면서 노처녀 히스테리라고 했다. 일견 은석도 그 말에 동의하는 편이긴 했다. 하지만 단순한 노처녀 히스테리라고 몰아붙이기엔 감정이 절제되어 있다는 걸 나중에 알았다.

절제하긴 그녀의 작업 스타일도 그랬다. 주로 사람을 찍는 일이라 그렇기도 하지만, 일부러 연출을 요구하거나 온갖 카메라 주변 기기들을 이용하여 이미지를 바꾸거나 왜곡시키는 일을 좋아하지 않았다. 사진의 가장 큰 매력은 사실성이라는 그녀의 신조대로 사진이 극도로 회화화되는 것을 탐탁해하지 않는 편이었다. 그럼에도 그녀가 예전에 찍었던 정물 사진집을 보면 극도로 세밀한 구성과 색상의 배치 등 한 편의 그림이거나 혹은 시였다. 절제와 세밀한 묘사와 추상적인 이미지 등등. 강의 시간에도 조명 하나로 질감을 다르게 표현해 내는 세밀한 계산만 봐도 그랬다. 피사체가 동일함에도 그녀가 조명을 조절함에 따라 그것은 낭만적이 되거나 황량한 것이 되기도 했다. 사진이란 것이 대체로 빛과 우연의 산물이긴 하지만, 작업실에서의 그것은 철저히 계산된 것이며 끝없는 훈련이 요구되는 것이었다. 그 훈련을 위해 그녀는 조명 하나에도 목숨 걸듯이 학생들을 다그치곤 했던 것이다.

그 다그침 혹은 열정은 그녀 스스로를 지치게 만들기도 했다. 그래서 그녀는 학교에 나가는 것을 되도록 줄이고 있었다.

「아직 여물지 않은 애들이라 피곤해.」

그녀가 대학 문화에서 제일 혐오하는 것이 휴대 전화였다. 수업 중에도 삑삑 울거나 한쪽 구석에서 문자를 날리거나, 하던 일 모두 멈추고 메시지를 확인하는 따위의 모든 것들을 경멸했다. 수다 떠는 데 그 많은 비용을 들이느니 필름 한 통이라도 더 사거나 출사 나가는 데 투자하라고 했다. 그러나 누구도 그녀의 말에 수긍하지 않았다. 그녀의 그런 사고방식은 이미 대학생들과 한 앵글에 도저히 잡을 수 없는 시대착오적인 것이었다.

앵글을 한참이나 벗어났다고 생각했다. 그러나 바람에 나부끼는 깃발처럼 앵글 속을 수시로 넘나들고 있다. 10년 저쪽에서 긴 다리로 넘나드는 윤재를 정민은 짜증스럽게 지켜볼 수밖에 없었다. 그가 깃발이었는지 혹은 정민의 속에 임의로 세워 놓은 깃발이었는지 바람에게나 물어볼 일이지만, 정민은 당분간 그 일에 신경을 뻗치고 싶

지 않았다. 그 스나이퍼의 총구는 실체가 아닌 홀로그램이라고 믿어
버리고 둔감해지기로 마음을 다졌다.

그때, 그 스무 살 무렵에 윤재의 사고도 그의 단단한 살집만큼이나
탄력적이었던 것은 분명했다. 그의 비릿한 이별 선언이 있고 그 며
칠 뒤에 윤재의 팔뚝엔 꽤나 예쁜 여자가 매달려 있었다. 바늘 한 땀
의 미련이나 추억 따위도 남겨질 수 없을 만큼 그의 모든 것은 탱탱
하고 오만했다. 정민은 제일 먼저 밤에 창녀가 될 만한 여자인지부
터 살폈다. 그러나 정민은 알 수 없었다. 하지만 윤재는 알 수 있을
거라 생각했다. 정민은 윤재와 다니면서도 한 번도 그렇게 그의 팔
뚝에 찰싹 붙어 매달려 본 적이 없었다. 매미처럼 찰싹 붙어서 흰자
위 치떠 상대방을 올려다보며 콧소리로 웃어 보지도 못했다. 아무것
도 아닌 일로 웃으면서 남자의 가슴을 탁탁 쳐보지도 못했다. 좁은
공중전화 부스 안에 함께 들어가 전화하는 남자의 턱수염을 간지럽
혀 보지도 못했다. 버스 안에서 남의 이목 다 무시하고 남자 무릎에
털썩 앉아 보지도 못했다. 만원 버스를 핑계로 둘이 마주 보며 슬쩍
슬쩍 뽀뽀하는 것도 못해 봤다.

그런 모든 것을 한 것이 현주였는지 정민은 기억이 가물가물했다.
그러나 어쨌든 윤재는 현주와 결혼했다, 정민이 이국 만리 타향에 있
을 때.

현주가 먼저 정민을 알아보았다. 무책임한 선배가 약속을 파기하
고 떠난 백화점 문화 센터 강좌를 대신 맡던 날이었다. 10여 년 전에
겨우 얼굴이나 알고 있던 사람에게 냉큼 다가서며 살갑게 알은체하
는 그녀의 넉살은 여전히 귀염성이 있었다.

「바뀐 강사 이름을 보고 혹시 선배님인가 했는데, 정말 맞네요. 저 기억하시지요? 아, 참 반갑네요. 전 선배님이 사진 쪽에서 꽤 유명하다는 말을 듣긴 했어요. 지난번 사진이 있는 수필집은 너무 좋았어요. 특히 난 '내 친구'란 것이 아직도 생각나는 거 있죠.」

정민은 붙임성 있게 다가온 현주에게 넋을 잃고 있다가 '내 친구'란 작품이 무엇이었더라 잠깐 생각했다. 약간은 호들갑스러운 이 여자에게서 잠시 벗어나고픈 마음도 있었다.

사진이 있는 수필집은 사진에 짤막한 글을 덧붙여 만든 책인데, 의외로 반응이 꽤 좋았다. 반면 정민을 아는 주변 사람들은 이걸 네가 만들었냐며 의아해하기도 했었다. 색깔이 영 틀리다는 투였다.

작품 '내 친구'는 구멍이 뚫린 양말을 신고 발을 뻗고 있는 모습을 담은 것으로, 발을 앞쪽으로 선명하게 잡고 그 발의 주인공은 아주 흐리게 처리한 사진이었다. 소위 아웃 포커스로 찍은 단순한 사진이었다. 흐리게 잡힌 아이는 촌스러운 단발머리에 앞니가 빠진 웃음을 웃고 있었다. 그 사진은 정민의 기억에 있는 친구였다. 이름이 생각나지 않는데, 초등학교 1학년인가 2학년 때 단짝이었다. 정민은 그 친구가 꽤 잘사는 집 아이라는 생각을 평소에 품고 있었다. 언제나 얌전하고, 고급스러운 학용품을 들고 다녔다. 그래서 늘 부러웠었는데, 어느 날 정민이네 집에 놀러 온 그 애의 양말에 구멍이 나 있었다. 그 아인 뒤꿈치에 난 구멍을 모르고 있었지만, 정민은 그 구멍 난 양말을 보고 그 친구가 더 좋아졌던 기억이 있다. 그런데 오랜 세월이 지난 다음 그 아이에 대한 많은 기억들, 특히 이름도 얼굴도 모두 잊혀졌는데 유난히 구멍 뚫린 양말만은 선명하게 남아 있었던 것이다.

정민이 그 사진에 마음을 두고 있는 사이 현주는 무언가를 더 열심히 이야기하며 즐거워했다. 그녀와 그녀 주변의 사람들은 정민의 주변에 몰려서 한참 더 그 책 이야기를 했다.

문화 센터 강의란 것이 정민의 구미엔 죽어도 맞지 않았다. 그러나 한순간 팍 늙고 지쳐 버린 선배의 간절한 부탁 때문에 어쩔 수 없이 선 자리였다. 때 아닌 자리에서 때 아닌 사람을 만나는 당혹감은 그러나 오래가지 못했다. 현주는 그런 당혹감 따윈 이 세상에 존재하지 않는 것인 양 행동했다. 즉물적이어서 유쾌한 그녀가 정민에겐 오히려 신비였다. 아, 윤재가 좋아했던 것이 저런 것이었단 말이지, 그 독설가가.

정민은 은석이 운전하는 차에서 윤재의 뒷모습이 백미러에서 완전히 사라질 때까지 바라보았다. 거울 속에서 과장되게 작아졌음에도 남자는 여전히 지나치게 건강하고 탄탄해 보였다.

정민의 깊은 한숨에 은석은 정민을 흘끔 보았다.

「오늘 작업한 것 때문이에요?」

「오늘 작업한 것? 무슨?」

「금방 땅이 꺼지게 한숨을 쉬었잖아요.」

「내가 그랬어? ……허기진다. 우리 피가 뚝뚝 듣는 선짓국이나 먹고 가자.」

작업이 있는 날은 언제나 밥 먹는 게 부실했다. 야외 촬영이면 이른 새벽 출사 때문에 그랬고, 실내 촬영이면 집중력을 위해 위 속에 음식물을 가득 채우지 않는 습성 때문이었다.

「아, 그 피. 십 년 전에 냉동되었던 그 피.」

은석은 무겁게 가라앉은 분위기를 씻어 내려는 듯 과장된 어투로 응답했다.

「그 핀 드라큘라도 안 먹을 거야. 너나 나같이 질긴 인간들이나 생각하는 거지.」

「난 빼고요.」

「하긴 넌 신선한 피를 선호하는 드라큘라일지도 모르겠다.」

은석이 낄낄 웃었다. 정민도 따라서 클클 웃었다.

「인간들이 드라큘라보다 더하지 않냐? 통째로 쏟아서 숟가락으로 뚝뚝 떠먹잖아.」

선짓국집에서 정민은 또 피 생각이 났는지 클클 웃으며 드라큘라 이야기를 꺼냈다. 그러면서 맛있게 선짓국을 다 비워 냈다.

3

윤재에게서 전화가 온 것은 정민의 아버지 제삿날이었다. 제삿날
이라고 해서 특별히 할 일은 없었다. 엄마가 공양주 보살로 들어가
고 나서 제상은 부처님 몫이었다. 윤회의 고리를 끊고 진리의 세계
에 몸담은 그가, 육탈된 지 오래일 불쌍한 영혼을 위해 저승 생일 잔
치라도 벌여 줬을 터였다. 혹은 윤회의 고리가 세탁기처럼 빠르게
돌아간다면 영우는 이미 누군가의 태를 통해 새로운 인연으로 이 세
상에 왔을지도 모를 일이었다. 더 이상 사람 몫으로 남아 있는 젯날
이 아니었다. 그럼에도 정민은 그 일이 익숙해지지 않아서 슬며시
공양간으로 가 엄마의 눈치를 보다 왔다.

윤재의 전화는 분명히 예측하지 못한 것이었다. 순간 정민은 조금
당황했다. 하지만 이내 그날이 아버지 제삿날이라는 걸 떠올렸다.
그리고 평소 외상을 어지간히 좋아하던 아버지처럼 사람 좋은 웃음
으로 아버지 제삿날이니 전화로 얘길 하든가, 아님 다음에 여유가 있

을 때 보자며 전화를 끊었다. 아주 간단한 통화였다. 그리고 10년 만에 올 만남은 외상처럼 기약 없이 덜렁 다음에 여유 있을 때로 남겨 두었다.

아버지가 만든 외상은, 아니 아버지의 손님들이 남긴 외상은 거의 대부분이 끝까지 외상으로 남아 있는 게 정석이었다. 누구도 외상이란 단어를 제대로 알고 금을 긋진 않았다. 외상이면 소도 잡아먹는다는 말처럼 아버지가 손수 그어 놓은 외상은 코뿔소를 잡아먹었다. 외상의 습관성으로 꾸역꾸역 찾아오던 사람들은 뒤에서 헤픈 웃음을 웃으며 '외상이야'라고 외치는 아버지가 없어도 손가락으로 허공에 대고 사선 한 줄 그으면 되었다. 무대에서보다 훨씬 리얼하게 행동할 수 있었던 연극쟁이들의 그 행동은 연극처럼 당당하고 연극처럼 절실했으며 연극처럼 허구였으며 연극처럼 사실적이었으며 치열했다.

정민은 뚜렷이 기억한다. 연극이 얼마나 치열한 작업인지.

등록금 때문에 징징대다가 방문을 쾅 닫고 들어가 버렸던 날, 순자는 영우에게 생전 않던 걱정을 했다. 그 걱정은 정민이 기억하고 있는 한 유일한 것이었다.

「이젠 외상 좀 줄여야 할까 봐. 현금으로 물건 사는데, 외상이 너무 많아.」

「연극쟁이들은 배를 곯는 것도 마다하지 않고 무대에 서는 거야. 무대는 인생의 신선한 집약판 같은 거지. 그들은 그것을 위해 치열하게 달려들어. 그것을 견디지 못한 놈들이 가끔 텔레비전 속으로 빨려 들어가기도 하지만. 어차피 사는 건 치열함이잖아.」

정민은 치열하게 견디었다, 등록금이 완납될 때까지 담임 선생님과 서무과 직원의 채근을. 대학에 들어와서는 아르바이트로 등록금을 메우느라 치열하게 돌대가리와 씨름을 했으며, 패스트푸드점에서 앵무새처럼 지저귀었다. '어떤 것으로 드릴까요? 프라이드 하나와 콜라 둘, 햄버거 두 개 주문하셨습니다. 값은 구천 원 되겠습니다, 손님. 맛있게 드십시오.' 두세 시간 동안 그런 말을 수없이 외쳤다. 혀가 꼬일 만큼 치열한 현장이었다. 어차피 영우 말처럼 삶은 치열한 것이었으니까.

순자가 연극과 영우를 사랑한 만큼 영우는 치열함을 사랑했는지 모른다. 그랬기에 영우 자신도 그렇게 산다고 자부했으며, 그 아내와 딸도 치열한 삶의 구석까지 몰고 갔다. 치열함은 곧 살아 있음의 증거라고 했던 영우의 말은 본의든 타의든 가훈처럼 여겨지고 또 한 치 오차도 없이 지켜지고 있었다. 한 치 오차 없이 치러지는 것의 또 다른 것은 외상과 변제의 상관 관계였다. 그것의 관계는 오차 없이 양 방향이 아닌 한쪽 방향으로 올곧게 진행되었다.

그런 어느 날 그 진행 방식에 큰 파격이 일어난 적이 있었다. 그 파격은 순자를 흥분의 도가니로 몰아넣었다. 그때 그녀는 마치 평생 기도하던 일이 이루어진 것처럼 그렇게 감동했다.

영화판을 떠들썩하게 만든 한 남자가 있었다. 그는 혜성처럼 나타난 영화계의 별이었다. 도대체 어디에 있다가 이제야 나타났단 말인가. 그는 이미 완숙한 신인이다. 그가 출연하는 영화는 기본 관객 수가 몇십만이 된다고 장안이 떠들썩했다. 엉덩이가 미어지도록 타이트하게 교복 치마를 입은 아이들은 밤새워 그의 집 앞에서 그를 기다렸으며, 예수의 옷자락이라도 잡으려고 몰려드는 베데스다 못가의 환자들처럼 그의 옷자락이라도 잡으려고 아우성이었다. 그가 광고하는 음료수는 한겨울에도 매출이 줄어들지 않고, 그의 머리 스타일은 골목골목의 미용실 미용사들이 서둘러 배워야 했다.

그런 그가 카메라 기자를 대동하고 공양간으로 찾아왔다. 그는 잿빛 보살 옷을 보고 새로운 패션이라며 환하게 웃었다. 순자는 헤어스타일까지 바꾸고 싶었으나 그러지 못했다며 연극인 아내답게 멋지게 웃었다.

「여기 이런 장소에 계시는 게 의외예요. 그때 우리들에게 해주신 따뜻한 밥 한 끼가 몇 곱절의 사랑이었어요. 힘들고 어려웠던 시절에 세상이 아직도 살 만한 곳이라고 은연중에 가르쳐 주신 분이지요.」

「어느 날 코뿔소가 날 들이받았어. 죽었다 생각하고 천당이려나 지옥이려나 샛눈을 뜨고 보니까 여기더라고.」

연극배우 손영우가 바로 내 남편이지요. 그 남자 때문에 연극을 사랑했고, 연극은 내 평생의 흠모 대상이랍니다. 손영우는 치열하게 연극을 사랑했고, 연극 무대를 지켰으며, 결국 공연을 마치고 오던 날 밤에 쓰러졌답니다. 그는 목숨 걸고 연극을 위해 살아온 사람이에요. 여기 이 유명한 배우 박동수가 너무나도 잘 압니다. 박동수는 내 남편 손영우의 아끼는 후배였죠.

순자는 카메라를 똑바로 쳐다보고 마치 연극배우처럼 멋지게 대사를 외웠으나 안타깝게도 모두 편집에서 제외되고 말았다.

가난한 연극배우들에게 푸짐한 상차림을 마다하지 않던 인자한 아주머니, 속세를 버리고 마지막 삶을 수행자처럼 고고하게 사는 여자, 김순자 여사는 그 일 이후로 정민과 더 사이가 벌어지고 말았다. 셈이 어두운 순자는 그 한 가지 사건으로 그동안 쌓인 치부책을 몽땅 없애 버렸다.

「인정머리라곤 약에 쓸래도 없는 년 같으니라고. 사람살이에 어떻게 더하기 빼기가 정확하게 일어날 수 있니. 넌 사랑을 안 해봤기 때문에 불구나 마찬가지야. 그 소중한 감정을 아직도 모르고 있어서 시집을 안 가는지 못 가는지 모른다만, 인생에서 사랑을 빼면 삶을 살았다고 할 수가 없어. 사진? 네가 그걸로 유명해? 하지만 얼마 안 가서 곧 바닥을 드러낼 거다. 왜? 넌 사랑을 모르니까. 그저 밥벌이로 사진을 찍을 게 분명하니까. 사랑해서 그 일을 하는 게 아니니까. 독한 년.」

순자는 들뜬 목소리로 전화를 했었다.

「너, 박동수 기억하니? 하긴 지금은 너무 유명하니까 너도 기억할 거다. 우리 코뿔소에도 어지간히 들락거렸지. 걔가 글쎄 날 찾아왔더구나. 자기 인생의 어려운 시절에서 따뜻함으로 기억되는 나를 찾는다는 거야. 난 카메라 앞에 대고 네 아버지 이야기를 했다. 네 아버지는 텔레비전을 지독히도 싫어했다만, 연극배우란 이름으로만 나온다는데 어쩌겠니. 그 방송을 글쎄 토요일 오후 일곱시에 한다는구나. 꼭 봐라, 내가 화면에 어떻게 나오는지…….」

그러나 생전에 지독히도 텔레비전을 비하했던 손영우는 끝내 이름조차 나오길 거절했다. 그리고 고고한 김순자 여사는 곧바로 정민의 살 같은 전활 받았다. 약간은 서운한 뒷맛으로 바뀐 화면에 코를 박고 있던 순자의 귓속으로 떽떽거리는 높은 소리가 파고들었다.

있는 것이라곤 횃대에 걸린 잿빛 옷 한 벌과 다기와 보온병, 그리고 텔레비전 촬영 이후 신도가 가져다 준 14인치 중고 텔레비전이 전부인 그 방이 너무 넓어서 순자는 차라리 밖으로 나오고 말았다. 도심 가운데 있는 절 마당엔 한가로운 토요일 저녁 산책 나온 사람들이 간간이 눈에 띄었다. 그들은 가족들이거나 혹은 연인들이거나 혹은 혼자이거나 했지만 한결같이 평온한 얼굴이었다. 누구도 다 큰 딸하고 아직도 서로를 인정해 주고 싶지 않아서 으르렁거리고 싸운 얼굴이 아니었다.

어느 때부터인가 정민은 가족이란 울타리로부터 서먹한 존재가 되어 있었다. 사춘기도 얌전하게 넘겨서 다행이다 싶었는데, 늦게야 사춘기가 오나 보다고 무심코 지나쳤었다. 그러나 울타리를 벗어난 정민은 돌아올 줄 몰랐다. 아이들이야 크면서 열 번도 더 다른 사람이 된다고 하지만, 그래도 한땐 제 아버지 뒤를 이어서 연극 무대에 설지 모른다는 흐뭇한 생각에 빠지기도 했었다. 가족이란 울타리 한 중간에 제단처럼 놓여 있는 연극 무대는, 정민이 그 울타리를 벗어남으로써 정민의 영역 밖으로 함께 사라져 버렸다. 있는 힘껏 어디론가 달려가는 그녀를 순자는 그냥 볼 수밖에 없었다. 품 안의 자식 운운하지 않더라도 어쩐지 정민은 제멋대로 어디론가 빨리 달려가느라고 정신이 없었다. 제 아버진 아예 쳐다보지도 않았다. 심지어 아버지가 새로운 연극을 시작해도 가보지도 않았다. 분명한 것은 정민이 새롭게 달려가기 시작하는 곳엔 연극이란 말조차 없다는 사실이었다. 세상에, 연극이 없는 세상으로 빨려 들어가다니.

그러나 순자는 정민이 달려가기 시작한 곳이 어떤 세상인지 알아볼 여유가 없었다. 그녀는 자신도 모르는 사이, 연극 무대를 중심으로 열 자 밖으로 나가지 못하도록 고정되어 있는 자신을 발견했다. 고삐에 묶인 송아지처럼 되어 버린 것이다. 그러나 그것이 이상할 것은 없었다. 불행할 것도 없었다. 그녀 스스로 원한 일이었다. 기꺼이 스스로를 갖다 바친 곳이었다.

하지만 너무 멀리 달려가 버린 정민은 순자의 삶을 이해하지 못했다. 순자 자신이 기꺼이 삶의 한 방법이라 생각한 일을 현명치 못한 일로 매도해 버렸다. 셈이 바르지 못한 삶을 살았다고 초등학생 야단치듯 했다. 정민은 셈이 영악하지 못한 인생의 말로는 자식에게 짐이 되는 늙은 몸뚱어리뿐이라고 야멸치게 말하기도 했다.

순자는 자신의 삶의 방식이 누군가에게 상처가 된다는 것을 처음 알았다. 기꺼이 갖다 바친 청춘도 사랑도 어느새 누군가의 짐덩어리에 불과하게 되고 마는 순간이 있다는 걸 알고 경악했다. 하지만 돌아가기엔 너무 늦었다.

순자는 그냥 내버려 둘 수밖에 없었다. 자신의 나머지 삶도 정민도.

그렇더라도 그렇게 입바른 소리로 자신의 가슴에 상처를 내다니, 한편으론 불같이 치솟아 오르는 노여움에 머리가 욱신거렸다.

생전엔 쳐다보지도 않더니 그래도 제 아버지 제삿날이라고 와서 기웃거리다가 가버렸다. 어느 땐 차라리 오지 않는 게 편할 때가 있다. 안 보면 그립다가도 막상 얼굴을 마주 보면 서로 상처를 내고야 마는 것이 못내 견디기 어려웠다. 안 보여도 상처, 보여도 상처였다.

그렇기는 정민도 마찬가지였다. 완전히 외면해 버릴 수도 없었다.

언젠가는 기어이 무너지고 말 금이 간 축대 아래 있는 기분이었다. 그나마 마지막 복이라고 몸이나마 그런대로 견뎌 주니 다행이지만, 저 자존심에 건강마저 무너질까 걱정이었다. 아버지에 대한 미움도 지쳐 갈 무렵, 한때는 순자를 원망한 적도 있었다. 그러나 어딘가에 자신의 모든 것을 소진시킬 수 있을 만큼 목매고 사랑하는 일이 있다는 것이 부러울 때가 더 많았다. 그래서 그녀의 그런 삶을 이해할 수 있을 듯 보였다. 그러나 막상 순자를 보면 속에서 치받치는 뜨거운 것 때문에 한 번도 다정한 말 한마디 할 수 없었다. 돌아서면 이내 후회하고 말 것이라는 걸 알면서도 속에서 치받고 올라오는 말을 거르지 못했다. 기어이 상처를 내야만 직성이 풀리는 심사를 정민도 어쩔 수 없었다. 순자는 정민에게 사랑의 사 자도 몰라서 생기는 바보 같은 냉정함이라고 했다. 정민의 계산 바름, 얼핏 보면 대단히 합리적으로 보이는 그것은 그러므로 무식의 소치라는 것이다. 또 최소한 인간에 대한 연민이라도 있었다면 되었을 것을 그 알량한 연민마저 결핍된 현상이라고 몰아붙였다.

그러나 결핍이라는 순자의 지적이 옳은 것이라면, 그 완벽한 결핍 상태가 좋았을 뻔했다. 요즘 순자를 보고 나면 터지는 이 이율배반적 감정이 연민이라면 말이다. 알량한 연민 따위로도 이렇게 껄끄러운 것이라면 사랑은 더 말해 무엇하랴. 차라리 없으므로 행복한 것일 수도 있다는 생각을 했다. 이성으로 조절되지 않는다면 그 어떤 것도 정민의 구미엔 맞지 않았다.

외상도 외상 나름이었다. 바보 같은 순자가 허구한 날 남발하는 그런 외상과는 질적으로 다른 것이 어쩌면 세상에 더 많이 널려 있을지 모른다. 평생 생기지 않을 확률이 높은, 다음에 여유 있을 때로 미뤄 둔 외상값을 받자고 무턱대고 찾아온 남자가 있었다. 윤재가 불쑥 나타난 것이다. 기어이 복순이년이 가출한 지 사흘이 지난 날이었다. 누가 목줄을 풀어 주었는지 철렁거리며 몸부림치던 쇳소리가 더 이상 나지 않는 것이 이상해서 나가 보았더니 목줄 끝엔 아무것도 없었다. 지난밤 이후로 먹지 않아서 굳을 대로 굳은 밥이 그득한 밥그릇만 한쪽에 덜렁 놓여 있었다. 공연히 오기가 나서 대문을 잠가 버렸다. 그럼에도 대문을 긁는 소리조차 나지 않았다. 완벽한 가출이었다. 차라리 홀가분하다고 여겼는데, 차 소리에도 컹컹 짖어 대거나 목줄 소리 철렁거리며 반겨 주는 것이 없어서 한편으로 허전했다. 언제나 혼자였으므로 무언가가 없어서 느끼는 허전함은 거북스럽고 낯선 것이었다. 정민은 책상 한쪽에 장난삼아 놓았던 수절하는 복순이 사진을 치워 버렸다.

이른 새벽 아무도 없는 빈 마당을 가로질러 출사 나갔다가 돌아왔을 때, 복순이 대신 익숙하면서도 낯선 남자가 기다리고 있었다. 윤재였다. 정민의 표정을 보고 은석이 쭈뼛거리며 자리를 비켜 주었다.

윤재는 스스럼없이 손을 내밀어 악수를 청했다. 10년 만에 찾아오는 집에 아무런 사전 연락도 없이 불쑥 들이닥친 것은 윤재다운 일이었다. 앞뒤 재고 머리 갸웃거리다 겨우 무슨 일인가 벌일 듯 뜸을 들이는 스타일은 아니었다. 그랬으므로 그의 이별 선언 또한 그러했었다.

「네 소식은 마누라 통해서 숱하게 들어와서 그런지 오랜만에 만나는 것 같지 않다. 잘 있었냐?」

「현주 씬 잘 있어?」

「아니.」

「어디 아파?」

「단도직입적으로 말하려고 왔어. 이런저런 뻔한 인사말 따윈 내 성미에 맞지 않잖아.」

정민은 애써 웃었다. 그러고는 어서 말해 보라는 듯 그를 빤히 바라보았다. 그러나 숨도 안 쉬고 찾아온 용건을 말할 듯하던 윤재는 찻잔만 돌려 가며 고개를 숙이고 있었다.

「애초에 생각했던 것보다 내가 심각한가 보다. 다음에 이야기할게.」

벌떡 일어나는 윤재를 따라 미처 일어나지 못하고 바라다보던 정민은 그가 성큼성큼 나가자 따라나섰다.

「도대체 무슨 일이기에 그래? 왔던 용기로 말해. 그렇게 하고 가면 난 일이 손에 잡히니?」

「네 일이 아니고, 내 일이니까 마음에 두지 마라. 그냥 홧김에 달려왔나 봐.」

쫓기는 사람처럼 윤재가 나가 버린 뒤로 정민의 마음은 하루 종일 허둥댔다. 진득하게 무슨 일도 할 수 없었다. 결국 '주간 리포트' 포토 스토리에 올릴 사진을 정리하는 것을 포기하고 카메라 가방을 둘러메고 집을 나서고 말았다.

「나 놀러 갔다 올게.」

마음이 심란해지면 꼭 이렇게 하는 것은 아니지만, 머리에 쥐가 날 만큼 매운 음식으로도 마음이 가라앉지 않을 땐 카메라를 들고 밖으로 나왔다. 거리에서, 학교에서, 백화점에서, 혹은 근로자들이 쏟아져 나오는 공단 앞에서, 퇴근 후 사람들이 들렀다 가는 선술집에서 카메라 셔터 소리가 경쾌하게 터지면 맺혔던 감정들이 풀어지곤 했다.

10년을 한 단위로 생각하고 작업하는 게 있었다. 소위 피처물이라고 하는, 그냥 스쳐 지나치는 우리의 일상을 필름에 담는 일이다. 그러므로 바쁠 일도 없지만, 보상을 바라고 하는 일도 아니었다. 또 선정주의나 폭로주의나 혹은 연예 저널리즘 따위에 밀릴 것을 염려하지 않아도 좋았다. 워낙 다큐멘터리 사진이 돈이 되지 않는 분야이긴 하지만, 아예 10년을 바라보고 일을 시작하니 그마저 생각하지 않아서 좋았다. 더구나 딱히 이 작업이 언젠가 세상에 빛을 보겠거니 하는 생각도 없다. 10년 후에 기록의 매력에 빠지고 싶은 누군가에게 필요한 사진이 된다면 만족할 일이었다. 그러므로 함부로 연출을 요구하거나 정민의 주관을 강하게 개입시키거나 크로핑 따위로 독자들의 환심을 사려는 마음도 없다. 정민은 이 일을 일의 개념으로 이해하고 시작하지 않았다. 마음껏 놀아 보자는 게 좀 더 솔직한 표현일 것이다.

그렇더라도 사진이란 것은 1초도 안 되는 순간에 이루어지는 일이면서 반대로 반영구적인 일이다. 순간의 일이지만 가장 피사체다운 것이었을 때 영원성을 획득하게 된다. 따라서 피사체에 대한 해박한 지식이나 애정 없이는 순간이 영원으로 되는 일은 없을 터였다. 순간이 영원일 수 있는 것은 영원을 순간으로 포착했기 때문일 것이다.

셔터 소리는 많은 것을 잠재운다. 셔터 소리 속으로 유치원 버스에 오르는 아이도 들어가고, 교복을 입고 담배를 물고 있는 아이도 들어가며, 건물 밖으로 피신하듯 나와서 담배를 태우는 샐러리맨도 들어가고, 시장통에 누워 있던 생선도 신선도를 그대로 유지한 채 들어가고, 우연히 횡단보도에 나란히 선 네 남녀가 휴대 전화로 수다 떠는 장면도 일직선으로 사이좋게 들어갔다. 모든 일들은 있는 그대로 생으로 그렇게 필름 속으로 들어갔다. 몇백분의 1초의 순간이 영원이 되기 위해. 더불어 정민의 종잡을 수 없던 마음도 가라앉았다.

외로워도 슬퍼도 나는 안 울어…….

사람들은 정민의 벨 소리를 들으면 기막히다는 표정을 지었다. 하지만 정민은 자신이 좋아하는 것을 감추지 않았다. 정민은 일본 즈이요 영상에서 시리즈로 제작한 만화를 아직도 좋아한다. 〈알프스 소녀 하이디〉나 〈프란다스의 개〉 같은 작품들이 텔레비전에서 방영되면 몇 번씩 재탕한 것임에도 되도록 시간을 체크해 가며 본다.

「정민 씨?」

「그런데…… 누구……?」

「아, 일전에 저를 멋지게 뽑아 주신 유한섭이오. 웅비대학교의.」

정민은 놀랐다. 대개 이런 사람들은 비서를 통해 전화를 연결하거나 볼일을 해결하기 마련이다. 그런데 직접 정민의 휴대 전화에 전화를 건 것은 물론이고 마치 오랜 친구처럼 정민 씨냐며 다정하게 물어 오는 모양이라니. 순간 정민은 지난번 찍은 사진을 은석에게 들려서 보낸 기억을 떠올리며 공연히 무안해졌다.

「혹시 지난번 사진 중에서 몇 개 필름을 얻을 수 있을까 해서요. 그리고 된다면 핑곗김에 제가 저녁이라도 한 끼 대접하고 싶은데요.」

그는 필름을 받고 싶은 사진을 스캔으로 떠서 정민의 이메일로 보내겠노라고 했다. 그러면서 지난번 건네주었던 명함에 적힌 이메일 주소를 다시 한 번 확인했다. 어쨌든 여러 모로 사람을 놀라게 하는 재주가 있는 남자였다. 정민은 유한섭과 만날 약속을 잡아 놓고 전화를 끊었다.

집으로 돌아와 정민은 이메일부터 열어 보았다. 도대체 이 남자가 맘에 들어 하는 사진이 무엇일까 궁금했다. 간단한 인사말과 함께 사진이 들어와 있었다. 정민이 예상했던 대로 바람처럼 유쾌한 표정을 짓고 있는 사진이었다. 무거운 책장을 배경으로 한 것과 오렌지 톤이 감도는 벽을 배경으로 소파에 앉은 것 모두 환하게 세상 살맛 난다는 표정이었다.

그런데 유한섭으로부터 또 하나의 메일이 들어왔다.

참, 그런데 이런 표정은 어떻게 잡은 거요? 좀처럼 들키지 않는 표정인데. 몰래 카메라든 행사장에서 스냅으로 찍히든 이런 표정은 처음이에요. 나만 아는 표정이란 말이지요. 어쨌든 잘 간직하리다. 실은 이 사진 필름을 제일 갖고 싶었습니다.

유한섭은 웃으려다 실패한 것인지, 멍청하게 넋을 놓은 건지 약간 벌린 입으로 무표정하게 정민을 살짝 비켜 뒤편을 바라보고 있었다. 상반신을 클로즈업해서 연사로 찍은 것인데, 아마 순간과 순간 사이에 지었던 표정인 모양이었다.

정민은 웃고 있는 사진보다 나중에 보내온 사진을 자꾸 들여다보았다. 쿡 웃음을 지으며 한쪽으로 치워 놓았다가 다시 또 들여다보았다. 적지 않은 나이니 어찌 고통 따위의 감정을 모르랴만, 나도 고통받는다는 것이 무엇인지 외로운 것이 무엇인지 안다는 표정이었다. 처음 사진을 뽑았을 때, 보낼까 말까 망설이다 보낸 사진이었다. 어쩌면 정민의 마음 한쪽에서 장난기가 발동했는지 몰랐다. 혹은 너무 행복에 겨운 사람에 대한 질투였는지도.

청자 꽃병 같은 아내와, 코 납작한 동양인들보다 서양인 친구들과 어울리는 게 더 자연스러울 자식들과, 한라산보다 더 크고 단단하게 뒤를 받쳐 주고 있는 할아버지와, 유학 대열에 무조건 올랐다가 젠체하는 사람들 코를 납작하게 해줄 학력을 얻은 것과, 영화배우가 부럽지 않은 외모와, 바람 같은 웃음과…….

한 번도 정민이 가져 본 적이 없는 것들을 물린 짠지처럼 소유하고 있을 이 남자에게 '흥, 너도 이런 멍청한 표정을 지을 수 있단 말이지' 하고 야유하고 싶었는지 몰랐다.

한 번도 많이 가진 사람에 대해 공개적으로 적개심을 드러낸 적은 없었다. 또 그들을 무조건 미워하거나 싫어하는 마음도 없었다. 그러나 가끔 권력과 부와 명예 삼박자를 고루 갖춘 사람들을 보면 그 세계는 마치 레테의 강을 건너야만 도달할 수 있을 것처럼 비현실적으로 느껴지곤 했다. 그래도 요즘엔 다양한 사람들을 만나고 그들을 피사체로 잡느라 그들에 대해 많은 정보를 제공 받으면서 그런 경향은 사라졌다. 그런데 문득 유한섭에게 그런 감정이 자신도 모르게 들었던 모양이었다. 정민은 그런 속내를 들킨 것 같아 자꾸 유한섭의 멍청한 사진을 보았다.

정민은 조금 일찍 약속 장소에 도착했다. 춘천에서 달려오는 길이라 시간을 넉넉하게 잡고 왔기 때문이었다. 그녀는 자리에 앉으면서 카메라 가방에서 꺼내 온 필름을 확인했다. 그러고는 약속한 카페 안을 둘러보았다. 도대체 어설프게 나이 든 여자가 청바지에 헝겊 가방을 대각선으로 둘러메고 워커 바람으로 들어오기엔 좀 쑥스러운 분위기였다. 하지만 이런 일쯤이야 늘 겪는 것이었으므로 개의치 않았다. 그래도 그녀는 눌러쓴 모자 챙을 약간 올렸다.

이른 봄처럼 빠르고 경쾌하게 그가 걸어왔다. 멀리서도 그의 얼굴 근육이 환하게 웃고 있는 게 보였다. 면바지에 연녹색 카디건 차림 때문에 지난번 감색 슈트 차림보다 훨씬 더 젊고 여유 있게 보였다.

「귀한 토요일 오후 시간을 내줘서 고맙습니다.」

정민은 일어서서 그를 맞았다. 실은 지난번 약속을 정한 이후로 만나기로 한 날이 토요일이란 사실을 잊고 있었다.

정민은 자리에 앉으면서 곧바로 필름이 담긴 봉투를 내밀었다. 한 섭은 봉투를 보면서 싱긋 웃었다.

「성격이 원래 이렇게 급합니까, 아니면 제가 거북살스러워서 빨리 헤어지고 싶은 겁니까.」

정민은 순간 할 말이 궁해져 버렸다.

「원래 다른 일을 하다 보면 본 목적을 잊는 게 제 특기라서요.」

「핑곗김에 한 번 더 만나지요.」

한섭은 의자 깊숙이 묻은 몸을 앞으로 당기며 정민의 코앞에 자신의 얼굴을 대고는 껄껄 웃었다.

정민은 마치 오래 만난 사람처럼 스스럼없이 구는 한섭이 불편했다. 지나친 친절함은 느끼한 튀김처럼 개운하지 않았다. 언제나 사람을 사귀는 데 남보다 몇 배 더 걸리는 정민으로서는 이런 스스럼 없음이 마치 상대방을 강제로 무장 해제 시키려는 의도 같아서 더 움츠러들곤 했다. 사람을 주 피사체로 삼는 정민에게 이런 성격은 치명적인 약점이란 걸 알면서도 이런 불편함을 아주 떨쳐 버리진 못했다. 사진을 찍으러 가기 위해 상대방에 대한 온갖 것들을 예습하고, 현장에선 누구보다 그 사람에게 무수한 말을 시키거나 웃게 하거나 무장 해제를 시켜서 편안한 표정을 끌어내지만, 돌아서는 순간 모든 것을 잊어버렸다. 순자 말대로 인간에 대한 최소한의 연민조차 없어서 그런지도 몰랐다. 물론 아주 가끔 예외가 있기는 했지만, 일로 만난 사이는 일로 끝내는 게 정민의 사는 방법이었다.

「명함이 참 신선했어요.」

「네? 아, 그 사진.」

「네. 물론 명함 뒷면에 있는 사진도 좋았고요. 타이틀이 너무 명료해서요.」

「그 사진이 제일 맘에 드는 것은 아니지만, 그걸 찍기 위해 일주일 동안이나 기다렸거든요. 눈 속에서요. 결국 그거 하나 얻자고 동상까지 걸린 것이라 애착이 가서 명함에 박은 겁니다.」

「아, 그렇게까지 해서 얻은 거군요. 꼭 한 편의 수묵화를 보는 것 같았어요. 그런데 그 사진보다 정민 씨가 사용한 타이틀요. 포토 저널리스트, 포토 아티스트, 무슨 무슨 스튜디오 대표 등등이란 명함은 받아 봤지만, 사진사란 타이틀을 자기 이름 앞에 박은 사람은 정민 씨가 처음이에요.」

「별일 아닌 것을……. 옛날에는 사진관을 요즘처럼 스튜디오라고 하지 않았지요. 무슨 무슨 사장, 이랬잖아요. 그저 흐름이지요.」

「그게 나한텐 참 심플한 느낌으로 다가오더라고요. 오히려 사진을 찍는 사람이라는 자부심도 느껴지고요.」

「그렇게 거창한 생각으로 쓴 건 아니에요. 다만 성정이 메마르고 거칠어서 이런저런 생각을 하며 고민하기 싫었을 뿐이에요. 호칭이야 여러 가지로 쓰기 나름이니까요. 무슨 기업체 과장이니 하고 한 가지 답만 있으면야 간단하지만요.」

「제 딸이 그 사진을 좋아해요.」

「……?」

「그 멍청한 사진요. 글쎄, 그걸 자기 방에다 놓고 싶다고 해서 말렸다니까요.」

「죄송합니다. 뽑지 않는 건데. 누구나 아주 짧은 순간에 예기치 않은 표정을 짓곤 하지요. 한번 보시고 웃으시라고…….」

「그거 제 방에 두었습니다. 책상 위에다요.」

한섭은 싱글싱글 웃었다. 사진 속에서와 같은 멍청한 표정은 지을래도 지을 수 없을 것 같은 얼굴이었다. 그는 에스프레소를 주문해서는 조향사처럼 아주 조금씩 음미했다. 그럴 때도 한섭의 얼굴엔 늘 웃음기가 묻어 있었다. 등도 기대지 않은 채, 후줄근한 청바지에 워커 차림으로 마치 전투에 불려 나갈 태세로 앉아 있는 정민과 함께 앵글에 담는다면 영 어색할 그런 풍경이었다.

약간의 심술기가 발동해서 보낸 사진이었는데, 그 사진을 부녀가 서로 갖겠다고 했다는 말에 정민은 그 숨은 의도가 무엇일까 골똘해졌다. 왼쪽 뺨 때렸더니 오른쪽 뺨까지 내밀겠다는 건지, 혹은 심술에 역공으로 더 심술을 부리겠다는 건지, 원래 이런 사람들이야 웃으면서 상대방 가슴에 비수를 꽂으니까 그 사진을 정민의 고객이 될 만한 주변 사람들에게 회람시키겠다는 건지, 정민은 등줄기를 꼿꼿이 하며 더욱 심지를 세웠다.

그녀의 생체 리듬은 낯선 것과 만났을 때 경계 모드로 재빨리 전환되곤 했다. 그건 혼자 살아오면서 체득한 그녀 나름의 삶의 지혜였다. 이런 전환 체계는 재빠르기도 하지만 숙련되어서, 그녀의 뇌세포가 섬광처럼 무수히 번뜩이며 상대방 눈빛에 촉수를 들이대고 있으면서도 그녀의 표정은 별 변화를 보이지 않았다. 표정이 심각하게 굳어지거나 눈을 이리저리 굴리면서 상대방 의도를 파악하려 애쓰거나 하는 일은 오래전에 버렸다. 대신 말투가 아주 조금 느려지고 말수가 줄어들었다. 하지만 이런 변화쯤은 순자조차 눈치 채지 못할 만큼 미미한 것이었다.

「제 실숩니다. 사진을 선별해서 보내야 하는 건데.」

병아리 눈물만큼 커피를 홀짝이며 한섭은 손을 내저었다. 정민은 이미 빈 자신의 커피 잔에 눈을 박고 있다가 한섭의 손사래에 애매하게 웃어 보였다.

「실은 그 얘기 하자는 게 아니고 다른 볼일이 또 있는데 자리를 옮기는 건 어때요?」

정민은 아직 반쯤 남아 있는 한섭의 커피 잔을 바라보았다.

「아, 난 에스프레소를 좋아해요. 하지만 많이 못 마셔요. 실은 지금 빈속이라서 더 그래요. 좀 이르지만 우리 저녁 먹으러 갈래요?」

사실은 정민도 점심을 거른 채였다. 약속 장소에 일찍 도착하게 되면 먼저 간단한 요기라도 할 요량이었으나 시간이 그렇게 넉넉하진 않았었다. 하지만 또다시 이 남자와 더 시간을 보내야 한다는 것이 그리 유쾌한 일은 아니었다. 경계 모드로 돌아선 신경 체계는 쉽게 풀릴 것 같지 않았다. 무슨 볼일인지 그냥 이 자리에서 해결하고 혼자 홀가분하게 저녁을 먹고 싶었다. 이렇게 아침부터 현장을 뛰어다니다가 편치 못한 사람과 마주 앉아 있던 날은 딱히 볼 내용이 없어도 텔레비전 앞에 앉아서 바케트 한 조각과 포도주 한 잔으로 때우는 저녁이 제일 편안했다.

그러나 한섭은 여전히 웃는 얼굴로 정민을 바라보았다. 순간 정민은 한섭과 자신 사이에 불편한 기류가 흐르고 있는 게 아니라 오로지 자신만의 문제라는 걸 인정할 수밖에 없었다. 두 사람 사이가 문제가 아니라 언제나 그랬듯이 자신 내면에만 흥건하게 괴어 있는 사람에 대한 불편함인 것이다.

「비싼 저녁값은 이사장님이 내시고 싼 찻값은 제가 낼게요.」

경계 체계로 전환된 모드를 강제로 해제시키는 방법 중 하나는 혓바닥을 굴리는 일이다. 수다를 떨거나 노래를 부르거나 맛있는 음식을 먹거나 가능하다면 달콤한 키스를 하거나, 한 치 혀의 용도는 다양했다.

카페 밖으로 나왔을 때 한섭은 또 한 번 정민을 당황하게 했다. 한섭은 차를 가져오지 않았다. 그는 서울에서의 운전이 익숙지 않아서라고 했지만, 정민은 수긍이 가지 않았다. 운전 기사는 폼으로 둔단 말인가. 정민은 잠시 난감한 기분이 들었다. 차 안이 형편없이 지저분했기 때문이다. 그녀는 서둘러 카메라 장비들을 트렁크로 옮기고 이런저런 서류며 책 따위를 뒷좌석으로 척척 던져 놓고, 빵 봉지며 과자 봉지 따위를 좌석 포켓에 쑤셔 넣었다. 야외로 출사 나가다 보면 식사를 제때 할 수 없어서 이런저런 먹거리들을 들고 다니며 먹더라도 이렇게 아무렇게나 해놓고 사는 건 분명히 남 보기에 좋은 일은 아니었다. 그렇게 부지런히 치웠음에도 바닥엔 흙이며 검불들이 그대로였다.

정민은 스스럼없이 지내는 사이도 아닌 터에 이런 사소한 것까지 들켜야 된다는 것이 유쾌하지 않았다. 더구나 한쪽에 비켜서서 정민의 허둥대는 꼴을 웃는 얼굴로 지켜보고 있는 한섭의 태도에 정민은 슬며시 약이 올랐다.

「교통비까지 받으려고 했는데 차가 더러워서 달란 말도 못하겠네요.」

「지프 몰고 다니는 사람들은 어쩐지 파워 있어 보였는데, 정민 씨 차가 지프였군요. 이래저래 저녁을 곱빼기로 사야 되겠는데요.」

「가까운 곳으로 가요.」

정민은 좁은 공간에서 둘이 앉아 있는 그 시간을 참을 수 없을 것 같았다. 다행히 한섭이 안내한 집은 그리 멀지 않은 조용한 레스토랑이었다.

한섭은 정민에게 새로운 일거리를 조심스럽게 제안했다. 혹시 예술 사진만 고집하시는 건 아닌지…… 하면서 말이다. 그는 정민에게 학교 홍보물 사진을 맡아 달라고 했다. 물론 정식 절차를 거쳐야 하지만 미리 승낙을 받아 놓는다는 것이었다.

「무시까지는 아니지만, 사진을 부수적인 일로 생각하는 경우가 많은 것 같아요. 하지만 제 생각은 다르거든요. 똑같이 학교 건물들을 잡아도 그 생동감이 달라요. 단순히 학교 홍보물이려니 생각하고 달려드는 그런 스테레오 타입은 싫거든요. 새로운 마인드로 접근할 필요가 있다고 생각해요. 요즘은 한국도 앉아서 학생을 받는 시기가 아니란 걸 알아요. 대학도 적극적인 마케팅을 펼쳐야죠.」

언제나 일한 대가를 고스란히 받을 수 있는 것은 아니었다. 정민이 하고 싶은 다큐멘터리 사진이 그 대표적인 경우였다. 그러므로 이런 대학 홍보물은 그야말로 경제적인 가치가 있는 일이었다. 더구나 정민의 재정 상태가 썩 좋은 것도 아니었다. 연예 저널 쪽으로 나가면 지금보단 훨씬 좋아질 터이지만 정민은 자기 체질이 아니라는 걸 알았다. 그런 터에 이런 일감은 썩 유용한 것이다. 구체적인 일이야 실무자들과 머리를 맞대야겠지만, 정민은 흔쾌히 그 일을 받아들였다.

한섭은 그동안 나온 학교 홍보물은 사진사가 급하게 자기 스케줄과 자기 스타일에 맞춰서 만들어 놨다며 못마땅해했다. 심지어 자기 스타일대로 연출한 것 같은 사진도 있다며 순간의 한 컷을 만들려면 반대로 오래 지켜보고 연구해야 되지 않느냐며 정민을 놀렸다. 정민은 한섭이 그동안 몇 권 되지 않는 자신의 사진집까지 다 보았다는 것을 알고 또 놀랐다.

사진을 찍을 때 매뉴얼이라는 게 있다. 셔터 속도는 어떻게 해야 하는지 노출을 얼마로 할 것인지 구도는 어떻게 갈 것인지 등등. 정민은 한섭에게서 약간의 불안감이 느껴졌다. 모범 답안 같은 매뉴얼대로 가기엔 돌발적인 변수가 많은 이 남자에게 어떤 매뉴얼을 적용시켜야 할지 짚어 낼 수 없었다.

4

그때 그렇게 말한 것은 순전히 일상적인 비아냥이었다. 혓바닥이 살모사 대가리처럼 늘 독이 올라 있는 것이 어찌 그날뿐이었던가. 아버지가 형편없이 작게 보이던 날 이후로 늘 그래 오던 것이었다.

'우리 아빠 경찰이야'라고 당당하게 말하던 시절이 지나자, '네 꼰대가 짭새냐'라고 묻는 시절이 닥쳐오고 말았다. 그러나 친구들이 그런 말을 하기 전에 이미 아버지가 자신이 그린 그림처럼 당당하고 위엄 있는 인물이 아니란 걸 알아 버렸다. 그나마 그 짭새도 번듯한 허공을 오래 날지 못하고 추락해 버리고 말았다. 파닥이던 작은 날개를 접고 자리를 보전한 지 1년 만이었다.

코뿔소는 이상하게 아버지의 냄새가 나던 곳이었다. 그곳에서 영우는 왜 그리 당당하던지 윤재로서는 수수께끼였다. 해질녘 그림자를 자신으로 착각한 남자의 위풍당당함에 묘한 끌림이 있었던 것 같았다. 지나고 보니 그랬다. 그땐 순자의 인정 많음과 정민의 집이라는 것이 코뿔소를 무시로 드나드는 이유의 다였다고 생각했다.

지금 생각해 보면 아버지가 조금만 더 옆에 있어 주었다면, 단언컨대 아버진 어렸을 적 윤재의 눈에 맺힌 시상(視像)대로 다시 커질 수 있었을지도 모른다. 엄마는 오래도록 아버지를 잊지 않았으며, 아버지에 대한 기억은 왜곡되었을지라도 윤재가 초등학교 시절 느꼈던 느낌 그대로였다. 박봉에 하고많은 밤샘에 시달렸을 한 남자를 가장 가까이에서 보고 산 여자의 기억 속에 그리 당당하고 괜찮은 인간으로 기억되었다면 그 남자의 인생은 정녕 그러했을 터였다. 그러나 오랫동안 아버지는 아주 작고 초라한 모습으로 윤재에게 남아 있었다. 우상이 사라지고 난 자리에 치받치고 올라온 것이 냉소였다.

놀랍게도 그 냉소적인 시절에 한 여자를 사랑했고, 이별했고 아파했다. 어쩌면 20대였기에 가능했는지도 모른다. 늙은이처럼 '원래 세상일이란 게 다 그런 거야'라며 초연함을 흉내 내기에 급급했던 시절이었다. 늙은이처럼 주름살 켜켜이 온갖 슬픔과 욕망을 묻어 두고 내뱉는 절절함이 아니었다.

첫아이가 두 돌쯤 되었을 때 정민을 다시 보았다. 윤재가 박사 학위 논문을 몇 번째 내면서 2년제 대학에 시간 강사로 다닐 때였다. 사진과 학생들 교양 국어를 가르치고 있었다. 정민은 속사포처럼 빠른 어투로 학생들을 질리게 만들었으므로, 교양 국어 시간에 들어와서도 학생들은 정민의 수업에 제출할 리포트를 주고받거나 과제물로 찍어 온 사진들을 돌려 보거나 했다. 노처녀 히틀러에게 잘못 찍히면 들입다 고생해야 할 것이기 때문에 아이들은 교양 국어 따윈 염두에 두지도 않았다.

문화 센터의 온갖 강좌들을 쇼핑하며 과외 선생의 염증을 달래던 현주가 느닷없이 정민의 소식을 들고 온 것은 바로 얼마 전이었다. 세상의 모든 시름 안은 것처럼 하고 다니던 선생이 느닷없이 교체되었는데, 그 선생이 바로 정민이었다는 것이다.

「여전하더라, 싸늘한 얼굴로……. 그래도 상대가 다들 만만한 나이들이 아니어선지 자기 하고 싶은 대로 다 하지 못하는 얼굴이었는데, 냉기는 여전하더라고. 그래도 실력은 빵빵한 것 같더라. 같은 강좌를 가지고 두 선생이 하니까 너무 비교가 돼. 그 잘난 맛에 사느라고 그런지 결혼도 안 했더라고. 남자나 여자나 결혼해서 자식을 낳아 봐야 좀 세상에 대해 할랑해지는데 말이야. 바늘 한 땀 꽂기가 힘들겠어.」

칭찬인지 욕인지 현주는 정민을 가끔 식탁 위 화제로 삼았다. 한때 윤재와 각별한 사이였다는 걸 아는지 모르는지 자신이 묻혀 오는 정민에겐 특별한 감정 따윈 없어 보였다. 윤재도 새삼 정민에게 옛날 감정을 떠올릴 일도 없었다. 이상하게 감정이 어느 날 한꺼번에 휘발되어 버렸다. 첫애가 생겼던 무렵이었을 것이다. 희로애락에 급격히 빨려 들거나 깊이 젖어 들지 못했다. 따라서 윤재의 독설도 그와 함께 없어져 버렸다. 문득 어느 날 그랬다. 만약 수도승들이 정진해서 얻고자 하는 희로애락의 결락 상태가 이런 것이라면, 그러나 윤재는 권하고 싶진 않았다. 그 빈자리에 알 수 없는 무기력이 세균처럼 잔뜩 배양되고 있었다. 현주는 반쯤 비아냥조로 만년 시간 강사 생활에서 오는 피로감이라고 했다. 어쩌면 그럴지도 모른다. 윤재는 피로했다. 공부보다는, 강단에 서기까지 거쳐야 하는 이 시대의 메커니즘에 지쳐 있었다. 누군가의 글처럼 숲에 두 갈래의 길이 있다는 데, 이쯤 오고 보니 길은 오로지 한 길로만 뚫려 있어 돌아갈 수도 없어 보였다. 어디쯤에서 그 갈림길이 있었던가 아련했다. 분명 길이 두 갈래였다면 한 갈래는 미국으로 뻗어 있어야 했다. 그런데 어디에서 그 길을 놓쳤을까.

요즘엔 현주도 자기가 종용한 길에 회의를 느끼는 것 같았다.

그런데 오랜만에 윤재는 앞뒤 안 가리고 노여움에 자동차를 몰고 정민에게 달려갔다. 스튜디오 위치를 묻는 윤재에게, 조수가 정민이 촬영을 나갔으며 돌아오는 시간은 확실치 않다고 했는데도 달려갔다. 그렇게 달리지 않으면 누군가의 목을 비틀어 버릴 것 같았다.

얼굴 맞대고 마주 앉아 본 게 10년쯤 전이었을 것이다. 먼발치에서 혼자 보거나 소문으로 소식을 듣거나 사진집에 실린 사진들을 보았던 것으로 그 10년의 세월을 대뜸 메울 수는 없었다. 하지만 차근차근 인사하고 안부 묻고 하는 따위의 절차를 밟기엔 감정이 격했고, 또 조절 장치 따위가 장착되어 있지 못했다.

「단도직입적으로 말을 하려고 왔어. 이런저런 뻔한 인사말 따윈 내 성미에 맞지 않잖아.」

그렇게 말하고 나자 갑자기, 차를 몰고 오면서 그렇게 속으로 다독이려 해도 안 되었던 묵직한 무엇이 가슴을 턱 내리눌렀다. 윤재는 찻잔만 만지작거렸다. 어찌나 단단하고 옹골지게 가슴팍을 내리누르던지, 숨쉬기도 거북할 지경이었다. 결국 이 정체불명의 강력한 누름 장치에 윤재는 기어이 하려던 말을 못하고 돌아서고 말았다.

수치심이었을 거라는 생각을 했다. 정민의 스튜디오에서 윤재의 가슴을 짓누르던 거대한 무엇은. 이젠 무게와 부피가 조금 줄어들었지만 여전히 가슴에 똬리를 틀고 앉아 윤재를 침묵으로 몰아갔다. 졸음에 겨운 눈꺼풀만치 무거워진 입술 때문에 강의 시간이 고역이었다.

하지만 감정은 널뛰듯 이쪽저쪽을 오르락내리락했다. 무거운 돌덩이 같은 수치심으로 가라앉았다가 타오르는 불꽃 같은 분노가 치솟았다가 했다. 만년 보따리 장사에 대한 염증도 함께 왔다. 따라서 강의 준비도 소홀했다. 거리를 헤매거나 동네 어귀 놀이터에서 넋 놓고 있거나 하는 시간이 많아졌다.

그러다 그날은 전혀 예기치 않은 장소에서 예기치 않은 사람과 만나고 말았다. 처음엔 그녀를 알아보지 못했다. 등에 둘러멘 가방이 여느 여자들 가방보다 훨씬 희극적으로 커 보여서 한 번 더 쳐다본 것인데, 그게 바로 카메라 가방을 멘 정민이었다. 스니커즈에 헐렁한 청바지에 푸른빛이 도는 셔츠, 그리고 모자를 한쪽으로 비뚤게 쓴 채 길모퉁이에 가만 서 있었다. 손엔 예의 카메라가 신주처럼 들려 있었다.

「뭐 해?」

「으응? 윤재구나. 여긴 웬일이야.」

거리에 온갖 신경을 두고 있던 정민이 화들짝 놀라며 윤재를 바라보았다.

「내가 물었잖아.」

「나? 놀고 있는 거야. 난 이렇게 놀아.」

「난 배회하고 있는데. 지금 집에 들어가면 마누라 손님들 때문에 눈치 보이니까. 대개 도서관에서 시간을 때우는데…….」

「대개? 그럼 언제나 손님이 와?」

「그래. 마누라가 애들 과외 지도 하거든.」

그러면서 윤재는 '얼마나 할지 모르지만'이란 말을 쑥 삼켜 버렸다.

「술이나 한잔할래?」

「이 환한 백주 대낮에 술을 하자고?」

「조금 있으면 해 떨어질 시간이야. 되게 바른 척하네. 그리고 설령 낮에 술 마시면 안 되냐? 꼬장꼬장한 건 여전하다.」

정민도 어딘가에 들어가 좀 쉬고 싶긴 했었다. 혼자 카메라 가방 달랑 메고 낯선 거리를 다리가 팍팍하도록 헤매고 다녔다. 그래도 술을 마실 생각은 없었다. 그런데 윤재의 눈빛은 안 마시겠다면 시비라도 걸 표정이었다. 며칠 전 스튜디오에서 정민을 내리찍던 눈빛과는 또 달랐다. 그러나 윤재의 눈빛은 여전히 초점이 모아지지 않았고, 얼굴 근육은 아래로 처진 채 굳어 있는 게 확연히 보였다.

아무렇게나 골라잡아 들어온 소주방은 텅 비어 있었다. 자리에 앉자마자 제일 먼저 카메라부터 조심스럽게 가방에 챙겨 넣는 정민을 보고 그동안 뭔가 퉁퉁 부어 있던 윤재가 기어이 한마디했다.

「네 서방도 그렇게 애지중지하진 않겠다.」

「내 서방이 카메라야.」

「놀고 있네. 남자나 여자나 일하고 결혼했다는 연놈들은 싸잡아서 경멸하고 싶더라. 넌 카메라하고도 섹스가 가능하냐? 섹스 없는 결혼은 고무줄 없는 빤스야. 어이구, 그 나이에 아직도 그런 소리 하고 다니고 싶어?」

「날 붙들어서 이 자리까지 온 이유가 그 말 하고 싶어서야? 그래,

직선적인 네 성격에 서론 빼고 본론부터 꺼냈으니 요점 정리로 끝
낼 결론도 함께 끝난 거겠네. 잘 있어라.」
「앉아. 오늘의 본론은 아직 결정하지 못했어.」
「그래, 서론 한번 옴팡지게 한다. 이 벌건 대낮에 술집에 오자고
한 이유가 뭐야? 아니, 아직 결정하지 못했댔지. 얼마나 시간을
줄까?」

정민은 애초에 달갑지 않은 자리였는 데다 윤재의 삐딱하게 기운
심사까지 받아들일 마음도 없었다. 그동안 격조하였던 터라 마음도
편치 않았다. 아니, 지난번 여관방에서의 통화 이후로, 또 스튜디오
로 급습하듯 왔다 사라진 일 이후로, 가끔씩 머리를 지끈거리게 하
는 상념들이 무엇인지 분명히 알 수 없어서 불편했다. 게다가 손님
하나 없는 소주방은 더욱 썰렁해서 술맛조차 나지 않을 게 뻔했다.

원목으로 칸을 갈라놓은 그리 작지 않은 공간엔 소주 회사에서 나
온 광고가 그림처럼 액자에 걸려 있고, 인조목이 분명한 야자수와
넝쿨 식물들이 있는, 변두리 동네 어귀의 전형적인 소주방이었다. 그
래도 분위기는 내보겠다고 푸르고 붉은 색유리 속에서 뿜어져 나오
는 전등은 홀 안의 공기를 한층 어지럽게 만들어 놓고 있었다.

일어서려던 정민을 붙잡아 앉혀 놓고는 소주와 안주가 올 때까지
윤재는 식탁 위에 올린 손만 만지작거리며 입을 다물고 앉아 있었
다. 정민은 등을 의자 등받이에 무게 있게 싣고 다리를 꼬고 팔짱을
낀 채 그런 윤재를 바라보았다.

「자, 십 년 만의 해훈데 좀 거칠었다. 잔이나 부딪치자.」
뭔가 어려운 이야기가 있는 게 분명했다. 명색이 인물 위주로 사

진을 찍어 온 사람이었다. 정민은 나름대로 터득한 사람 보는 눈이 있었다. 보일 듯 말 듯 살짝 처진 어깨를 추스르며 거칠게 놓는 말본새로 보아, 나름대로 고민을 꽤 한 모양이라고 생각했다.

물어보지 않기로 했다. 혼자 더 많이 고민하다 풀어놓든, 술김에다 불어 버리든 그건 윤재가 선택할 일이었다. 설령 자기 딴엔 심각하더라도 10년 만에 덜컥 만난, 한때나마 이성으로서의 감정을 가졌던 여자에게 얼마나 어려운 이야기를 하랴 싶기도 했다.

「우리 큰놈이 여섯 살이야. 유치원에 다니지.」

윤재의 잔에 세 번째 술을 따르다가 정민은 윤재를 쳐다보았다.

「현주가 임신을 했어. 둘째 애인 셈이지.」

축하한다는 말을 하려다가 윤재의 표정을 살피며 정민은 술을 마셨다.

「더 이상 못 참겠어. 참을 수가 없어.」

정민은 윤재의 빈 잔에 술을 따랐다.

「첫애 땐 그래, 이것도 복이라면 복이라고 생각했어. 그러기까지 내 속에 일었던 폭풍 따윈 생략하자고. 그런데 또 둘째 애를 가진 거야. 또 가졌다니까, 현주가. 현주 그 깜찍하고 귀여운 여자가.」

윤재는 두 팔꿈치를 탁자에 세운 채 머리를 감싸 잡았다. 그가 내뱉은 숨결에 소주잔에 담긴 술이 작은 물결을 일으키며 떨렸다.

「자고 온 날은 너랑 종강 모임인지 촬영 대흰지 한다고 한 날뿐이야.」

「무슨 소리야?」

도대체 무슨 이야기를 하려고 이렇게 서론이 긴가, 내심 지루한 표정으로 듣고 있던 정민이 놀라서 펄쩍 뛰었다.

「일 년이 지나도 애가 없었어. 내심 짚이는 데가 있어서 나 혼자 병원에 갔었어. 현준 몰라. 나중에 정 원하면 의논해서 입양이라도 할까 생각하는데 첫애를 임신한 거야.」

정민은 말을 잃었다. 차분한 건 오히려 윤재였다. 윤재는 갈수록 점점 이성적인 표정으로 남의 이야기 하듯 또박또박 말을 이어 갔다. 그래도 차마 윤재는 정민의 얼굴을 똑바로 쳐다볼 수 없었던지 술잔만 내려다보고 있었다.

알다가도 모를 게 소문이었다. 귀신같았다. 정민이 윤재의 비아냥에 뒤도 안 돌아보고 제 갈 길로 가버린 뒤, 거리에서 만난 몇몇 후배들이 아는 체를 해왔다. 정민이 쌩 찬바람 내며 돌아선 뒤로 헬리콥터도 서먹해지고 있었다. 그래도 무슨 치긴지 윤재는 자신을 따라다니는 후배 세 명을 헬리콥터로 데려왔다. 모두들 벌레 씹은 표정이었지만, 어차피 정민이 빠져나가고 난 뒤 썰렁함에서 다들 벗어나고 싶어했으므로 마지못해 용납했다. 신이 난 신입 회원들은 열심히 작품을 들고 왔고, 그 작품들 위를 윤재의 독사 같은 혓바닥이 핥았으며, 그런 독설로 헬리콥터는 예전의 활기를 되찾은 듯 보였다. 그러나 어차피 다들 취직이다 진학이다 해서 마음들이 예전 같지 않았다. 헬리콥터의 옛 명성의 마술에 빠진 신입과 그에 일말의 책임을 느낀 윤재가 그 허울을 지켰다.

그때, 눈빛도 얽혔을까. 헬리콥터 뒤풀이는 코뿔소, 민속주점, 호프집으로 이어졌었다. 몽롱했지만, 대담하게 솔직해지자면 그날 밤 윤재는 싸구려 여관에서 자신의 동정을 버렸다. 참말이다. 입이야

거칠고 포르노도 마다하지 않았지만, 그는 동정남이었다. 싸구려 여관에서 눈을 떴을 때 윤재의 기분은 복잡했다. 그러나 옆에 누운 이 여자와 결혼해야 한다는 생각 하나는 분명했다.

결혼보다 동거가 더 현실적인 일이었다. 현주의 자취방을 빼서 윤재의 자취방으로 오면 일은 간단했다. 윤재가 졸업을 앞둔 새해 1월 1일에 둘은 합방식을 했다. 기말 고사를 끝으로 정민이 유학을 가버리고 난 보름쯤 뒤였을 것이다. 정민은 송별식 따위도 마다하고 혼자 가버렸다. 정민이 파리로 갔다는 소식은 크리스마스랍시고 어기적어기적 모여들던 헬리콥터 모임에서 알려졌다. 그 모임은 정민이 버리고 간 코뿔소에서 값싸고 푸짐하게 치러졌다. 합방을 하기로 결심한 것도 그날 뒤풀이 끝의 결론이었다. 그다음 날 아침 윤재와 현주는 또다시 여관방에서 눈을 떴던 것이다.

「네 부부 이야기야 내 알 바 아니야. 더구나 나보고 네 마누라 불륜 현장에 대해 증인으로 나서 달란 말 같은데 가당찮은 소리야.」

「현주 그날 술 많이 마셨지? 전화했을 때 이미 많이 취했더라.」

「꼭 외박했다고 누군가와 잤다는 의미는 아니잖아. 막말로 섹스하는 데 하룻밤이 걸리니? 네가 더 잘 알 거 아냐. 러브 호텔 평균 이용 시간이 얼마인지 알아봐. 그 시간에 그들이 몇 번 얼크러졌는지 통계도 알아보고. 더 이상 그런 이야기 하지 마.」

「현주가 술을 많이 마셨는지 묻고 싶은 거야. 그날 함께 종강 모임에 참석했던 사람들 명단도 받고 싶고.」

「백화점하고 얘기해.」

「안 되니까 너한테 이러는 거야.」

「글쎄, 난 몰라.」

「내가 미쳤다는 거 알아. 그러니까 옛날에 좋아했던 여자 십 년 만에 만나서 마누라 불륜 이야기 꺼내고 있는 거야. 어떤 미친놈이 사랑했던 여자 앞에서 이런 더러운 이야기 하겠어. 알아. 나 미쳤어. 하지만 참을 수 없는 지경에 이르렀고, 네가 조금은 도움을 줄 수 있을 것 같단 말이야. 마누라가 개 홀레붙듯이 붙어서 만든 새끼 키우는 맛을 더 보는 것보다 이게 나을 것 같아서 그래. 창피하고 부끄럽고 치욕스럽고 망신스럽고…… 알아? 그런 기분으로 지금 네 앞에 앉아 있는 거야.」

「그런 기분이야? 나도 마찬가지야. 요즘 널려 있는 게 이혼이야. 그런 기분이라면 나한테 오지 말고 이혼을 하면 되잖아. 그 더러운 기분으로 평생 살지 말고.」

윤재는 목소리를 높여 속사포처럼 쏘아 대는 정민을 물끄러미 바라보았다. 그의 얼굴에 곤혹스러움이 그득했다.

정민은 진정 이해하지 못했다. 그는 왜 이혼하지 않으면서 괴로워하는가. 자기 말대로 만취만 되었다 하면 홀레붙듯 붙어서 낳아 온 자식을 키우는 것이 이혼보다 더 나은 선택이란 말인가. 이혼하기엔 아직 사랑할 게 더 남아 있단 말인가.

윤재를 소주방에 남겨 두고 거리로 나왔다. 그새 네온사인은 어둠과 나란히 무릎 맞대고 수다스럽게 반짝거리고 있었다.

윤재는 후회막급이었다. 처음 격한 감정으로 정민의 스튜디오로 찾아갔던 날, 차라리 아무 말도 못하고 돌아선 것이 얼마나 다행인가 했다. 도대체 그가 누군지 알아본들 무슨 소용이 있단 말인가. 이번

에도 혼자 거리를 배회하면서 상대가 누군지 모르는 게 낫다는 생각
을 하고 있었다. 그런데 예기치 않은 장소에서 정민을 만난 게 화근
이었다. 기껏 잘 다독이고 눌러 놓았던 것이 정민을 보는 순간 터져
나와 버린 것이다.

이혼은 생각해 보지 않았다. 아니, 수천 번도 더 생각했다. 그럼에
도 혀끝에 그 말을 올리지 않은 것은 이혼으로 더 많은 것을 잃게 된
다는 계산이 똑 부러지게 섰기 때문만은 아니다. 남의 씨라고 생각
하지 않고 키운 첫애에게 상처가 될까 봐 그런 때문만도 아니다. 남
자와 여자가 사랑만으로 얼크러진다고 믿지 않듯이 부부도 사랑만
으로 살지 않는다는 것을 알기 때문도 아니다. 섹스가 유일신을 신
봉하는 종교처럼 신성한 것이라 믿지 않아서도 아니고, 섹스는 섹스
일 뿐이라고 생각해서도 아니다. 체념도 아니다. 아니다. 이 모든 것
이 이유가 된다.

어쨌든 첫애 때만 해도 윤재는 이혼할 생각이 없었다. 그렇다면
둘째 아이는 어떻게 한단 말인가. 혹시 현주는 제비인가.

제비란 놈이 있다. 신혼부부 제비다. 강남에서 함께 다정하게 날
아와서 기와집 처마 밑에 집을 지었다. 집이 얼추 되어 갈 무렵 신랑
제비는 집 짓는 데 더욱 박차를 가한다. 이때 노련한 제비가 신혼부
부 집을 기웃거린다. 신부 제비는 이 노련하고 다부지게 생긴 제비
를 본다. 둘은 눈이 맞았다. 노련한 제비는 자신의 튼튼한 우성 인자
인 씨를 신부 제비에게 뿌려 둔다. 이제 집은 다 되었다. 새신랑 제
비는 신부 제비와 달콤한 신혼집에서 사랑을 한다. 그러나 이미 그
들의 2세는 정해졌다. 신부 제비는 노련한 제비가 심어 둔 알을 낳

고, 아무것도 모르는 새신랑 제비는 자신의 2세를 위해 부지런히 먹이를 물어다 나른다. 튼튼한 2세는 제비 전 종족을 위해 다행한 일이다. 풋내기 새신랑과 신부 제비와 아기 제비는 처마 밑 멋진 보금자리에서 행복하다.

그러나 분명한 것은 윤재가 풋내기 새신랑 제비는 아니라는 것이다. 그래도 아이 때문에 행복했다. 그러나 두 번째 아이 때문에도 행복할 수 있을까.

현주는 두 번째 아이도 서슴없이 낳을까. 그동안 둘 사이엔 가족계획 같은 이야기는 없었다. 현주는 과외 선생으로 바빴고, 윤재는 만년 시간 강사로 지쳐 있었다.

정민이 두고 간 자리에 술병은 쌓여 갔다. 예전에도 그녀가 돌아서 간 자리에 술병이 쌓였던 적이 있었다. 그때처럼 술병이 쌓여 갔다. 그때나 지금이나 정민의 뒷모습은 냉기가 뚝뚝 흘렀다. 하지만 곰곰이 생각해 보면 윤재는 머릿속이 서늘할 만큼 냉정한 그녀에게 반했었는지 모른다. 아무리 노교수 앞이라 해도 논리적으로 속사포처럼 타타타 쏘아 대며 상대방을 한 치 여유도 없는 공간에 몰아넣고 눈 깜짝도 하지 않는 냉정함에 윤재의 가슴이 더워졌던 것이다. 사람들은 윤재를 독설가라고 했지만, 정작 독설가는 정민이었다. 자신이 무딘 칼을 마구 휘둘러 대는 편이라면, 정민은 예리한 칼로 도려낼 부분만 정확하게 도려내는 능숙한 칼잡이였다. 사는 것도 그랬다.

윤재는 시계를 보았다. 현주의 과외 지도가 끝나려면 더 기다려야 했다. 아직 학생들이 있는데 술내 풍기면서 들어오는 걸 현주는 제일 싫어했다.

「이 시간은 여기가 내 직장이야. 함부로 행동하지 마.」

아내의 직장에 술을 마시고 들어갈 수는 없었다. 더 마셔도 취하지 않았으므로 윤재는 더 이상 마시지 않았다. 이런 날은 아무리 마셔도 술에 취하지 않는다. 술 취하지 않는 것은 불면증 같아서 발버둥 칠수록 더 고달파진다.

윤재는 껌을 사서 씹었다. 동네를 몇 바퀴 돌아야 현주의 일이 끝날 것이다. 윤재는 천천히 걸어 집에서 조금 벗어난 동네 놀이터로 갔다. 걷는 일도 귀찮았다. 집에 너무 일찍 도착했을 때 가끔 들르는 곳이었다. 해가 졌으므로 아이들은 집으로 돌아가고 없었다.

벤치에 정민이 앉아 있었다. 그녀의 손엔 의무처럼 카메라가 들려 있었다. 가방은 여전히 등에 매달려 있어서 벤치에 앉았어도 편안해 보이지 않았다.

「안 가고 여기서 뭐 해?」

멍청히 한곳을 응시하고 앉아 있던 정민이 화들짝 놀라며 윤재를 쳐다보았다.

「저 위가 우리 집이야.」

「……..」

「밤에도 사진 찍니?」

정민은 손에 들고 있는 카메라를 내려다보면서 입술을 비틀어 웃었다.

「버스를 타면 한 번 더 갈아타고 또 한참 걸어 들어가야 돼. 그게 싫어서.」

「여전히 바른생활이군. 술 깨려고 기다린단 말이야?」

「취하지 않았으니까, 재수 없게 단속에 걸리지 않기 위해서야.」

정민은 여전히 의미도 없어 보이는 곳에 던져 둔 시선을 거두지 않았다.

「나 이렇게 살아서 실망했지?」

정민은 표정 없이 윤재를 바라보았다.

「네가 나한테 그런 부탁을 해서 놀랐어. 솔직히 결혼 생활에 대한 동화 같은 꿈 따윈 애초부터 꾸지 않았으니까. 서로 할퀴거나 누군가 일방적으로 당하거나…… 그래도 다들 용케 붙어 살고 있잖아. 오히려 그게 더 신기한 일이야.」

「……있지…… 사람들이 결혼하는 이유가 다양하겠지만, 부부가 함께 사는 데는 그보다 몇 배는 더 많은 이유가 있어. 하지만 네 말처럼 그렇게 할퀴거나 상처 내면서 사는 사람보다 서로가 힘이 되는 그런 부부가 훨씬 더 많아. 남들이 보는 그런 면보다 더 깊숙한 이유들이 많지. 그건 네 엄마가 나보다 훨씬 잘 알 거야.」

「우리 엄마? 흥, 고고한 바보지. 너도 그러니?」

「넌 나보다도 네 엄마에 대해 몰라. 엄마가 걱정하더라. 부모 노릇 제대로 못해서 네가 결혼도 안 하고 이렇게 산다고.」

「너 아직도 우리 엄마 만나니?」

「가끔. 절에 갔다가 네 엄마도 만나고 오는 정도지.」

「흥, 팬이 많아서 좋겠네, 우리 엄마.」

「그럼 뭐 해. 딸한테 바보 소리나 듣고 사는데.」

「네 일이나 잘해. 참, 한마디 충고할까? 네 혀 많이 무뎌졌더라. 원숙해졌다고 위로하고 있진 않겠지? 늙고 지쳐 간다는 증거야. 벌써 그럴 나이 아니잖아. 나 간다.」

몸보다 마음이 먼저 늙기도 한다는 걸 정민은 알았다. 다들 마음만은 청춘이라기에, 언제나 마음은 그대론 줄 알았다. 그러나 윤재는 그렇지 않았다. 아직도 이단 옆차기로 세상에 덤벼들 수 있을 만큼 스무 살 적 그대론데, 그의 말투와 눈빛은 서리 맞은 푸성귀 같았다.

정민은 두 손을 입에 모으고 후 하고 숨을 뱉어 내었다가 냄새를 맡아 보았다. 소주 두 잔이었다. 다른 때 같았으면 그냥 운전대를 잡았을 것이다. 그러나 골목골목 낯선 곳을 더 헤매고 싶었다. 그렇게 낯선 길들을 헤매고 다니다 보면 나름대로 사람에 대한 느낌이 잡힌다. 단지 외형만이 아니다. 그렇다고 그 사람의 사생활까지 훤히 꿰뚫는 점쟁이가 된다는 건 아니다. 하지만 거리에서 아이 손을 잡고 가는 엄마를 봐도 화를 꾹 참고 있는지, 아이가 주눅이 들었는지 대번에 알 수 있다. 버스 정류장에 앉아 있는 사람을 봐도 버스를 기다림인지, 그냥 넋 놓고 있음인지 알 때가 있다. 밖으로 뿜어져 나오는 그 사람의 무언가가 잡히는 것이다.

그러나 정민은 사람을 모른다는 생각을 절실하게 했다. 그래도 사람을 찍는 사람답게 사람에 대해선 알 만큼 안다고 자부했었다. 피사체가 될 고객을 만났을 때 그 사람의 이력이 한눈에 들어오기도 하니까. 하지만 무엇을 안다고 말할 수 있단 말인가. 순자 말대로 사람에 대한 최소한의 연민조차 없기 때문일까.

정민은 또 횡허케 뒤도 안 돌아보고 가버렸다. 또다시 윤재는 혼자 남겨졌다. 해가 진 놀이터는 기다리는 사람의 시간만 수북이 쌓여 있다. 어른이 되고부터 놀이터는 기다림의 공간이 되고 말았다.

혀가 무뎌졌더라. 정민이 내던지고 간 말이 정글짐 사이사이를 기어 다녔다. 윤재는 천천히 일어나 집으로 향했다.

아이들이 빠져나간 집엔 지친 현주가 유빈을 야단치고 있었다. 분명 공부하러 온 아이들 옆에서 뭔가를 해달라고 칭얼댔을 것이다. 오후 시간엔 제 엄마를 아이들에게 빼앗겼으므로 가끔 심술이 나면 현주 옆에 붙어 애를 먹였다.

「우리 유빈이 아빠가 안아 줄까?」

윤재는 안기엔 훌쩍 커버린 유빈을 덥석 안고 밖으로 나왔다. 홀몸이 아니었으므로 현주는 부쩍 일을 힘들어했다. 자기가 살아 있는 시간이라며 즐긴 문화 센터 투어도 그만둔 눈치였다. 유빈은 윤재를 좋아했다. 시간 강사에게 방학은 본의 아닌 실업 기간이었다. 유빈은 그 방학을 좋아했다. 둘이 수영장에도 가고 공원에 산책도 다니고 축구도 하고 동네 놀이터 그네에 앉아서 현주의 과외 지도가 끝나기를 기다리기도 했다. 때론 에어컨이 나오는 도서관에서 하루 종일 시원하게 놀다 오기도 했으며, 절에 가서 절밥을 얻어먹기도 했다.

유빈은 윤재의 품에 넙죽 안겨서 엉덩이를 들썩거렸다.

「업어 줘.」

골목 어귀까지 유빈을 업고 나와서 아이스크림을 사주었다. 오후 내내 부렸을 심술을 말끔히 잊은 듯 녀석은 가슴을 윤재의 등에 바짝 밀착시키며 좋아했다. 아이가 살갑게 부딪쳐 오는 느낌이 묵직하니 좋았다.

「아빠, 내려 줘.」

「안 돼. 신발이 없잖아.」

「아빠, 신발 나눠 신자. 콩 한 쪽도 나눠 먹는 게 가족이라고 했잖
아.」

「한 발로 어떻게 걸으라고.」

「깨금발로 콩콩 걸어서 가지.」

「아빠 등 뒤에서 아이스크림 먹어도 돼.」

「치, 내가 아이스크림 빨리 먹고 싶어서 그런 줄 알아?」

「아니. 깨금발로 콩콩 걸어가면 아이스크림이 다 떨어진단 말이
야.」

「퀴즈.」

「아빤 벌써 정답을 아는데?」

「뭔데?」

「아빠.」

「아니다. 이번엔 이 세상에서 아빠가 제일 사랑하는 사람이 누굴
까가 문제다.」

유빈은 기분이 한껏 좋을 때, 이 세상에서 자기가 제일 사랑하는
사람이 누구인지 묻는 것을 좋아했다. 당연히 답은 아빠다. 때론 눈
치 봐가며 엄마가 되기도 하지만 대개는 아빠가 정답이다.

유빈은 윤재의 발가락도 닮지 않았다. 그래도 자는 녀석을 가만
들여다보면 눈도 두 개, 귀도 두 개, 코는 한 개, 모두 닮았다는 생각
을 하게 된다.

윤재가 현주와 동거한 지 얼마 되지 않았을 때 엄마가 돌아가셨
다. 서른을 코앞에 둔 나이에 천애 고아가 된 것 같아서 많이 외로웠
었다. 아버지가 작아져 버린 채로 돌아가신 후 윤재에게 엄만 연민

이었었다. 늘 추운 듯 마른 어깨를 움츠리고 다니는 엄마를 외면해 버린 게 오래도록 가슴에 멍울로 남아 있었다. 그런 때 정민의 엄마는 참 위로가 되었다. 자신의 엄마처럼 늘 가냘프고 슬프고 가끔은 짜증스러운 존재가 아니라, 넉넉하게 사람을 품을 줄 아는 순자는 따뜻한 둥지 같았다. 그래서 냉기 뚝뚝 흘리며 정민이 돌아서 가버렸어도 코뿔소는 여전히 윤재의 아지트였다.

그런 순자였기에, 어느 날 아주 지치고 힘이 들어서 공양간으로 찾아갔을 때도 순자는 말없이 밥상을 차려 주며 그냥 윤재의 먹는 모습을 지켜보아 주었었다. 현주의 임신 열 달 동안 몇 번인가 그런 밥상을 받다가 윤재는 자신의 짐을 풀어놓았었다.

「공양간에 왔으니 편히 밥이나 먹어. 그리고 생각나면 가기 전에 절이나 하고 가든지. 여기서 먹은 거 다 내려가 똥이 될 때까지 해 봐. 언젠가 나도 그런 적이 있었거든.」

윤재는 점점 무거워지는 유빈을 추스르며 앞으로 얼마나 더 먹은 것이 똥이 될 때까지 절을 해야 할까 생각했다. 그래도 이번만은, 먹은 것이 똥이 되고 다시 썩어 거름이 될 때까지 절해도 도저히 참을 수 없을 것 같았다. 어느 놈이 둘째 애의 아비인지 꼭 밝혀 내서 핏덩이를 그 면전에 던져 주고 싶었다. 유빈의 일까지 몽땅 싸잡아서 현주에게 무시무시한 복수를 하고 싶었다.

5

빵빵! 정민이 막 사진을 찍고 나오는데 누군가 클랙슨을 눌러 댔다.

「아침 일찍 웬일이에요? 시간 괜찮으면 차 한잔 하고 가세요.」

유한섭이었다. 옅은 회색 슈트 차림인 그는 지난번 카디건 차림일 때와 또 다른 모습이었다. 옅은 분홍빛이 감도는 넥타이와, 치아가 드러나도록 환하게 웃는 그의 미소가 경쾌한 느낌을 주었다. 세상 근심 걱정 따윈 해본 적도 없고 알지도 못하는, 5월 아침처럼 맑은 얼굴이었다.

「아, 이렇게 일찍 출근하세요?」

정민도 한섭처럼 차에서 내릴 수밖에 없었다. 그는 진심으로 정민에게 차 마실 것을 권했다. 그의 목소리는 아침에 한바탕 운동이라도 한 듯 테니스 공처럼 통통 튀었다.

지난번 첫인상보다 사무실은 훨씬 편안해 보였다. 비서는 아직 출근 전이었다. 한섭은 커피메이커에 물을 받고 버튼을 눌렀다.

「습관이라서 일찍 출근하는 편이에요. 기사가 불편하겠지만, 대신
저녁의 사적인 자리엔 제가 운전을 해요.」

커피 향이 은은하게 퍼져나오기 시작했다. 아침 햇살이 창으로 푸
지게 들어왔다. 어느새 틀어 놓았는지 바이올린 소리가 들릴락 말락
스며 나왔다.

「사진 때문에 오셨어요?」

「예. 건물마다 빛의 각도나 양에 따라 색다른 분위기가 나서요. 빛
도 다 질이 다르거든요. 이것저것 해봐서 맘에 드는 걸로 고르려
고요. 어차피 하루아침에 만들어 내라고 하신 게 아니니까 편하게
작업할 수 있어서 좋습니다. 사진에 대해 많이 아시는 것 같아요.」

「전혀요. 제가 사진을 찍으면 아무도 찾지 않아요.」

한섭은 유쾌하게 껄껄 웃었다. 분명 앵글을 제대로 맞췄는데 얼굴
이나 몸통이 잘려 나가는 일을 이해할 수 없다는 것이다.

「참, 갑자기 생각난 일인데…… 혹시 사진 분야에도 자화상이 있
나요? 화가들이야 거울을 보면서 자신을 그리면 되지만 사진은 어
려울 것 같은데요.」

정민은 빙그레 웃었다. 아는 게 없다고 하면서 나름대로 궁금한
것이나, 정민에게 작업 상황을 배려해 주는 솜씨가 보통 이상이었다.

「찍는 것과 찍히는 일이 동시에 이루어지기도 하죠. 구상화 같은
자화상부터 초현실적인 자화상까지 사진 쪽에도 나름대로의 자화
상 사진들이 많아요. 사진기도 폴라로이드부터 아날로그, 디지털
카메라까지 다양하게 사용하고요.」

「아, 참 재미있군요. 그런데 좀…… 언뜻 이해가 안 가는 부분도

있기는 하네요. 자기가 설 자리에 누군가를 대신 세워서 매뉴얼을 맞추고 남이 찍어 준다면 이미 자화상은 아니고……. 아무튼 사진 쪽에도 자화상이 있다니 흥미롭기는 하네요. 혹시 정민 씨도 자신을 찍은 게 있습니까.」

정민은 그럴 만큼 자신에게 흥미가 없었다. 애정도 없었다. 혼자 가만 자신을 들여다보면 불만투성이였다. 그렇다고 루카스 사마라스처럼 괴기스럽고 불안스러운 사진을 찍기도 싫었다. 개인적으로 루카스 사마라스가 찍은 자화상들에 대해 흥미도 있고 감탄도 하지만 자신은 아직 어떤 형식으로든 찍고 싶지 않았다. 그리고 스스로 다른 사람의 피사체가 되는 것도 그다지 좋아하지 않았다.

「학교에 오시면 가끔 들러서 차라도 한잔하고 가세요. 빈말이 아니라 진심에서 하는 말입니다.」

한섭은 일어서는 정민에게 정중하게 인사를 했다. 한없이 가벼운 사람인가 했다가 이런 사소한 인사에서도 무게가 느껴지는 혼란된 인상에 대해 정민은 가벼운 현기증이 일었다.

곧바로 스튜디오로 돌아가려다 정민은 캠퍼스를 천천히 걸었다. 처음 대학에 들어왔을 때 정민이 가장 행복했던 것은 아침 햇살을 받으며 걸을 수 있다는 것이었다. 아침 햇살 속을 천천히 거닐면, 아주 추운 곳에 있다가 뜨거운 물이 쏟아지는 샤워기 앞에 선 기분이었다. 추위로 오돌토돌 돌기를 세우며 움츠러들었던 숨구멍들이 일제히 배시시 풀어지며 나른해지는 이완된 행복감. 그때 이후로 정민은 햇살이 얼마나 달콤한지, 오래 사귄 친구처럼 어떻게 긴장을 풀어내는지 느낄 수 있는 감각 기관 하나를 더 갖게 되었다. 그래서 외롭거나 혹은 쓸쓸할 때, 그리고 누군가에게 분노가 치밀 때 그냥 햇살 속에 멍청히 서 있거나 푸진 햇살을 온몸으로 받아 내며 걷거나 했다. 그러다 사진을 배우게 되면서 정민은 빛의 감정을 느낄 수 있게 되었다. 빛은 인공조명이라면 더욱 분명히 드러나지만, 똑같은 햇살도 그 농도나 양에 따라 낭만이 되기도 하고 열정이 되기도 하며 외로움이거나 쓸쓸함도 되고 때로는 무욕의 평안함도 되었다. 특히 해가 솟아오르면서 시간에 따라 빛깔을 달리하며 숲에 번지는 햇빛을 좋아했다. 소나무에 스며드는 이른 아침 금빛 햇살은 정민을 행복하게 하는 데 손색이 없었다.

5월의 신부처럼 화사한 햇살이 내려앉은 캠퍼스에 앵글을 맞추었다. 연둣빛 물오른 나뭇가지들은 바람결에 살짝살짝 일렁이며 햇살 아래 수줍어하고, 이제 스무 살이 막 지난 여자는 볼우물에 햇살을 담뿍 담았고, 지난밤 과음으로 막 잠이 깨어서 달려온 스무 살 남자애는 제 얼굴에 떨어지는 햇살이 졸음인 줄 알고 연방 손바닥으로 얼굴을 문질렀다. 120분의 1초의 순간에 여자 애의 볼우물에 담겼거나 남자 애의 얼굴에 떨어진 졸음인 듯 나른한 햇살은 어쩌면 앞으로 백년은 볼우물에 담기거나 나른한 졸음인 채로 멈춰 있을 것이다.

「저기요…… 영화배우 박동수 씨 아세요?」

스튜디오로 돌아가자, 은석이 약간 들뜬 목소리로 정민을 맞았다.

「박동수? 요즘 가장 인기 있는 배우잖아. 근데 왜?」

「선생님하고 통화하고 싶다고요. 빨리 해보세요. 제가 열시쯤에 돌아오실 거라고 했더니 그때 또 전화했었는데, 선생님이 늦게 오시는 바람에……. 제가 전화 넣어 볼까요?」

「됐어. 필요하면 자기가 하겠지. 연예인이라면 너도 그렇게 껌뻑 죽니?」

「아니…… 그게 아니라…… 예, 알았어요. 아무튼 그 사람한테서 두 번이나 전화 왔었어요. 그리고 내일 '디오'에 들어가시는 거 알고 있죠? 전 아침에 곧바로 그리로 출근하면 안 돼요? 실은 바로 저희 동네라서요.」

정민은, 순자가 그리도 자랑 삼아 떠들었고 영우가 살아 있었다면 혀를 끌끌 차면서도 그가 나오는 기사란 기사는 죄다 사보았을 박동수가 왜 자신에게 전화했을까 생각했다.

「저녁에 제가 장비들을 다 챙겨 갈게요.」

정민은, 그가 또 방송국 카메라맨을 대동하고 와서 자신마저 굴절 거울 앞에 선 원숭이처럼 만들어 놓겠다는 거겠지 생각했다. 아버지가 본의든 질투든 그토록 미워했던 영화판에서 성공한 그가 순자를 왜곡시킨 것도 모자라 자신마저 찾는단 소리에 기분이 떨떠름했다.

정민이 박동수를 처음 본 것은 고등학교 때였다. 그때 그는 꼬질꼬질한 트렌치코트를 초가을부터 늦봄까지 줄기차게 걸치고 다녔다. 그는 아버지뻘 되는 영우에게 넉살 좋게 '영우 형님' 하며 침 바른 손가락을 사선으로 길게 내리긋곤 했다. 아무리 취해도 눈빛만은 형형하게 살아 있어서, 연극판의 수많은 외상쟁이들 중 정민이 기억하는 몇 안 되는 사람이었다.

「선생님!」

「응? 그래. 그렇게 해. 대신 좀 일찍 나와서 그쪽 팀하고 마찰 없게 사전 조율 잘해. 걔네들이 좀 까다롭잖아. 그리고 거기에 이 부

장 그 자식 들어오지 못하게 해. 사진의 사 자도 모르는 새끼가 얼
쩡거리면서 참견하면 다시는 그 일 안 하겠다고 하고. 그저 예쁜
년들만 있으면 껄떡대느라고 정신없지.」

박동수를 정민이 치부책에 적어 둔 것은 아니었다. 어차피 그 장
부야 순자의 것이었다. 잊을 것은 빨리 잊고 사는 게 수라고 생각하
는 정민이었다. 더구나 연극판 사람들은 빨리 잊을수록 좋은 일이었
다. 또 애써 지금까지 기억되는 사람도 없었다. 그런데 느닷없이 박
동수가 망각 저편에서 불쑥 일어섰다. 잊히는 걸 가장 무서워하는
연예인다운 일이었다.

결국 박동수가 다시 전화를 했다. 그는 대뜸 부탁이 있다고 했다.

「나도 당신 눈부신 삶에 한때의 그늘로 필요한 조연인가요?」

박동수는 정민의 날 선 언어를 쉽게 파악하지 못했다. 유쾌한 인
생에 비틀린 언어는 낯선 것일 터였다. 박동수는 예기치 못한 정민
의 말에 움츠러들면서 무슨 오해가 있나 보다며 말꼬리를 내렸다.

「실은 제가 부탁이 있어서요. 만나서 이야기했으면 합니다.」

「제가 바쁜데요. 꼭 필요하시면 제 스튜디오로 오시는 건 말리지
않겠습니다.」

가끔 정민은 자신이 너무 예의가 없었나 생각해 보았다. 박동수는
정민의 태도가 무례하다고 여겼는지 나타나지 않았다. 전화도 없었
다. 그러나 그로 인해 정민이 마음 쓸 일은 아니었다. 정민은 아주
가끔, 앞뒤 설명 없이 너무했나 자문하고는 충분히 그럴 수 있다고
스스로 위로했다.

그런데 며칠 후, 박동수는 전화로 지금 방문하겠다는 통보를 하고

는 찾아왔다. 그새 그의 얼굴은 많이 달라져 있었다. 궁상기가 쏙 빠지고 말끔했다. 그러나 형형한 눈빛만은 여전히 살아서 정민에게 도전적인 시선을 던져 둔 채 악수를 했다.

「손정민 씨? 그때 곧바로 오고 싶었는데 좀 바빴습니다.」

「바빠서 미리 약속을 정할 시간도 없었나 보군요. 무슨 일로 만나자고 했는지요.」

「전화에서도 그런 느낌을 받았는데…… 혹시 절 어디서 보셨나요? 그때 전화 내용을 곰곰이 생각해 보았고, 또 이렇게 만나 뵙지만 우리가 만난 적이 있는지…….」

정민은 순간 당황했다. 앞질러 판단해서 생긴 실수였다.

「죄송합니다. 제가 큰 실수를 했네요. 착각했습니다. 제가 알고 있는 분과 혼동하는 바람에. 정말 죄송합니다.」

「아니에요……. 하지만…… 낯익은 것 같기도 하고.」

「그럴 리가요. 전 박동수 씨를 처음 뵙는데요. 아무튼 죄송합니다.」

「부탁이 있어서요. 손 선생님 사진을 봤거든요. 저를 찍어 주셨던 분이 김정태라고, 그분이 아프리카로 떠나서 몇 년 오지 않을 거라고 해서요. 실은 그분이 추천해 주셨고, 손 선생 사진집도 보여 줬거든요. 연예인 사진을 잘 안 찍는다는 소문이 있지만, 그래도 절 찍어 주셨으면 하고요. 이번에 오랜만에 연극판에 다시 돌아가거든요. 거기에 들어갈 홍보용 사진이며 팸플릿 사진 등등을 부탁드리려고 왔습니다.」

정민은 더 생각할 필요도 없다고 단정했다. 박동수에 대한 첫 이미지는 이미 연극판을 들락거리던 모습으로 정민에게 각인되어 있었다. 그 강렬한 첫 이미지를 모두 버리고, 지금 뜨는 영화판의 박동수를 담아 낼 수는 없었다. 아무리 영화배우 박동수를 찍어도, 꼬질꼬질하고 약간의 치기와 천재들이 가질 법한 약간의 우수와 광기마저 소유하고 있는 연극배우 박동수가 될 게 뻔했다. 10대들이 원하는 영화배우 박동수는 어림없는 일이었다.

「그런 일이야 극단 쪽이나 기획사에서 알아서 할 일이지요.」

「전 제가 직접 선택하고 싶어서요. 부탁드립니다. 그러기로 이미 이야기를 해두었습니다. 물론 손정민 씨를 염두에 두고서요.」

「글쎄요. 저는…….」

「연극은 제게 특별한 의미입니다. 오랜만에 서는 무댄데 하나부터 열까지 어느 것도 소홀히 하고 싶지 않아요.」

진지하면서도 날카로운 그의 눈빛이 정민의 이마를 뚫고 들어왔다. 순간 정민은 감전된 사람처럼 몸을 움직일 수 없었다. 아주 짧은 순간 아버지 영우의 혼이 정민의 가슴을 관통하고 지나간 듯한 아픔이 왔다.

「영화만으로도 충분히 바쁜 걸로 아는데, 굳이 연극을 하시려는 게……. 연극이 경제적으로나 인기 메커니즘으로나 소외된 지역인데…….」

「쉽게 설명할 수 없습니다. 통속적으로 말하면…… 첫사랑 여자에 대한 망부가라고나 할까, 아무튼 각인돼서 잊히지 않는 상처이면서 즐거움이 되기도 하는 그런 곳이지요. 배꼽처럼 생명 탄생의 흔적 같기도 하고요.」

정민은 무릎에 올린 그의 손을 보았다. 노동을 하지 않은 손은 한

없이 가냘프고 하얬다. 영우의 손도 그랬었다. 그래도 연극 운운하며 열을 낼 땐 그 가냘픈 손으로 주먹을 불끈 쥐며 뭐라도 당장 박살 낼 듯이 순자 코앞에 들이밀며 열변을 토했다. 그 가느다란 손에 든 열정을 다 풀어놓고 갔는지 정민은 문득 영우의 손을 생각했다.

「언제부터 시작합니까?」

정민은 오른손 주먹을 왼손으로 연방 감싸 안고 주물럭거리는 동수의 손을 보며 물었다.

「와, 저 사람 정말 출세할 만하네요. 저 정도 인기면 솔직히 매니저들보고 알아서 하라고 할 텐데요. 전화를 해서 직접 찾아오질 않나. 출세하는 사람들은 다 그만한 이유가 있다니까요. 정말 짱이다. 감탄이다. 환상이다.」

박동수가 가고 은석은 감탄의 도가니였다.

정민은 아무 생각도 할 수 없었다. 다만 박동수가 왔고, 그리고 돌아갔고, 그런데도 그가 여전히 스튜디오 어딘가 한구석을 차지하고 앉아 있는 것 같은 착각에 머리가 어지러웠다.

정민은 박동수를 볼 수 없었다. 그는 이미 정민이 고등학교 때 다 보아 버렸다고 믿고 있었기 때문이다. 그러므로 고객을 처음 만났을 때 그 사람에 대해 많은 것을 알아내려고 코를 벌렁거리지도 않았고, 경험으로 체득한 알량한 관상법으로 파악하려고 애쓰지도 않으며, 그가 쓰는 말투 따위로 그의 삶의 흔적들을 추적하려 애쓰지도 않았다. 그런데 그는 고스란히 남았다. 날것인 채로 고스란히 스튜디오를 점령해 버렸다. 정민이 이미 알고 있던 박동수가 아닌 영화배우 박동수의 모습으로. 정민은 암실로 들어가 버렸다. 작업이 없어도 혼자이고 싶을 때 숨는 곳이었다.

복순이가 가출한 뒤 정민은 예전의 습관으로 서서히 돌아가고 있었다. 끼니마다 알뜰히 챙겨 먹을 이유가 없었다. 은석이 가는 줄도 모르고 있다가 나와 보니 이미 한밤중이었다. 배가 고파서 냉장고를 열어 보았으나 시어 빠진 김치와 생수가 전부였다. 바케트 한 조각과 포도주 한 잔만 먹었으면 하는 생각이 간절했다.

호랑이가 물어 갈 년.

순자처럼 복순이에게 욕을 하다가 문득 순자가 보고 싶어졌다. 절집의 생활 리듬상 순자는 이미 잠자리에 들었을 시간이었다.

다음날 아침 일찍 정민은 절에 갔다. 봄나물을 삶아 말리던 순자가 놀란 눈으로 정민을 맞았다.

「밥 좀 줘.」

「호랑이가 물어 갈 년. 오랜만에 엄마 봤으면 안부부터 물어봐라.」

「부처님한테 절해야 밥 주는 거야?」

지난밤 냉수 한 잔 겨우 얻어 마신 위장은 주인의 성깔을 이길 수 없다는 걸 알아채 버렸으므로 배고프다고 보채지도 않았다. 가끔 쓰린 위액으로 경고를 했지만, 정민은 모른 채 내버려 두었다.

「어제 윤재가 왔다 갔는데, 널 만났다면서?」

「왜, 나보고 마녀 같다고 욕해?」

「자기가 나가는 학교에서도 널 본다며? 그쪽 일 맡았니?」

「어제 박동수가 날 찾아왔더라.」

「그래? 네가 연극배우 손영우 딸인 거 알고 찾아왔어?」

순자는 앞으로 숙였던 허리를 바짝 펴며 정민을 바라보았다.

「아니. 내가 누군지 어떻게 알아. 그냥 자기 사진 찍어 달라고.」

「그랬구나. 갠 싹수가 있었지. 잘 찍어 줘라. 네 아버지가 아끼는 후배였어. 네 아버진 그놈은 연극판에서 크게 될 놈이라고 늘 칭찬만 했지. 물론 영화 쪽으로 나갔다는 걸 알면 섭섭해했겠지만 말이야. 하지만 네 아버지도 이제는 인정해야 할 거야. 세상이 바뀌었잖아.」

「세상은 옛날부터 그랬어. 아버지가……..」

정민은 아버지가 정열 이외에는 능력이 없었다고 말하려다 꿀떡 삼켰다. 무능력에 터무니없이 팽팽하게 채워진 열정으로 부대끼다가 무너져 버린 것이 바로 아버지의 삶이었다는 걸 엄마는 추호도 생각하지 않았다.

「어이구, 지난번에 보니까 옛날보다 멀끔하니 잘생겨졌더라. 원래 걔 이목구비가 또렷하니 선도 고왔지. 거기다가 눈빛은 호랑이도 놀라 자빠질 정도였어. 어이구, 우리 집에 와서 된장찌개를 두 그릇씩 비우던 그때가 생각난다. 하긴 없으면 더 허기지는 게 인간의 뱃속이니까. 다들 없을 때였잖아.」

순자는 정민이 밥을 다 먹을 때까지 박동수 이야기를 했다. 그러더니 느닷없이 영우 이야기로 옮아가면서 가난한 뱃속에 잔뜩 들어찼던 그 열정이 얼마나 아름다웠던가를 회상했다.

「참, 너 카메라 가져왔냐? 가져왔으면 내 영정 사진이나 찍어 주고 가라. 저기 운주 보살도 네가 사진 찍는다니까 찍어 줬으면 하는 눈치고.」

「실컷 먹여 놓고 체하게 하고 싶지?」

「원래 옛날부터 수의랑 미리 마련해 놓으면 오래 산댔어. 영정 사진도 조금이라도 덜 추할 때 찍어 둬야 좋은 거야. 아, 사진쟁이 딸년 내버려 두고 영정 사진도 없이 장례 치를 순 없잖아.」

「왜, 연극 대사만 줄줄 씌어진 만장 수십 장 앞세우고 꽃상여 타고 저승 가고 싶어서?」

애먼 소리로 순자 속에 염장을 지르고 터벅터벅 산문까지 걸어오면서, 정민은 누가 등 떠민 것도 아닌데 눈곱 떼자마자 아침부터 왜 여기까지 왔을까 생각했다.

이미 금은 가버렸다. 자신의 인생 어느 부분도 연극판 주위에 두지 않겠다고 다짐을 했었다. 그런데 이제 연극쟁이 박동수를 찍어야 하고, 그가 하는 연극 포스터며 팸플릿에 들어갈 사진 따위를 찍어야 한다. 그리고 생명의 흔적인 배꼽 같은 게 연극이라고 말하는 박동수가 머릿속에 들어와 있었다.

사랑할 것 같니? 정민은 물었다. 그러나 답은 의외로 간단했다. 아니. 그런데 박동수가 머릿속에 들어와 있는 것이다.

박동수가 들어온 것이 아니다. 무언가 거치적거리면 참을 수 없었다. 정민은 그가 왜 거치적거리는지 곰곰이 생각했다. 그가 아니다. 그가 잊어버리려 애썼던 아버지, 영우를 데리고 온 것이다. 미치도록 무언가에 몰두하고 사랑하고 온몸을 던져 미칠 수 있는 박동수의 모습은, 앞뒤 안 가리고 자기 자신을 사랑하는 데 온 힘을 바친 영우 그대로였다. 영우는 연극을 온 목숨 다해 사랑했다고 했지만, 정민이 보기에 그건 연극이 아니라 자신을 사랑하는 방법이었다. 아내도 자식도 침범할 수 없도록 연극이란 울타리를 높게 치고 자신만을 사랑했던 영우. 예술이라고 착각한 그 참을 수 없는 이기심.

박동수는 의외로 사진기 앞에서 젬병이었다. 그만큼 무대에 서고 그만큼 카메라 앞에 섰다면, 굳이 정민이 포즈에 대해 이야기하지 않아도 알아서 척척 잡아낼 줄 알았다. 그런데 그는 일일이 정민이 자세를 말해 주고 시선을 말해 주길 기다렸다. 한 컷 한 컷 찍을 때마다 수줍음도 감추지 못했다. 그래도 몇 분의 1초의 짧은 순간 동안 눈빛은 이글이글 타오르고, 가슴은 당당하게 젖혀졌으며, 시선은 꼿꼿했다. 이제 서른 중반의 원숙함보다 길들여지지 않은 야생마 같은 괄괄함이 한 컷 한 컷에 고스란히 살아났다. 사진만 본다면 사진사까지 잡아먹어 버렸다고 할 정도로 그에겐 야생의 냄새가 났다.

「힘들었죠? 지난번 절 찍어 주었던 김정태 작가도 한참 애먹었어요. 다음엔 좀 나아질지도 몰라요. 아마 제가 끼가 없나 봐요.」

박동수는 매스컴에서 보던 때와 달랐다. 물론 정민이 가끔 코뿔소에서 보았던 것과도 많이 달랐다. 그때 코뿔소에서 박동수는 밥 두 그릇씩 뚝딱 비우고, '영우 형님'을 넉살 좋게 부르며 손가락으로 거침없이 쓱 사선을 그어 내리는 품이 볼 만했었다. 듣기엔, 술도 말술이고, 술주정으로 부리는 객기도 관객이 적어 아쉬울 정도로 호탕하며 넉살스럽고 괴기스러우며 또 독살스러웠다고 했다. 그 뻔뜩이는 눈을 치뜨고 옆 테이블의 예쁜 아가씨에게 기차 화통 삶아 먹은 목소리로 '네 이년' 하면, 웬만큼 간 큰 여자가 아닌 바에는 오줌까지 찔끔 싼다고 했다.

정민은 이 남자의 모습에서 어떤 것이 연극이고 어떤 것이 진짜일까 생각했다.

6

요즘 들어 윤재는 부쩍 순자를 찾았다. 절밥 한술 먹고 그것이 똥이 되도록 절을 하러 오는 것이 아니라, 그냥 순자 얼굴 한번 보고 차 한잔 얻어 마시러 오는 게 다였다. 무슨 특별한 이야기를 하거나 하소연을 하거나 쌀말깨나 들어간 말을 들으러 오는 것도 아니었다. 그래도 그렇게 찾는 일이 잦아지고 있었다.

설핏 해가 떨어질 무렵이었다. 천천히 걸어서 순자가 늘상 있는 공양간에 갔으나 없었다. 요사채 방도 비어 있었다. 무슨 일인가 싶어서 법당을 들여다보아도 없었다. 먹은 것 똥 되도록 절을 올릴 마음도 없었다. 윤재에게 부처님은 법당에 근엄하게 앉은 석가모니가 아니라 순자였다는 생각이 얼핏 들었다.

딱히 무슨 일을 도모하자고 온 것이 아니었으므로 슬슬 경내를 돌았다. 학생회가 쓰고 있는 강당에서 한차례 까르르 웃음이 번져 나왔다. 그리고 곱게 화장한 사람들이 잔칫날 옷차림으로 나왔다. 한

바탕 유쾌한 놀이를 끝낸 것처럼 모두들 얼굴이 즐겁게 상기되어 있었다.

「어, 왔구나. 정민이도 있어.」

「무슨 행사 있었어요?」

「소풍 갈 준비 하느라고.」

「소풍요?」

「영정 사진 찍어 두는 거야. 나하고 운주 보살하고 찍으려고 했더니 스님들도 찍자고 해서 아예 판을 벌였어. 다 끝났으니까 정민이도 보고 가.」

조수까지 동원한 걸로 보아 아예 작정하고 온 모양이었다. 은석은 뭐가 불만인지 조금 시무룩한 표정이었으나 정민은 무심한 얼굴이었다.

「소풍 준비 했다며?」

「글쎄, 다들 즐겁네. 어렸을 적 옆집 할머니가 동네 노인들에게 자신의 수의를 보여 주며 자랑했던 일도 떠오르고. 그땐 정말 이해할 수 없었거든. 물론 지금도 이해하는 건 아니지만, 어쨌든 유쾌하게 진행되는 건 좋아 보인다. 나이 든다고 다들 탈속한 표정을 지을 순 없을 테니까.」

「네 엄마가 바로 부처라는 생각을 조금 전에 했어.」

「부처니까 우리 아버지랑 살았겠지. 하지만 부처 엄만 재미없거든. 물론 너에게 부처 아줌마가 있다면 행복하겠지만 말이야. 그게 다 남 보기에만 좋은 빛 좋은 개살구라는 거야. 부처님 보러 왔으면 가서 봐. 아줌마 부처든 석가모니 부처든. 넌 좋겠다. 절에서 부처님을 둘이나 만나고.」

정민은 무언가를 잔뜩 싸들고 오는 주지를 향해 고개를 숙였다.

「아이고, 우리 보살님을 봐서라도 뭘 좀 대접해야 하는 건데 자꾸 가신다니……. 이거, 오늘 결혼식 음식인데 싸가세요.」

적당하게 살이 뽀얗게 오른 주지 스님은 커다란 종이봉투를 두 개 내밀었다. 아마도 정민과 은석의 것을 따로 싼 모양이었다. 언제나 웃음을 달고 다니는 스님은 어찌 보면 편편하게 노는 땡중 같다가 어떤 땐 소년처럼 해맑은 모습이기도 했다.

셋은 함께 절을 나왔다. 산문까지 걸어 나오면서 정민은 은석의 손에 들려 있던 봉투 하나를 내밀며 아이에게 갖다 주겠냐고 물었다.

「물론 영혼결혼식 음식이니까 싫으면 내버려 두고.」

「영혼결혼식을 했었어?」

「교통사고로 죽은 영혼들이란다. 무슨 부모들 마음이 그렇게 일률적으로 똑같은지. 죽어서도 결혼을 못 시켜서 안달이니 말이야. 우리 엄만 글쎄, 그 영혼결혼식 보고도 부러운가 봐. 넌 언제쯤에나 면사포 쓰느냐고 걱정하더라니까.」

정민은 입술을 붙인 채 흐흐 웃었다.

「몽달귀신, 처녀 귀신이란 것이 합방을 했느냐 못 했느냐에 대한 것에서 나왔을 텐데 말이야. 지금이야 처녀 총각으로 죽을 확률이 얼마나 되나. 스물댓 살만 넘으면 말이야…….」

윤재는 옆에 있는 은석을 의식했는지 말끝을 흐렸다.

「총각으로 죽은 귀신을 왜 몽달귀신이라고 하는지 알아?」

「그냥 전해 내려오는 말이지.」

「섹스에 관해 통달한 듯 얘기하더니 이건 또 모르냐? 지금 막 생각난 건데 그건 바로 사내 구실 할 물건이 몽당인 채로 죽은 귀신이라는 거지. 몽당연필, 몽당비, 몽당소나무, 몽당붓.」

「정말이에요?」

은석은 내내 시무룩한 얼굴로 아무 말 없이 걸어오더니 갑자기 큰 소리로 웃어 젖혔다.

「내 추측이야. 아니, 얘 살아나는 것 봐. 하루 종일 시무룩하니 죽어 있더니. 왜, 넌 지금 죽어도 몽달귀신이 안 되니까 다행이다 싶어?」

「정말이에요. 절에만 오면 난 향 냄새 때문에 머리가 터질 것 같아요.」

「몽달귀신 안 돼서 안심이냐고 물어봤어.」

눈을 흘기며 다그치는 정민의 말에 은석은 뒤통수를 긁으며 겸연쩍게 웃었다.

「정민아, 술이나 한잔하고 가자. 이렇게 우연히 만나기도 쉽지 않은데.」

「또 현주 얘기 물어볼 거면 싫어.」

은석은 카메라 장비들을 핑계로 먼저 스튜디오로 돌아갔다. 윤재는 인사로도 그런 은석을 붙잡지 않았다. 사실 정민도 몇 번씩 권하고 몇 번씩 붙잡는 우리나라식 인사법이 불편해서 좀처럼 그런 일은 하지 않지만, 은석을 개인적인 일로 하루 종일 불편하게 하고 그냥 돌려보내기가 편치 않았다. 더구나 저녁 먹을 시간인데, 은석은 정민과 윤재 사이를 어떤 느낌으로 받아들이는지 그것마저 굳이 마다했다.

윤재는 조금 우울해 보였다.

「사흘 굶은 시어미 상이야. 왜 부처 아줌마하고 제대로 만나지 못해서 그래? 그런 얼굴로 있으려면 부처님한테 절이나 하지, 뭐 하러 술은 하자고 해. 옆에 있는 사람 맘 불편하게.」

「말 좀 예쁘게 해라. 어째 그 나이 먹도록 언어 순화도 못하고 그러냐.」

「뭐가 문제기에 아직도 그런 표정으로 어깨 구부리고 다니는데?」

「너 요즘 웅비대학에 자주 들락거리더라.」

「언제 봤어? 일이 있어서 그래.」

「제법 그럴듯한 소문까지 뿌리고 다니던데.」

「왜, 누가 날 관음증이라고 소문내?」

「관음증?」

「눈구멍 가늘게 뜨고 이리저리 기웃거리는 사람한테 날 만한 소문이 그거밖에 더 있어?」

윤재는 계속 삐딱하게 나가는 정민에게 술을 따라 주며 더 대꾸하지 않았다. 그러고는 자기 혼자 술을 따라 연거푸 두 잔을 마셨다.

「야, 네가 찬 남자가 행복하게 살지 못하면 불쌍하게 봐주기라도 해라. 최소한의 동정심도 없냐, 여자가?」

「여자 같은 소리 하고 있네. 네가 날 찼지, 내가 널 찼냐? 아무리 궁색해도 말은 바로 해.」

「오해 한번 길게 간다. 하긴 풀 기회도 안 주고 칼같이 돌아서 버렸으니……. 이번엔 그렇게 쌀쌀맞게 굴지 않나 보지? 제법 핑크

빛 사연이던데.」

「무슨 뚱딴지 같은 말이야?」

「시침 떼지 마. 원래 학교란 사회가 좁아 터진 곳이야. 여기서 아, 하면 벌써 저쪽에서 아버지가 장에 간다고 다 소문이 나는 거야.」

「그래? 무슨 소린지 모르지만, 난 아버지가 장에 간다고 한 게 아니고 아름답고 징글징글한 세상 살기가 힘들다고 말했어. 해명 충분하냐? 그리고 너나 해명해 봐. 지난번에 동창 하나 만났더니 너 요즘 발랑 까진 여학생하고 연애한다며. 아니, 연애가 아니라 순전히 섹스 파트너일 거라고 하더라. 너야말로 학교 바닥 좁은 줄 알고 조신하게 살아.」

「요즘 애들 얼마나 영악한데 시간 강사 꼬시겠냐. 섹스 파트너 아니라 손목 한번 잘못 잡았다간 이나마도 그날로 당장 끝이야. 뭘 제대로 알고 얘기해라.」

「더 얘기해? 너 문화 센터에도 나간다며. 거기에서 시간 많고 소녀 같은 감상으로 질질거리는 아줌마들 킬러라더라.」

정민은 마치 마누라라도 된 듯 윤재의 사생활에 대해 다그쳐 대는 자신이 마뜩찮았다. 그런 소문들이야 어쩌다 들었다 해도 마음에 담아 둘 일도 아니었다. 그런데 윤재를 보자 마치 그걸 마음에 꽁꽁 묻어 두었던 양 끄집어내는 것은 또 무엇인가.

「어디서 그딴 소문들만 잔뜩 듣고 다니냐? 이건 말 한마디 꺼내려다가 본전도 못 찾겠다. 너 웅비 이사장하고 그렇고 그렇게 잘 나간다며. 어쨌든 잘해 봐라. 혼자서 잔뜩 춥고 독기 오른 얼굴로 다니지 말고. 남녀노소를 불문하고 사랑의 호르몬이 없으면 불행한

거야. 물론 그 이야기를 듣고 처음엔 갑자기 질투심이 솟아올랐지
만 말이야. 솔직히 말하면 내가 진심으로 사랑해 본 사람은 너니
까. 현주는 어쩌다 보니까 서로 얼크러져 사는 거지만, 그렇다고
이제 와서 내가 뭘 어쩌겠어. 주제꼴도 시원찮고.」
윤재는 클클 웃었다.
「누가 카사노바 아니랄까 봐 그러니. 그딴 얘긴 더 듣고 싶지도 않
아. 그리고 이사장하고 뭐? 그 바람 냄새 펄펄 나는 유부남하고 날
엮을 생각을 했다니, 심지어 다른 사람도 아닌 네가.」
「유부남 아니야, 그 이사장. 너 뭔가 오해하고 있나 본데.」
「나한테 자기 딸 얘기까지 했어. 그리고 그 사람 내 취향이 아니
야.」
「이혼남이지, 유부남은 아니야. 지난번 이사장이 할아버진데, 미국
에 있는 걸 억지로 불러들였다고 하더라. 그 할아버지 이사장은
아들이 자기 일을 맡지 않은 것에 대해서 불만이 많았다고 하더라
고. 워낙 강하니까 아들이 도망치듯이 미국으로 유럽으로 떠돌아
다닌다고 하더라.」
「부자는 떠도는 것도 그렇게 부유하게 하는구나. 그 얘긴 그만 해.
말할 가치도 없어. 설마, 나한테 그거 확인하려고 술 마시자고 한
거니?」
「아니. 널 사랑했고 진심이었으며 아직도 사랑한다고 말하려고.」
「미친 짓이지만, 그래, 날 사랑했고, 사랑한다고 쳐. 그래서 뭘 어
쩔 건데.」
「사랑하는 사람에게 진심으로 하는 말인데, 누군가를 사랑하면서

살라고 말해 주고 싶었어. 웅비 이사장하고 잘해 보라고. 그리고
사랑해야 할 또 한 사람은 네 엄마야. 물론 엄마니까 사랑이야 하
겠지만 네가 사랑하고 있다는 걸 알게 해주라고. 어쩌다 한두 마
디씩 하는 얘기 속에 비쳐지는 건데, 너한테 죄의식을 많이 갖고
계셔. 네가 누구도 사랑하지 못하고 이렇게 사는 게 다 당신 탓이
라고 생각해. 그게 힘드신가 보더라.」
「참, 술맛 안 난다. 사랑이니 뭐니 그따위 어설픈 감정에 휘둘리고
싶지 않아. 사랑은 이기심의 근본이야. 사랑이란 이유로 누군가를
소유하려 들고 누군가에게 무언가를 강요하려 들고. 사랑이란 감
정으로 자기 자신의 욕구만 채우자는 거지. 육체적인 욕구든 정서
적인 욕구든 말이야. 그게 사랑의 본질이야. 사랑하므로 결혼해야
하고, 사랑하므로 내가 하는 일을 무조건 참아 줘야 하고, 사랑하
므로 다른 누군가를 주의 깊게 배려해서도 안 되고 등등. 사랑은
지극히 이기적인 나란 테두리를 중심으로 상대가 돌아가길 바라
는 우스운 감정 놀음이야. 그러면서 그걸 모두 사랑이란 아름다운
허울로 포장해서 상대방을 힘들게 하지.」
「물론 네가 말한 그런 부분도 없잖아 있겠지. 하지만 그건 아주 미
세한 일부분일 거야. 그게 사랑이라면 인류에게 사랑이란 감정은
퇴화되어 버렸겠지. 그리고 네 엄마가 네 아버지를 그렇게 구속하
고 이기적으로 사랑의 테두리에 가두었다고 생각하니?」
「네가 뭘 안다고 우리 엄마 아버질 들먹여. 제발 유치한 사랑 타령
좀 그만 해. 세상에 사랑은 아주 작은 일부분이야. 그것 없이도 얼
마든지 재미있게 즐기면서 살 수 있잖아. 왜, 모두들 사랑만이 인

생의 전부인 양 떠드는 거야.」

「얼마란 비율이 문제가 아니라 기본 바탕이니까 하는 얘기야.」

정민은 더 이상 말대꾸도 싫다는 듯 손사래를 치며 고개를 외면했다. 아까부터 자작으로 계속 술을 따라 마신 윤재는 벌써 취기가 오르는지 얼굴이 벌겋게 달아올랐다.

「넌 네 엄마를 너무도 몰라.」

「…….」

「난 네 엄마를 내 친엄마처럼, 내 장모님처럼, 그리고 부처님처럼 생각하고 좋아하니까 하는 말인데, 넌 너무 몰라. 물론 네가 편하고 싶어서 그냥 오해한 채로 지내려고 하는지도 모르지. 그런데 눈치 없이 자꾸 내가 들먹여서 판을 깨는지도.」

윤재는 급격히 오른 알코올 기운 때문에 혀가 말려 들어갔다. 처음부터 빨리 취해 버리고 싶다는 듯이 계속 혼자 따라 마셔 댔다. 정민은 탁자 너머로 조금씩 무너져 가는 윤재를 바라보았다. 날렵한 턱선은 뭉크러지기 시작하고, 때가 낀 눈빛에서는 활력이 사라지고 있었다. 문득 쿵, 가슴 한쪽에서 둔중한 탁음이 들렸다.

「내가 얘기했지. 아직도 난 널 사랑해. 몇 년 전에도 널 캠퍼스에서 만난 적이 있지. 먼발치에서 봤는데 가슴이 콩닥콩닥 뛰더라. 넌 이런 날 보고 너에 대한 알레르기라고 말할지 모르겠다만, 내 가슴이 유일하게 벌렁거리는 게 아직도 너야. 알아?」

「알아도 소용없으니까 그만 해.」

정민은 빽 소리를 질렀다. 다른 탁자의 시선들이 일제히 정민에게 쏠렸다. 순간 정민은 그 눈들이 카메라 앵글 같아 아찔해졌다.

「첫사랑은 세월이 가도 신선해. 스무 살 적 감정이 고스란히 남아
있어. 너야 이해할 수 없겠지만, 정말 그래.」

윤재는 취했다. 정민을 바라보는 풀린 눈빛이 슬퍼 보였다. 정민
은 자꾸 혼자 따라 마시는 윤재를 말리지 않았다.

「사랑하니까 진심으로 말하는데, 이번엔 사랑다운 사랑을 해. 웅
비 이사장하고 소문이 사실이라면 말이야.」

7

한 남자의 뒤꼭지에 그것도 한순간에 반했던 일을 한 번도 후회하지 않은 것은 아니었다. 부모가 기를 쓰고 말렸을 때 그 말을 들었더라면, 부모 말을 잘 들으면 자다가도 떡이 생긴다는 말을 왜 무시했을까, 생각해 보지 않은 것도 아니었다.

그날 아침, 아버지 몰래 16인치 나팔바지를 사입고 출근하던 길에 영우를 만난 것은 운명이라고 생각했다. 아주 오래전에 그렇게 생각하기로 했었다.

그날 아침은 세상이 온통 아름다웠다. 나팔바지에 굽 높은 구두를 신었으므로 세상도 한 뼘 아래로 작아 보였다. 명동 한복판을 늘 누비고 다니는 순자에게 아버지는 언제나 10년 전 패션으로 살라고 강요했다. 그러나 순자는 명동 거리에서 아름답게 피어나는 꽃다운 나이였다. 늘 20년 안쪽만 기억하고 사는 부모들이란 언제나 고루했다. 순자는 아버지 몰래 사둔 새옷을 입고 허겁지겁 대문을 빠져나

왔다. 용케 아버지에게 들키지도 않았고, 출근길 뭇시선들을 자랑스
럽게 받아 내는 걸음걸이는 경쾌했다. 그 발걸음을 붙잡은 것이 영
우의 뒤꼭지였다.

아버지 말처럼, 사는 게 소꿉장난이라고도 추상의 아름다움이라고
도 생각하지 않았지만, 결국 그렇게 보여지고 말았다. 영우와 사는
동안 순자는 연극 무대 위에 올라가 있는 것 같았다. 아무리 지치고
피곤해도 관객들이 물러서지 않고 박수도 치지 않았으므로 끝까지
무대 위에 남아 있어야 했다. 그러나 어느 날 무대 위에서 젖꼭지를
빨던 딸아이가 실종되어 버렸다. 그리고 남편은 시체 연기를 마지막
으로 무대에서 사라져 버렸다. 결국 순자는 무대에서 내려와야 할
시점이란 걸 알았다. 혼자 알았다. 저절로 알게 되는 순간이었다. 사
는 게 한바탕 연극이란 말을 했던 사람은 어찌 그리 현명했을까. 한
바탕의 연극이 끝나자 무대는 컴컴한 채 텅 비어 있었다. 삐쩍 마른
코뿔소 한 마리가 죽어 있었다.

목숨처럼 아끼던 허백련의 그림까지 팔아, 눈에 넣어도 아프지 않
을 막내딸 먹고 살 밑천을 마련해 주고 아버지가 눈을 감은 지 십 몇
년이 지난 다음이었다. 코뿔소는 갈수록 크기가 줄고 허약해지고 그
러다가 결국 영양실조로 쓰러진 것이었다. 허백련이었다가 코뿔소가
되어 버린 그것의 최후는 그렇게 야윈 모습으로 사라지고 말았다.

「안심 등심 죄다 잘라 가고 가죽까지 훑어 갔어. 코뿔소 뿔 하나
남기지 않고 죄다 가져갔어. 이놈 저놈 와서 한 점씩 죄의식 없이
끊어 간다고 가져간 것이 결국 아무것도 남지 않았어. 그러고도
그렇게 웃을 수 있어?」

정민은 코뿔소 간판이 내려지던 날 전화에 대고 순자에게 욕을 퍼부었다. 그러나 순자는 죄다 가져간 것이 아니라, 그저 야위고 힘이 없어서 휴식이 필요할 뿐이라고 말했다.

절집 마당에 두터운 어둠이 내리면 순자는 가끔 코뿔소 생각을 했다. 그런 날이면 영우가 코뿔소를 타고 순자에게 나타났다. 순자가 '위험해요'라고 소리쳐도 영우는 소 위에서 춤을 추며 즐거워했다. 때로 영우는 소 위에서 연극을 하기도 했다. 싸우는 거다! 싸우는 거야! 그렇다면 좋아. 난 나를 지키겠어. 난 최후의 인간이다. 난 마지막까지 인간으로 남겠다. 영우는 베랑제처럼 소리를 질러 댔다. 아주 가끔은 순자도 그 소 위에 타고 싶어했으나, 영우는 순자를 한 번도 끌어 주지 않았다. 언제나 춤을 추거나 연극을 하기에 바빴다.

호랑이가 물어 갈 놈의 인사.

첫새벽 잠자리에서 일어날 때마다 순자는 꿈속에서의 영우에게 욕을 했다.

순자가 영우에게 욕을 하며 덤빈 것은 딱 한 번이었다. 결혼한 지 1년이 지난 어느 날, 순자는 입덧을 심하게 했다. 오빠 가게에서 일을 봐주며 생활을 꾸려 가던 순자는 오빠에게 내색할 수 없어서 더 고역이었다. 저녁이면 파김치가 되어 돌아온 순자에게 영우는 아이를 원치 않는다고 말했다.

「우리 형편에 아이는 축복이 아니라 짐이야.」

그때 순자는 영우에게 바락바락 대들며 욕을 해댔었다. 아이 목구멍에 넘어갈 미음 한 숟갈 없을지라도 아이를 짐이라 말하는 걸 참을 수 없었다. 영우는 다음날 곧바로 불임 수술을 해버렸다. 순자는 마지막이 된 뱃속의 생명을 지키기 위해 새끼 밴 고양이처럼 웅크리고 가르랑거렸다. 영우는 신경이 날카로워진 암고양이를 피해 극단 사무실에 잠자리를 펴기 시작했다.

영우가 자주 집에 들어오지 않으면서 입덧도 가라앉았다. 뱃속의 녀석은 제 아비가 자신의 존재를 인정해 주지 않는다는 것을 알기라도 하듯 조용히 지냈다. 특별히 먹고 싶은 것도 요구하지 않았고, 맡기 싫은 냄새로 투정을 부리지도 않았다. 내가 여기 이 뱃속에 살아요, 외치듯이 배가 불룩 부르지도 않았다. 사람들은 뱃속의 아이가 열 달이 다 되도록 그 존재를 알지 못했다. 새댁이 신랑밥 먹더니 살집이 좀 붙네, 하는 소리만 했다. 태아는 제 아비의 심정을 용케도 이해했다는 듯 그렇게 흔적 없이 있다가 돌연 세상에 나왔다. 짐덩이라면 그 부피만이라도 줄이자는 듯 아주 작고 조용한 아이였다.

정민은 되도록 제 아버지 일을 거역하려 들지 않았다. 아버지를 너무 좋아해서 그런 것 같지는 않았고, 그렇다고 엄한 아버지여서 눈치를 보는 것도 아니었다. 그런데 정민은 아버지 주변을 끊임없이 맴돌며 아버지 하는 일을 따라 하길 좋아했다. 심지어 연극 연습이 있는 날이면 그 옆에 붙어 있다가 오는 날도 있었다. 다들 정민을 예뻐해 주니 어린애가 그 맛에 그러려니 싶다가도, 제 아버지처럼 연극판에서 살려나 보다 했다. 그런 정민이 한편으로 대견스러우면서 또 한편으론 걱정이 되었다. 딱히 뭐라 말할 수 없는 막연한 걱정이었다. 그런데 정민이 고등학생이던 어느 날 거짓말처럼 연극 주변에서 발길을 뚝 끊었다. 즐겁게 하던 밥 심부름도 하지 않았다. 심지어 가게에 나와 도와주는 일도 거의 하지 않았다. 사춘기도 지났는데 하루아침에 돌변한 것이 단순해 보이지 않아서 못내 걱정이 되고 서운하기도 했다. 눈치껏 참다가 슬쩍 물어보면 있는 대로 엉뚱한 일을 트집 잡아 성질만 부렸다.

「엄마가 아버지 보호자야? 왜 연극판 사람들을 다 먹여 살릴 태세로 외상을 함부로 주고 그래. 엄마가 자선 사업가라도 돼? 저 사람들은 그리 절박하지도 않은 한 끼 식사와 술이지만 엄마에겐 인생 전부가 달린 거잖아. 내 학비는 허구한 날 밀리면서 그렇게 외상만 외쳐 대는 아버지를 어떻게 처리해 보란 말이야. 참고 있는 엄마가 더 바보야. 차라리 자선 사업가라면 사회적인 공로나 남지. 그렇게 퍼주면 밥만 퍼주는 건 줄 알아? 나중에 봐. 분명히 엄마 인생이 작살나고 말 테니까. 밥이 밥이 아니라 내 인생이고 엄마 인생이란 말이야.」

「사람 좋고 연극 좋아서 이 짓 하는 거지, 돈 좋아서 이 짓 하는 거 아니니까 넌 가만있어. 어차피 엄마, 아버지 인생이야.」

「늙어 무일푼에 병든 몸으로 하나밖에 없는 딸년한테 짐이 될 건데도 엄마만의 인생이냐고. 그렇게 될 게 보이는데도 그게 모두 엄마 인생이냐고.」

틈만 나면 와서 순자 속을 뒤집으며 한바탕 퍼붓고 가는 일이 유학을 떠날 때까지 계속되었다. 느닷없이 유학을 떠나면서도, 유학 가겠다는 딸년한테 비행기삯도 못해 주는 무능력을 사랑해서 행복하우? 이제라도 늦지 않았으니 깔아 놓은 외상 한번 싹 거둬서 유학 경비라도 대주시든지, 하며 순자 속에 염장을 질렀다. 가서도 무슨 공부를 하는지, 어떻게 사는지 연락 한 번 하지 않았다.

　그런 지독함은 유학 떠나기 전 남편 영우가 죽었을 때 이미 넌더리를 냈기 때문에 더 이상 가슴 미어지게 슬프지는 않았다.

　영우가 죽었을 때 정민은 눈 똑바로 뜨고 눈물 한 방울 흘리지 않았다. 게다가 문상 온 동료 연극인 중 박단비란 여자에겐, 단비 촉촉히 내린 지난밤엔 즐거우셨냐고 비틀어진 웃음마저 보여서, 순자는 대경실색했었다.

「이제 아버지란 망령에서 벗어나.」

　삼우제도 지내기 전, 표독스러운 표정으로 상중 내내 입 다물고 있던 정민이 순자에게 처음 한 말이었다.

「아버지가 사랑한 건 연극이 아니라, 연극판 주변에서 맴도는 자기 자신이었어. 그것도 모르고 덩달아 연극을 사랑한답시고 엄마 인생을 까먹지 말라고. 이제라도 눈 똑바로 뜨고 현실을 제대로 봐. 연극은 그저 연극일 뿐이야. 그리고 가난한 김순자의 보살핌까지 받아야 하는 환자가 아니라고. 이제 환자는 갔어.」

　순자는 살면서 그렇게 표독스럽고 그렇게 우울이 깊은 눈빛을 마주한 적이 없었다. 내로라하는 연극배우들이 열연하는 무대에서도 본 적이 없었다. 그런데 딸인 정민이 그런 눈빛으로 몰아세웠을 때, 순자는 깊은 우물 속에 던져진 것 같은 두려움과 한기로 정신이 아득해졌다.

　새로운 일이 정민을 부드럽게 만드는 건 분명한 것 같았다. 유학을 다녀와서도, 얼굴 한번 삐죽 내밀고 순자 속에 염장 지르고 떠난 뒤로 소식이 없더니, 요즘 들어 정민은 순자를 가끔 찾아왔다. 그러면서 독이 잔뜩 오른 표정이 조금씩 부드러워지고 있었다. 사랑을 시작한 것 같지는 않고, 사진을 찍으면서 뭔가 꼬였던 심사들이 풀리는 모양이라고 생각했다. 연극판 주위를 맴돌지 않게 되면서 정민은 무언가에 단단히 꼬여 있었다. 그것이 어찌나 독하고 단단했던지 순자조차 어떻게 해볼 수 없었다. 그런데 정민은 달라지고 있었다. 그 변화 속에서 순자의 후각은 정민의 옛 모습을 더듬어 냈다. 그렇게 단단히 꼬여서 사나운 맹수처럼 변하기 전까지 정민은 명랑하고 따뜻한 아이였던 것이다. 적당히 아버지에게 애교도 부릴 줄 알고, 극단 사람들의 귀염둥이였으며, 순자의 일에 말없이 도움도 주는 그런 착한 애였다. 거리에서 너무나 흔하게 부딪칠 수 있는 그렇게 평범하고 따뜻한 아이.

순자는 수없이 절을 하면서 정민을 생각했었다. 때로는 자신이 살아온 삶을 되작거려 보기도 했지만, 부처님과 마주 앉았을 때 그 중심을 흐르던 것은 정민이었다. 순자 자신이 의도했든 하지 않았든 순자라는 존재가 정민에게 상처가 된 것은 분명해 보였기 때문이다. 자신의 존재 어느 부분이 정민에게 상처가 되었는지 알 수 없지만, 어쨌든 정민에게 순자는 죄였다. 순자에게 정민은 아픔이었다.

순자는 정민이 찍어 준 사진을 보았다. 원판으로 큼직하게 뽑아 준 사진 속에서 순자는 웃고 있었다. 다기들 옆에서 흠향하듯 흡족하게 웃었다. 그 사진을 보면서 순자는 가끔 지난날을 되작여 보는 버릇이 생겼다. 정민의 말대로 늙어 무일푼으로 절집에 의탁하고 있는 자신의 말년은 오고야 말았다. 사람 좋고 연극이 좋았는데, 남은 것은 없었다. 돈을 좋아했다면 돈이라도 남아 있으련만, 물질처럼 저축할 수 있는 게 아니라서일까, 남아 있는 사람도 연극도 없다. 그냥 좋아한 것이지 저축하자고 한 일이 아니라는 걸 알기에, 그리 서운할 일도 없었다. 가끔씩 정민이 와서 염장을 지를 때면 사람도, 좋아했던 행위도, 저금처럼 통장에 숫자로 남아 있음 좋겠다고 생각한 적은 있다. 그러나 눈앞에 분명하게 남아 있을 만한 것이 얼마나 될 것인가. 또 눈앞에 분명하게 나타난 것들은 정말 눈에 보이는 것처럼 명료한 것일까. 순자는 영우와 찍은 사진을 꺼냈다. 그동안 안방 문갑 위에 줄곧 놓아두었던 것인데, 절에 오면서 세속의 흔적 같아서 벽장 속에 치워 놓았던 것이다. 사진 속에서 순자는 찡그리며 웃고 있고 영우는 활짝 웃고 있다. 쨍쨍한 햇살 속에서도 활짝 웃고 있는 걸 보면 영우는 천생 연극배우였다.

영우는 참 끼가 넘치는 사람이었다. 그걸 무대에서 다 풀어 버리지 못해서 평생 끙끙거렸다. 분출되지 못한 에너지는 어딘가로 흘려보내야만 했다. 외모 번듯하고 친절했으니 당연히 여자들이 많았다. 어느 날 참다 못한 순자가 헤어지자고 울며 대들었다. 영우는 순자가 부리는 온갖 푸념과 앙탈을 다소곳이 다 듣더니 함께 나가자고 했다. 그러더니 자기가 백 번 천 번 잘못했고, 그걸 알고 있으니 다시는 그러지 않겠다며 순자를 달랬다. 그 증표로 다정하게 사진을 찍어서 가게에 걸어 두자고 했다. 안 그래도 연극판에서 영우 마누라라면 모르는 사람이 없었는데 말이다. 속엣것 다 풀어놔서 그런지 순자도 분이 좀 풀리고, 또 정민도 걸리고 해서 못 이기는 척 그대로 따라 했다. 그때 찍은 사진이었다. 영우가 순자 어깨에 손을 다정하게 얹고 고개를 서로에게 기울인 채 찍은, 말하자면 다시는 엉뚱한 짓 하지 않고 사진처럼 다정한 사이가 될 것을 맹세한 서약서 같은 거였다. 그때가 정민이 초등학생 때였을 것이다. 한때 그 행복한 포즈의 부부 사진은 가게에 놓였고 보는 사람들마다 행복해 보인다며 웃곤 했다. 그러다가 얼마 후 그 사진은 안방으로 옮겨졌다. 하지만 그 사진을 찍었을 때의 사연을 아는 사람은 영우 말고 아무도 없었다. 그리고 그 사진을 분기점으로 순자의 변화를 눈치 챈 사람은 아무도 없었다. 영우도 몰랐다.

정민의 예언대로, 예언이랄 것도 없이 뻔히 바라다보이는 대로 순자는 늙고 지쳐 무일푼으로 절집에 얹혀졌다. 사진처럼 움직일 수 없는 한 컷의 사실이었다. 그래도 순자는 영정 사진에서 복숭아꽃처럼 분홍빛 환한 웃음을 웃고 있다. 향기로운 다기들 옆에서.

비가 부슬부슬 내렸다. 절집 마당에 내리는 비는 처연할 때가 많다. 5월 신록의 연둣빛 물이 흘러내리는 듯한 비는 적막한 풍경 소리 속에 다소곳했다. 스님들이 하안거에 들어가 절집은 더욱 적막했고, 신도들 발걸음도 뚝 끊어진 날 새색시 같은 연둣빛 비만 왔다.

가끔 하안거거나 동안거거나 스님들이 안거에 들어가면 순자도 그렇게 하고 싶을 때가 있다. 면벽하고 앉아 독한 시간을 견뎌 내고 싶은 충동을 느낄 때가 많다. 그 독한 시간의 터널을 뚫고 나오면 그만큼 독하게 뿌리박고 있는 속엣것들이 사라질까 생각해 보는 것이다.

무애(無碍). 코뿔소에 있을 때, 때때로 순자는 스스로 그렇게 산다고 믿었던 적도 있었다. 적어도 영우에 대해서만은 그렇게 산다고 믿었었다. 그러나 이렇게 적막하게 비가 내리는 날이면 지독히도 뿌리 깊게 자라고 있는 무엇이 가슴을 답답하게 만들었다.

「어머니!」

길고도 조심스럽게 부르는 소리에 순자는 고개를 내밀었다. 윤재였다. 윤재는 검은 비닐봉지에 있는 물건을 살짝 흔들어 보였다.

「이런 날은 곡차 한잔 하고 싶어지지 않아요? 코뿔소에서처럼 김치전이라도 있으면 좋겠지만, 대신 김치 한 보시기만 주세요.」

순자는 윤재를 방에 앉혀 두고 부엌으로 나갔다. 기름 냄새 풍기면서 김치전을 붙이기는 뭣해서 며칠 전 사십구재 지내고 남은 음식 중 몇 가지를 접시에 담아 가지고 왔다.

「이 적적한 날에 글쎄, 술친구 할 사람도 없단 말이야?」

「그러게 말이에요. 시간 강사 몇 년에 사람 완전히 말종되었어요. 붙박은 직장이 있어야 동료도 생기고, 상사니 부하니 있을 텐데, 그것도 없고요, 쥐꼬리만 한 월급이니 학교 친구들 불러내기도 무섭고요. 이래저래 자꾸 떨어져 나가네요. 돈만 떨어지면 되는데 친구들도 함께 떨어져 나가요. 어차피 그게 인심이기도 하니까 그리 서운하달 건 없어요.」

「정민이 말에 의하면 여학생들한테 인기가 많다면서?」

「걔들이랑 어디 술 마실 군번이에요? 그저 우리 엄마가 제일 편하고 좋지요.」

「넉살도.」

「왜요. 사실 정민이보다 내가 더 자주 찾아오지 않아요? 속 이야기도 내가 더 많이 하고요.」

「그건 그래. 고년이야 워낙 쌀쌀맞으니까.」

「아무리 그래도 지난번에 내가 부탁한 것도 물어보지 않았지요? 난 정민이가 알고 있는 줄 알고 대뜸 이야기했는데, 어머니한테 사전에 얘기를 들은 눈치가 아니더라고요.」

「무슨 얘기?」

「현주 임신요. 그날 일 좀 정민이한테 물어보시라고 했더니.」

「잊어. 알면 병 되는 얘긴데, 뭘 그래. 내 얘기했잖아. 사는 방법도 다양하다고. 윤재 네가 뭘 선택할지 나름이지만, 어쨌든 잊고 살아.」

「당해 보지 않으면 몰라요. 그래, 잊을 만하다, 참을 만하다, 그럴 수도 있다, 차라리 잘된 거다 싶다가도 문득 화가 치받쳐요. 그러면 정말 한 대 갈겨 주고 싶어서 미친다니까요. 큰놈까지도 싫어져요.」

순자는 윤재를 바라보았다. 저절로 터지는 한숨을 가슴 안으로 내뱉었다.

「옛날 할머니들이 시집살이 고되다 고되다 해도 남편 품이 따뜻하면 견딜 만한 것이라고 하는 말을 알 것 같아요. 부부끼리 사랑하고 다독이는 거 있잖아요. 어머닌 그래도 아저씨가 다른 일로 속썩이지 않았으니까 자꾸 참으라고 잊으라고 하는 거예요. 그런데 그게 쉽지 않단 말이에요.」

「내가 더 얄미운 소리 좀 할까. 더 곪아야 돼. 그러면 도가 트이듯이 그렇게 아픔이든 분노든 종기 속에 뭉쳐 있던 것들이 어느 순간 툭 터지면서 아물어 가는 때가 올 거야.」

「진짜로 겪은 사람처럼 얘기하시네요.」

「내가 누구야. 연극쟁이 여편네로, 연극쟁이 밥순이로 수십 년 연극판에서 살아온 사람이야. 그 오만 가지 문제들이 다 들어 있는

연극이 현실보다 훨씬 더 현실적이야. 어떤 철학책에도 씌어지지
않은 것들이 다 있어.」

순자는 윤재를 바라보았다. 측은한 얼굴로 술을 마시는 모습이 낯
익었다. 언젠가 자신도 곪고 또 곪았던 것들이 일시에 봉숭아 씨앗
처럼 툭 터지는 쾌감을 맛본 적이 있었다. 그때 속에 괴어 있던 거북
살스럽고 견디기 어려운 것이 빠져나가는 청량감이란. 그러나 때때
로 툭 터져 나간 것이 한때의 환상이었다는 자괴심이 들기도 했다.
그건 영우가 죽고 나서도 질긴 뿌리로 살아남아 있었다. 결코 무심
의 경지는 쉽사리 오는 것이 아니었다. 그럼에도 순자는 초연함이
찾아올 거라고 지금 자신 있게 말하고 있는 것이다.

간간이 낙숫물 소리가 윤재의 푸념 사이로 날아들었다. 절간처럼
조용하다는 말 그대로 적막했다. 윤재의 푸념마저 없었더라면 심장
으로 떨어지는 낙숫물 소리를 어찌 견뎠을까 싶은 날이었다. 윤재와
나눠 마신 곡차는 매우 오랜만이었으므로 얼굴이 화끈 달아올랐다.
코뿔소에 있을 땐 간에 기별도 가지 않을 양이었지만, 순자의 몸은
그새 그 맛을 잊어버린 것이다. 그러고 보면 몸은 잘도 잊는데 언제
나 마음이 문제였다. 마음밭에 뿌려진 씨는 뿌리가 어찌나 질기고
거세던지.

「마음은 옥토야. 한번 씨앗이 뿌려지면 금세 싹이 나고 가지를 뻗
고 튼실한 뿌리를 내려서 열매를 맺는단 말이야. 사시사철 변화가
있어도 한번 뿌려진 씨앗은 쉽게 시들지 않는 법이야. 그러니 쉽
게 뿌리지 마. 분노도 사랑도 다. 한순간 뿌려진 것이 쉽사리 거둬
들여지지 않더라. 때로는 그 씨앗이 언제 떨어졌는지도 잊었는데

그 질긴 뿌리만 남아 있을 때도 있어.」

「연극 대사 같아요. 하지만 내가 뿌리는 게 아니라 저절로 씨앗이 떨어져요.」

「그렇게 보일 뿐이야.」

순자는 마치 도가 트인 것처럼 이야기하는 자신의 말에 자신도 최면에 걸리길 원한다는 걸 안다. 윤재가 자신의 말에 얼마나 수긍하고 위안을 받을지는 알 수 없는 일이었다. 그러나 그런 말을 하고 있는 순간 자신은 위로받고 있다는 생각을 했다.

누군가를 위로하는 것, 그것은 곧 자신을 위로하는 일이었다. 코뿔소에 있을 때도 그랬다. 누군가가 와서 돈도 되지 않는 연극에 빠진 것을 자책하거나 주연이 되지 못하는 무능력을 한탄하거나, 혹은 그런 가족이 있어 속상해할 때, 그녀가 했던 위로는 결국 자신에게 돌아왔었다.

윤재가 가고 나서도 비는 한참 더 그렇게 조용히 절간처럼 내렸다. 저녁 무렵엔 마당에 안개까지 내려, 깊은 숲 속 절집처럼 푹 적막에 잠겨 버렸다. 풍경 소리도 들리지 않는 깊은 적막이었다.

8

단순히 우연이라 말하기엔 치명적이었다. 박동수가 오랜만에 돌아와, 생명의 흔적인 배꼽 같은 연극판으로 돌아와 하는 연극이 〈코뿔소〉였다. 그는 이왕 시작한 거, 연극 포스터에 들어갈 사진까지 찍어 달라고 했다.

코뿔소들이 달리는 소리가 들리는 것 같다. 뿌연 먼지를 일으키며 공포스러울 정도로 우렁차게 달려가다가 급기야 외뿔이든 쌍뿔이든 하나의 음악처럼 되어 가던 그 소리. 그렇듯 무섭게 서로 하나가 되어서 달려갈 수 있다면, 세상 속으로. 그들은 같은 모습으로 달려간다. 정민은 그런 코뿔소가 되는 것도 괜찮다고 생각했다.

비가 추적추적 내리는 늦은 봄에 정민은 박동수에게 일을 할 수 없다고 말할까 고민했다. 오늘 스튜디오 촬영을 하기로 한 날이었는데, 그가 출발하기 전에 전화를 넣어야겠다고 생각하면서도 그렇게 하지 못하고 끙끙거렸다. 시간도 끙끙거리며 빗속을 달음박질쳤다.

'어차피 오늘 코뿔소를 찍는 것도 아니니까.'

정민은 곁가지를 치며 일어서는 생각들을 툭툭 털어 내버렸다. 월간지에 들어갈 화보였다. 부드러우면서도 날카로운 눈빛을 살린 몇 컷이면 될 일이었다. 박동수는 제시간에 왔다. 코디네이터들과 분장팀도 속속 도착했으므로 더 이상 갈등 따윈 없었다. 조명등 위치를 정하고, 카메라 앞에서 초보자처럼 어색해하는 그의 자세와 표정을 잡아 주다 보면 생각은 온통 사진 속에 박혀 버렸다.

「은석아, 이번엔 조명 하나만…… 옆으로……. 그렇지……. 그림자가 길게 늘어지면서 깊이 있는 표정이 되도록 해보자고요……. 박동수 씨, 눈빛 살짝만 죽여 주고요…….」

그는 정민의 주문대로 눈빛을 죽이거나 시선을 바꾸거나 포즈를 달리하거나 했다. 일하는 자세가 숙연하고 겸손해서 오히려 정민이 시시껄렁한 농담까지 들먹이며 분위기를 풀어야 했다.

「원래 성격이 그렇게 조용하세요?」

일이 얼추 끝나고 정민이 박동수에게 물었다. 박동수는 계면쩍은지 씩 웃었다.

「나도 몰라요. 하지만 이게 다는 아니거든요. 낯가림 단계가 지나면 그땐 여태까지 내숭 떨었다고 욕하지 말아요.」

생각보다 일은 오래 걸리지 않았다. 차 한잔 대접해 보내려는데 박동수가 느닷없이 다음 달에 찍기로 한 것을 내일 대학로에서 아예 끝내는 게 어떠냐고 물어 왔다. 다음 달이라고 해봤자 며칠 뒤의 일이니 괜찮지 않느냐고. 정민은 선뜻 대답이 나오지 않았다.

「연극 쪽 일이 낯설어서요? 어차피 사진이니까 무대에 올려지는 장면 찍을 때만 조금 조심하면 되잖아요. 제가 얘기하지 않아도 워낙 베테랑이라고 명성이 자자하니까 걱정은 안 되지만요.」

정민은 찻잔을 만지작거리면서 비 오는 마당을 바라보았다. 복순이 집이 빈 채로 덩그러니 놓여 있었다. 은석이 심심풀이로 심어 놓은 꽃들이 두서없이 피었는데, 그런대로 볼 만했다.

얼마 전 복순이가 돌아왔다. 어디를 얼마나 쏘다녔는지 윤기 없는 털은 때에 절어 있었고, 게다가 배는 불룩 불러 있었다. 정민은 그런 복순이를 보자 가슴이 철렁 내려앉았다. 한 번도 임신한 개를 본 적이 없었는데, 저게 새끼를 뱄구나 하는 생각이 뇌리를 스치고 지나갔다. 복순이는 지치고 말라 있었다. 그래도 무슨 정을 기억하는지 꼬리가 부러지도록 흔들며 정민의 발등에 엎드렸다. 생각 같아서는 발로 냅다 내질러 버리고 싶은데 그럴 처지도 못 되었다. 그렇다고 어이구, 잘 왔구나 하며 반기고 목욕시키고 먹을 것 알뜰히 챙겨서 푹신한 잠자리까지 내줄 마음도 없었다. 저것이 언제 새끼를 낳을 것이며 그 새끼들은 또 어찌할 것인지 근심이 더 컸다.

「은석아, 저쪽 연탄광으로 쓰던 곳에다가 신문지 몇 장 깔아 줘라. 마당에서 새끼 낳으면 어떡하나.」

은석은 제집에서 헌 옷을 챙겨 와 자리를 만들어 주었다. 그리고 이틀간 복순이는 새끼 일곱을 내질러 놓았다. 정민은 손가락만 한 멸치를 듬뿍 넣어서 미역국을 끓였다. 그러면서 내내 구시렁거렸다. 팔자에 없는 개 산후 조리까지 하게 생겼다. 복순이 이년, 어디 두고 보자. 나보고 설마 네 새끼 몽땅 감당하라는 건 아니겠지. 무슨 열녀 났다고 내 새끼도 없는데 네 새끼까지 거둬 먹이겠냐.

그러는 정민을 보고 은석은 외로운 늙은이처럼 종일 구시렁거리고 다닌다며 놀렸다. 그런데도 이상하게 복순이 밥을 챙겨 주면서 내내 구시렁거리게 되었다. 아이고, 복순아, 이년아, 넌 염치도 없냐. 뭇 사내들 만나 살림 차렸으면 됐지 여기가 어디라고 기어 들어오냐, 기어 들어오길. 내가 네 친정어미쯤으로 보이냐, 이 철없는 년아.

그러면서 정민은 아직 눈도 못 뜬 일곱 마리 강아지들에게 카메라를 들이밀었다. 신경이 날카로워진 복순이는 미역국까지 끓여 먹인 정민에게 으르렁거리며 이빨을 드러내 보였다. 그러면 때는 이때다 싶어서 또 혼잣말로 잔소리를 늘어놓았다. 배은망덕도 유분수지, 네 새끼 거둬 먹이는데 사진 좀 찍으면 안 되냐, 요 나쁜 년아.

「선생님 어머님께서 그렇게 욕을 하셨어요? 어쩌면 우리 할머니하고 똑같아요. 그렇게 욕하면서 구시렁거리고 돌아다니시는 게요.」

정민은 피식 웃었다. 사실 자신도 그런 투로 욕하며 돌아다니는 것을 어디서 배웠다고는 말할 수 없었다. 순자야 늘 연극쟁이들 틈에서 우아한 밥집 아줌마였으므로 한 번도 정민에게 욕지거리를 한 적이 없었다. 그런데도 정민은 염불처럼 리드미컬한 게 지껄이는 맛이 있어서 자꾸 구시렁거렸다.

「시간도 저희 쪽 편의대로 잡았는데 괜찮으시겠어요? 너무 제 스케줄에 맞게 한 건 아닌지 모르겠어요. 그러잖아도 바쁘신데.」

정민은 자신을 빤히 건너다보는 박동수에게 시선을 돌렸다.

「은석아, 우리 스케줄 좀 확인해 봐.」

결국 일은 그렇게 결정되었다. 그토록 외면하고 싶었던 대학로로 가는 것이다. 김순자처럼 대학로로 가는 것을 거창하게 운명 운운하며 들먹이고 싶진 않았지만, 어쩐지 조짐이 썩 좋은 건 아니었다.

화창한 햇살이 대학로에 쏟아져 내렸다. 전날 내린 비로 말끔히 씻긴 빛살은, 정민이 이 거리를 벗어나던 열여덟 나이처럼 쨍하니 긴장이 감돌았다. 그 어떤 물질을 만나도 굽지 않을 것 같은, 대가 곧은 햇살이었다.

차를 세우고 문예회관 뒷길에서 걸어 나오는데 배꼽노리가 근질거렸다. 순자가 가게를 닫은 뒤로는 한 번도 오지 않았었다. 아주 어릴 적부터 내 집 안방처럼 드나들던 곳이었는데 그새 낯설었다.

무대는 3막의 베랑제 방 장면으로 설치되어 있었다. 코뿔소에 둘러싸인 베랑제를 위주로 사진을 찍고 싶은 모양이었다. 정민은 순간 그 많은 코뿔소는 어떻게 처리할 것인지, 연출이 누군지, 조명은 누군지, 음향 담당은 누군지 등이 한꺼번에 궁금해졌다.

「그래, 코뿔소 하면 손영우를 잊을 수 없지.」

분장실 쪽에서 왁자한 웃음이 터져 나왔다.

「참, 필름 더 챙겨 온다는 게……. 내 차에 가봐.」

정민은 어쩐지 은석을 극장 밖으로 내보내야겠다는 생각이 퍼뜩 들었다. 정민은 복도 쪽으로 난 문으로 발걸음을 살살 옮겼다.

「아, 그 집 김치찌개 먹고 싶다.」

한 여자의 간절한 목소리.

「코뿔소 문 닫고 나니까 솔직히 외상 맘 놓고 그을 집도 없어. 그 누님이 정말 좋았는데 말이야.」

「연극을 사랑하려면 그렇게 사랑하는 것도 꽤 좋은 방법인데 왜 사람들은 그걸 모르나 몰라.」

「글쎄 말이야. 남편이 하는 일을 같이 사랑한 것 보면 참…… 흔하지 않아, 그치?」

「남편? 누군데?」

「있어. 한참 전에 죽은 손영우라고.」

사람들은 코뿔소 뿔을 잡고 과거를 회상하는 모양이었다.

「손영우, 바른말 하자면 씹새끼지. 아까운 여자 일생 망치는 데 하필 연극을 볼모로 삼을 게 뭐야.」

아, 박동수였다. 분명 박동수 목소리였다. 형님, 하면서 허공에 사선을 쭉 긋던 박동수.

사람들 말소리가 코뿔소가 달려가는 소리처럼 우르릉우르릉 들려왔다. 정민은 그 소리를 뒷전으로 하고 객석으로 가서 앉았다. 조명이 꺼진 무대는 죽은 짐승처럼 고요하게 검었다. 언젠가 여행을 갔다가 길에서 죽은 족제비 새끼를 본 적이 있었다. 찬 아스팔트에 딱딱하게 몸을 부리고 있었는데, 아무도 치우지 않았었다. 정민은 그 족제비 새끼를 길옆 덤불 속에 던져 두었는데, 문득 참 고요하게 검다는 생각이 들었다. 왜 그런 표현이 생각났는지 모르지만, 작고 진갈색인 그것의 주검을 만진 소감이었을 것이다. 조명이 꺼진 무대는 코뿔소가 죽어 엎드려 있는 고요한 검음 같았다.

객석 위쪽 문이 확 열리면서 순간적으로 극장 안이 밝아졌다가 다시 어두워졌다.

「필름 다 가져오셨는데요. 다시 한 번 찾아보세요.」

은석이 아직 익지 않은 어둔한 발걸음을 옮기면서 정민을 향해 소리쳤다. 그 바람에 분장실로 통하는 문이 열리고 객석의 불이 완전히 켜지고 말았다. 정민은 몸을 일으켰다.

「아니, 오셨어요? 분장실 쪽으로 오시지요.」

「불 꺼진 극장은 어떨까 궁금했어요.」

곧이어 박동수도 느리게 걸어 나왔는데, 그전에 스튜디오에서 보던 그와는 사뭇 다르다는 느낌을 받았다. 어딘지 좀 더 자신만만하고 활달하게 느껴졌다. 그는 정민을 보자 깍듯하게 인사를 해왔다. 그들은 사진 촬영을 위해서 이미 분장을 끝내고 의상까지 갖춰 입고 있었다.

「베랑젠가 보지요?」

「예. 코뿔소 보셨어요?」

정민은 고개를 약간 끄덕이며 소리 없이 웃었다. 금발의 여자가 박동수 옆에 와서 정민에게 인사를 했다. 박동수는, 데이지라며 그녀의 이름을 소개시켜 주었다. 처음 보는 얼굴이었다. 하긴 여기 모인 대부분의 배우들이 낯설었다. 가끔 눈에 익어 보이는 사람도 있었지만, 확신할 순 없었다.

「포스터에 다 들어갈 건 아닌데, 제가 기념으로 함께 찍자고 해서 이렇게 다 모인 겁니다. 자주 공연을 같이했던 사람들이거든요. 괜찮지요? 선생님 시간을 너무 뺏는 게 아닌가 걱정이 되지만, 기념사진으로 몇 컷만 담아 주세요.」

정민은 고개를 끄덕이며 웃었다. 대체로 바쁘거나 바쁜 체하는 배우들은 자기가 들어갈 컷이 없으면 아예 나타나지 않는 게 보통이었다. 그런데 박동수의 입지는 굉장히 탄탄한 모양이었다. 정민은 박동수를 다시 한 번 쳐다보았다. 그들은 박동수의 컴백을 진심으로 반기는 표정들이었다. 정민은 그들 중에서 영우가 처음으로 배역을 맡았던 카페 주인을 쳐다보았다. 영우는 행인 1,2를 떼자 바로 이 역을 맡았으며, 대사가 꽤 있어서 매우 기뻐했다고 했다. 영우의 회상을 순자가 듣고, 순자의 회상을 정민이 들은 이야기였다. 그때 영우는 이제 곧 주인공이 될 것이며 이 바닥에서 귀공자가 될 줄 알았을 것이다.

「조명등을 먼저 시험해 보고 들어가도록 하지요.」

정민은 기존의 무대 조명과 자신의 조명을 어떻게 처리할 것인지를 세심하게 점검했다. 무대 조명이라 너무 밝게 해도 현실감이 떨어지고, 너무 어둡게 해도 피사체의 성격이 잘 드러나지 않을 터였다. 정민은 은석과 조명 기사에게 계속 이것저것을 주문하거나 취소하거나 고치거나 하면서 카메라 앵글을 맞춰 보기도 했다. 그러면서 약간의 설렘과 또 약간의 긴장감으로 몸이 팽팽하게 당겨지는 걸 느꼈다.

「코뿔소는 어떻게 하실 거예요?」

「무대가 그리 좁지 않으니까 등장시켜 보려고요. 스크린까지 생각하고 있습니다. 언젠가 마지막까지 그 부분을 소리로 처리해 버리니까 아쉽더라고요.」

연출하는 양민규는 정민이 일을 준비하는 동안 옆을 떠나지 않고 작업 과정을 지켜보고 있었다. 정민은 그를 알고 있다. 그래서 그가 계속 옆에 머물며 자신을 흘끗거릴 때마다 더욱 불편해지고 있었다.

「저, 혹시 음식점 코뿔소 알아요?」

「음식점 코뿔소요? 아, 저기 방통대 쪽 골목으로 들어가면 있던 그

집요?」

「아, 아는군요. 그럼 손영우 씨 따님인 그 여고생 아, 닌, 가요?」

「어쩌다 연극을 보러 오면 그 집에서 음식을 먹은 적은 있지만, 딸까지는 모르겠는데요.」

정민은 조마조마하던 마음이 풀어지며 오히려 편안해졌다.

「그렇지요? 하지만 좀 닮은 것 같아서요. 우리들이 그 집 단골들이었는데 아마 거기서 어쩌다 본 모양이네요.」

「요즘은 바빠서 이쪽에 와본 지 오래됐는데, 그 집 아직도 장사하고 있어요?」

「어디요, 망해도 진작 망했어야 되는데 그래도 오래 버틴 거지요. 음식 솜씨가 좀 있어서 다른 손님들 받은 게 그래도 쏠쏠했나 봐요. 허구한 날 우리들이 외상만 진 가게지요.」

「그럼 망할 거라 생각하면서도 허구한 날 외상만 졌단 말이에요?」

「나중에 생각하니까 그렇다는 거지요. 예나 지금이나 사는 게 그리 신통치 못하잖아요. 물론 이 바닥에도 빈익빈 부익부 현상이 더욱 뚜렷해지고 있어서 부자 소리는 못 들어도 꽤 사는 사람들이 있지만요.」

키가 땅딸막한 양민규는 별로 변한 게 없었다. 어찌 저런 성정으로 개성이 강한 배우들을 이끌어 갈까 싶게 굽실거리면서 남의 말에 너무 진지하게 귀를 기울이는 남자였다. 영우 말에 의하면, 배우들의 짜증이나 몰상식함, 심지어 캐릭터 해석의 문제도 아무 말 않고 다 참고 들어주는데, 일이 진행되어 가는 걸 보면 어느새 양민규 방식으로 흘러가고 있다는 것이다. 그걸 눈치 빠른 사람도 한참 진행된 다

음에야 깨닫게 된다며, 무서운 놈이라는 찬사를 아끼지 않던 사람이
었다. 영우는 자기 또래의 양민규를 수십 번도 더 증오했다가 존경
했다가 했다. 자신이 해석해 낸 인물의 성격을 양민규는 한 번도 받
아들이지 않았다는 것이다. 그럼에도 연극이 끝나고 나면 역시 양민
규라며 존경의 반열에 올려놓기를 서슴지 않았다.

그들은 박동수를 중심으로 뭔가에 열떠 있었다. 사진 한 컷을 찍
어도 마치 혼자 무대에 올라간 배우를 응원하듯이 그렇게 함께 와
즐거워하거나 조심스럽게 지켜보거나 왁자지껄 웃어 대거나 했다.
덕분에 일은 수월했다. 그 속에 묻힌 박동수에겐 그동안 카메라 앞
에서 수줍고 엉거주춤하던 태도가 믿기지 않을 만큼 말끔히 사라지
고 없었다. 유쾌하면서도 거침없었다. 그 기운은 나중에 박동수 혼
자 스튜디오 작업할 때도 여진으로 남아 있었다. 후줄근하고 지쳐
있어야 할 베랑제가 활기에 넘쳐서 오히려 그 톤을 죽이려고 애를
먹을 정도였다.

「날아다니지 못하는 게 한인 것 같아요.」

스튜디오 작업은 서로의 시간 때문에 일요일 늦게야 진행되었다.
간단한 간식으로 요기를 했던 스태프들과 함께 저녁을 먹으러 일산
신도시로 나왔을 때도 박동수는 전혀 피곤한 기색이 아니었다.

「댁이 서울이세요?」

「아뇨. 여기요.」

「일산?」

「밤가시 초가 쪽요.」

정민은 고개를 끄덕였다.

「이차는 지역별로 나눠서 갈 건데요. 어떠세요?」

「야, 무슨 이차까지.」

「오늘이 일요일인 거 기억도 못하지요? 아무리 샐러리맨이 아니
어도 그렇지, 토요일 일요일은 부모님 생일처럼 철저히 암기해 두
자고요.」

손가락 내밀며 여기 붙어라 식으로 나누고 보니 일산 쪽에는 박동
수와 정민만이 남았다. 어차피 정민은 운전 때문에 술을 아끼고 있
었는 데다가 남은 음식을 복순이 몫으로 싸둔 터라 곧바로 집으로
갈 생각이었다.

「우리도 서운한데 한잔하고 가지요.」

정민은 잠시 망설였다.

「이걸 기다리는 산모가 있어서……. 그러지 말고 괜찮으시다면
우리 집에서 한잔하실래요? 삐거덕거리는 마루 창문 열어 놓고 있
으면 그런대로 봐줄 만해요. 은행나무가요.」

박동수는 의외로 흔쾌히 그러자며 차에 올라탔다.

'손영우, 씹새끼야'라고 말했던 그 순간부터 정민은 이 남자와 이
런 일이 벌어지리라고 생각했었는지 모른다.

정민은 알고 있었다. 혼자 사는 여자가 개밥을 핑계로 술을 사들
고 남자를 불러들일 때, 상대 남자가 뭘 느끼는지. 아주 잠시 망설였
지만 어차피 통과 의례처럼 거쳐야 될 일이란 예감 때문에 그와 한
차를 타고 집으로 돌아온 것이다.

영우의 지칠 줄 모르는 바람기에 질렸기 때문이라고 핑계를 대기
도 했지만, 사랑하지도 않으면서 아무 데서고 몸을 섞고자 하는 비릿

한 열기들을 혐오했었다. 그래서 때로는 저 여잔 싸움닭이라고 말하는 남자들의 치기가 오히려 더 편했다. 남자들이란 자신들이 함부로 휘둘러 댈 수 없는 여자들을 싸움닭이라고 매도하길 좋아했다. 더구나 성적인 매력까지 철저히 감추고 있다 싶으면 열이면 열 다 싸움닭이라며 시비를 걸었다.

박동수는 아주 곤혹스러운 얼굴로 정민과 침대를 번갈아 바라보았다.

「신경 쓰지 말아요. 처녀를 무슨 가보처럼 애지중지 귀해서 모시고 산 건 아니니까.」

정민은 그런 동수를 외면하고 침대 시트를 다른 걸로 바꾸기 시작했다.

「저 은행나무요, 가랑이 벌린 품으로 보아 암컷이 틀림없다는군요. 옆집 할머니가 그랬어요. 다리 달린 복순이처럼 목줄 끊고 나갈 수만 있다면 나갔을지도 모르지요. 덩치가 저렇게 크도록 열매를 맺지 못했어요. 난 보기완 다르게 식물적인 사람인 것 같아요.」

박동수는 침대 시트를 다 간 정민을 가만 끌어안았다. 그에게서 옅은 술내와 비릿한 땀 냄새가 풍겨 왔다. 정민의 등에 착 달라붙은 그의 몸은 아직도 뜨거웠다. 그의 숨결이 정민의 귓바퀴에서 간질거렸다. 얼마 후 정민의 식은 엉덩이 쪽으로 박동수의 작아진 물건의 감촉이 느껴졌다. 정민은 그런 박동수의 심장 소리와 뜨거운 체온과 숨결을 가만가만 헤아렸다.

개 흘레붙듯이 그렇게 교접하고 싶지 않았다. 영우의 섹스를 개 흘레라고 역겨워한 적이 있었다. 그런데 결국은 뭐가 다른지 정민은 알 수 없었다. 아니, 정민은 결국은 그렇게 되고 말았다는 걸 인정했다. 이렇게 다정하게 안고 있지만, 서로 사랑해서 섹스한 것은 아니었다. 손영우 씹새끼라고 말하던 그 순간 문득 언젠가 박동수하고 통쾌한 씹을 해야지 했던 것 같다. 그러나 통쾌한지는 모르겠다.

「첫 남자는 어떻게 해야 하는지 난 알지 못해요. 난 이미 내가 몇 번째 남자인지도 모르는 여자와 결혼해 버렸기 때문에 해줄 수 있는 게 뭐가 남았는지 모르겠어요.」

「어느 순간 난 당신과 이렇게 되리라 예감했었어요. 그리고 그렇게 됐어요. 그뿐이에요.」

사진을 찍으면서 여러 번 느낀 거지만, 순간이 인생 전체를 관통하고 지나는 일이 너무도 많다는 것이다. 순간과 순간의 이면이 물과 기름처럼 아주 다른 것임에도 기름의 순간이 물의 인생 전체를 관통해 버리는 그런 일이 있는 것이다. 그렇다고 그 순간이 전체를 지배하는 그런 것은 또 얼마나 작은 확률일 것인가. 그저 한 획이 그어진 것에 불과할 테지.

9

유한섭에게 전화가 온 것은 본격적인 장마철로 접어든 무렵이었다. 머칠 걸러 비가 오다 말다를 거듭하고 있었으므로 눅눅한 한기에 시달릴 때였다. 게다가 오래된 집이라 습기에 노출되면 곧 곰팡이가 필 것 같아 에어컨까지 가동하고 정민은 아예 털 스웨터를 입었다.

「여기 민물매운탕 먹으러 왔어요. 일부러 혼자 왔는데 오시렵니까?」

행주산성 아래에서 들려오는 한섭의 목소리는 강바람처럼 축축했다. 일부러 혼자 왔다는 것은 당신을 만나고자 함이니 꼭 나오라는 말이지만, 정민은 대뜸 가겠다는 말을 못했다.

「물론 정민 씨 불편하게 하고 싶진 않아요. 편하게…… 생각하세요. 하지만…… 오셨으면 좋겠군요.」

정민은 그곳 상호가 무엇이냐고 물어보았다. 그러면서도 꼭 가겠다는 생각이 얼른 들지 않았다. 한섭의 목소리는 처음엔 담담한 듯 약간은 유쾌하더니 점점 그 소리가 잦아들고 기운이 빠지고 있었다. 이미 취한 것일까 생각해 보았지만, 취기가 있는 목소리는 아니었다.

정민은 천천히 털 스웨터를 벗고 얇은 긴 소매 남방을 걸쳤다. 삐걱이는 마루를 지나 현관으로 나와 우산을 찾다가 다시 들어가 밥통 속을 들여다보았다. 한 공기 남짓 남아 있는 밥을 아침에 먹던 찌개 국물에 말고, 냉장고에서 커다란 멸치를 한 주먹 꺼내 넣었다. 어쩌면 저녁 늦도록 돌아오지 못할 거란 생각이 들어서였다. 곧 누군가에게 주어 버려야지 벼르면서도 막상 누구에게 이 강아지들을 나눠 줘야 할지 몰랐으므로 복순이 자식들은 일곱이 고스란히 연탄 창고에서 살았다.

「넌 참 염치없는 년이야. 나한테 더부살이하면서 새끼까지 내질러 놓다니 말이야. 자그마치 일곱씩이나.」

꼬리가 빠져라 흔들며 껑충껑충 뛰어오르는 복순이한테 기어이 구시렁거리며 욕을 해대고는 밥을 주었다. 복순이가 비루한 꼴로 돌아온 뒤 정민은 난봉질 3년 만에 거지꼴로 돌아온 서방 대하듯 늘 욕을 달고 다녔다.

한섭은 한쪽으로 갸우뚱 기운 어깨로 혼자 앉아 있었다. 그의 앞엔 민물매운탕이 아니라 장어가 놓여 있었다. 술병이 거의 바닥을 보이고 있는 것으로 보아 혼자 소주 한 병을 비운 모양이었다. 정민이 웬 술이냐며 인사를 하자 기운 어깨를 똑바로 세우며 눈부시게 웃었다.

「혼자 드라이브하다가 민물매운탕이 먹고 싶어서 들어왔어요. 와

서 보니 정민 씨 스튜디오가 이쪽 어딘가에 있다는 생각이 들었고
요. 괜찮죠?」

민물매운탕 대신 장어가 괜찮냐는 것인지, 전화를 해서 불러낸 것
이 괜찮냐는 것인지, 처음엔 귀찮았어도 와서 보니 괜찮아졌냐는 건
지 알 수 없어 정민은 씩 웃고 말았다. 자리에 앉으니, 바닥에 은은한
불기운이 있어 기분이 좋아졌다. 집을 스튜디오 위주로 개조했기 때
문에 정민의 잠자리는 작은 구석방에 침대 하나 덜렁 들여놓은 게
다였다. 그래서 가끔, 비가 오거나 바람이 심하게 불 땐 뜨끈한 온돌
방에 앉아서 텔레비전도 보고 싶고 방바닥에 퍼질러 앉아서 밥상을
끼고 밥을 먹고 싶을 때가 있기도 했다.

「가끔 자유로를 달려요. 해질녘이 좋지만 비가 올 때도 좋아요.」

한섭이 정민의 잔에 술을 따라 주었다.

「북한 술을 마시면서 북쪽의 선무 방송을 들으면, 핏빛 노을이 참
근사하지요.」

「그렇게 술을 마실걸 그랬나 봐요.」

정민은 잘게 채를 친 생강을 몇 쪽 입에 넣었다. 얼마나 물에 우렸
는지 생강은 매운맛이 별로 없었다. 문득, 독하게 뭉쳐진 사람의 감
정도 세월에 이토록 순하게 우려질 수 있을까 하는 생각을 했다.

「속에서 알 수 없는 독기가 치받쳐 올라올 때가 있거든요. 그때 그
렇게 하세요. 이사장님이야 그런 독기가 있는지 모르지만요.」

「그런 독기도 젊음의 한 모습이었다는 걸 요즘에야 느껴요. 이젠
내게 그런 독기가 있다 한들 쉬어 빠졌거나 아주 미미하거나 그렇
겠지요. 그러니 그렇게 술을 마실 기회 별로 없겠네요.」

정민은 한섭을 물끄러미 바라보았다.

「왜요? 넌 가질 거 다 가진 놈인데 새삼 거기에 독기까지 가지겠다고 욕심 부리냐, 이 생각 하고 있습니까? 하지만 요즘에 다리 저 밑바닥에서부터 슬슬 독기가 차오르는 중이에요. 호강에 겨워 요강에 빠질 놈이라고 욕하고 있는 표정인 거 알아요. 허허허.」

정민은, 허허 웃으며 술잔을 비우는 한섭에게 새로 술을 가득 채워주었다.

「나 이혼한 거 알아요? 그거 보통 독한 놈들 아니면 하기 어려운 겁니다. 더구나 울며 매달리는 여잘 냉정하게 쳐내는 건 독기가 아니라 살기지요. 내 안에 그런 살기가 가득했더랬습니다. 별로 오래전 일이 아니에요.」

정민은 한섭의 눈가에 물드는 알코올의 농도를 가늠했다. 그러면서 비워진 잔에 더 술을 따르지 않았다.

「그땐 지겨워서 더 이상 사람을 그리워하거나 좋아하거나 하는 따위의 일은 하고 싶지 않았거든요. 그런데 이렇게 내가 정민 씨를 불러내는 걸 보면 이제 그 살기는 가신 모양이네요.」

만날 때마다 당황하게 만드는 이 남자 앞에서 정민은 무슨 말을 해야 할지 몰라 전전긍긍했다.

「솔직히 이사장님을 만나면 매번 당황스러워요. 내가 아마 편견이 심한 사람인가 봐요.」

「그런데 그 살기란 것이 현미경으로부터 왔다는 거 아세요?」

한섭은 빈 잔을 스스로 채웠다.

「때때로 침대 시트에서 낯선 향수 냄새가 나는 걸 알았죠. 그것도 한 가지가 아니라 여러 가지였어요. 그걸 알고 있었지만, 이혼까진 생각하지 않았어요. 가끔씩 싸우긴 했지만요. 그래도 내 집에서가 아니라 다른 곳에서 일을 벌이길 원했던 것 같아요. 어떤 땐 식탁보에서 서양놈 체취와 정액 냄새가 나는 것 같아 구역질이 나기도 했지만 견뎠어요. 이혼이란 것이 왜 그렇게 죽어도 하기 싫었는지 몰라요. 그런 아내를 용서해서가 아니라 이혼을 하기 싫었기 때문이었어요. 그런데 어느 날 폭발했어요. 뿌앙!」

한섭은 두 손을 붙였다가 허공에서 터지는 시늉을 해보였다. 순간 그의 눈빛이 날카롭게 날을 세웠다가 사그라졌다.

「실은 그 여자가 왜 그렇게 목숨 걸듯이 섹스에 탐닉했는지 알아요. 그래서 참고 기다렸지요. 하지만 그 기다림이 폭발로 끝나 버렸을 때 난 뒤도 돌아보지 않았어요. 이혼하고 아이 데리고 혼자 나와서 독한 마음으로 치료를 받으러 다녔어요. 그러는 사이에도 내 살기가 사라지지 않아서 누군가를 목 졸라 죽일 것 같았지요. 결국 옆에 있는 딸아이를 서울로 먼저 보냈어요. 아니었음…….」

한섭의 목소리가 약간 떨리며 말끝이 잘렸다. 그는 다시 반쯤 남아 있는 술을 입속에 툭 털어 넣었다. 그러면서 기울인 어깨를 똑바로 세우며 척추를 한 번 쭈욱 폈다.

「이 이야기를 왜 하는지 모르겠는데…… 취해서 이런 이야길 하시는 건가요, 아님 이 이야길 하기 위해 취하신 건가요. 이사장님의 그런 개인적인 이야기가 좀 불편해서요.」

「그냥요. 내 이야기를 들어줄 것 같아서지요. 서울 하늘 아래에서 내 이야기를 들어줄 수 있는 사람 같아서요. 더 하지 말까요…….

네, 그만 할게요.」

비가 그친 것 같았다. 똑똑 떨어지는 물소리가 유난히 크게 들렸다. 아마 처마 밑에 단단하고 평평한 물건이 놓여 있는 모양이었다. 평일 점심과 저녁 사이 시간이라 그런지 음식점 안은 고요했다. 방 하나에 두 테이블이 놓여 있었는데 정민과 한섭이 앉았고, 미닫이만 열면 한 방이 되는 옆방에서도 사람 소리는 들리지 않았다. 조금만 나가면 한강이지만 강물은 보이지 않았다.

「사람과 사람 사이에 건널 수 없는 강이 생긴다는 게 말이 됩니까. 눈에 보이지 않는 균덩어리 때문에요. 사랑이라고 서로 손가락 마디마디 맞물려서 조이고 살아온 사람은 아니지만, 한순간에 사람 사이가 무너지는 것이 두려워요.」

「균이겠어요? 믿음이겠지요.」

급기야 정민도 한섭의 일에 말려들고 말았다. 그러면서 얼마 전 박동수와 벌인 통쾌하지 못한 섹스를 떠올렸다. 지독히 메마른 섹스였다. 애틋한 사랑도 없었고 믿음도 없었고, 하다못해 오고 갈 거래도 없이 치른 그 일을 뭐라 해야 할 것인가.

「그게 그겁니다. 엄청난 균열이 기하급수적으로 한순간에 번져 나간 것은 정말이지 그 균처럼 작은 충격이 원인이었어요. 번개가 하늘을 가르는 것처럼 번뜩이며 내 속에 균열을 일으켰고, 그리고 빵 터진 겁니다. 이상한 것은 요즘에야 내게 무슨 일이 일어났는지 선명하게 알게 되었다는 겁니다. 딸애가 상처를 많이 받았어요. 그런데 너무 의연해서 난 모르고 있었나 봐요. 이제야 그 애가 받은 상처가 눈에 들어오고, 내 상처도 눈에 들어오고……. 살기로 마취되었던 아픔이 서서히 깨어나기 시작하는 것 같아요.」

「글쎄요. 이미 서서히 균열이 진행되어 왔었는지도 모르지요. 그러다 아주 작은 충격으로 와르르 무너진 것일 수도요. 제가 뭐라 말하는 게 주제넘지만요.」

어쩌면 영우에게 멋진 배반을 안겨 주고 싶어서 몸부림쳤는지 모른다. 그런데 그 운 좋은 사나이는 그런 기회조차 주지 않고 가버린 것이다. 풀리지 않은 욕망은 똘똘 뭉쳐서 단단하게 굳어 버렸고, 그 굳은 것들이 불편해져서 언젠가 이것들을 깨부수고 싶다는 또 다른 열망에 사로잡혀 왔는지 모른다. 그 새로운 열망은 내내 납작 엎드려 주인도 모르게 벼르고 있다가 '손영우 씹새끼'란 한마디에 스나이퍼 총구처럼 기습적으로 벌떡 일어서 쏴대듯 그 단단한 덩어리를 깨부수고 싶었을 것이다. 하지만 그게 고작 영우 방식의 흘레였다는 사실에 정민은 스스로를 한심하다고 생각했다. 결국 박동수가 가고 나서 내내 개운하지 않고 통쾌하지 않은 이유는 자신의 그 유치한 발상 때문이었다는 걸 지금 어렴풋이 깨달았다.

「이 표정, 엄마랑 살 때 아빠가 자주 짓던 표정이야. 정민 씨가 찍은 그 멍청한 사진을 보면서 딸애가 하던 말이지요. 그러면서, 그래도 아빠를 이해하고 엄마도 이해할 수 있을 것 같다고 말하더군요. 아마 딸애가 그 사진을 갖고 싶었던 이유는 제 엄마 생각 때문이겠지요. 자기 말로는 아빠를 사랑하게 된 표정이라고 말하지만요. 자기 딴엔 수없이 남자를 들이는 엄마를 미워했던 모양이에요. 아무리 조심해도 아이들이란 느낌으로 알 수 있는 거니까요.」

한섭은 이마를 쓰다듬었다. 정민은 쓰다듬는 손에 가려진 그의 얼

굴이 아주 잠깐 고통스럽게 일그러졌다가 펴지는 걸 보았다. 한섭은
후 한숨을 내쉬었다. 술 냄새가 훅 넘어왔다.

「그 사진을 처음 보았는데, 그런 내 표정을 본 적이 없었음에도
‘어, 이게 진짜 나야’ 하는 생각이 들면서 언젠가는 정민 씨에게 이
런 이야기를 할 날이 있을 거란 막연한 예감이 들었어요. 꽁꽁 숨
겨 둔 비밀을 들켰을 때, 아예 들킨 쪽에서 술술 다 풀어내 버리는
그런 이야기처럼요.」

그는 언제나 그렇듯이 늘 깔끔하게 면도된 얼굴이었는데, 정민은
지금 이 술에 그의 수염이 한 자는 자란 것처럼 덥수룩하고 푸석해
진 느낌이 들었다.

한섭은 또다시 허리를 펴면서 후 숨을 내쉬었다. 아무래도 속에서
뜨거운 무엇인가가 자꾸 올라오는 눈치였다.

비가 와서 일찍 어두워지는지 창가에 드리워져 있던 미루나무 대
신 방 안의 풍경이 떠올랐다. 미루나무는 창에 반사된 방 안 풍경 너
머에서 검은 몸으로 숙연하게 서 있었다. 정민은 휴대 전화로 시각
을 확인했다. 벌써 다섯시가 훨씬 넘어 있었다.

「제가 오늘 말이 많았지요.」

한섭도 덩달아 시계를 보았다. 창문 밖 미루나무처럼 그의 눈빛이
숙연했다. 정민은 그런 한섭에게서 5월 아침처럼 눈부셨던 그의 표
정을 기억해 낼 수 없었다. 순간에 찍힌 한 컷의 사진이 이 남자를
무참히 무너뜨린 것 같은 생각에 정민은 착잡했다. 그저 장난처럼
혹은 질투가 나서 보낸 것이었는데, 이 남자의 상처를 헤집어 놓을
줄은 몰랐다.

「어디 가서 뜨거운 차 한잔 하고 가실래요? 뜨거운 차 마시고 싶어요.」

어쩐지 이 남자의 청을 들어줘야 할 것 같았다.

「에스프레소요?」

한섭은 깊은 두 눈을 반짝 뜨면서 활짝 웃어 보였다.

「예, 에스프레소 더블요.」

그러나 카페에 와서 그가 시킨 것은 아메리칸 스타일의 묽은 커피였다.

「이렇게 비 오는 날, 에스프레소를 마시면 섹스가 생각나서요. 독이 되는 그런 섹스요.」

「독이 돼요?」

「네. 뒤돌아 서면 미치도록 쓸쓸하고 슬프고 허망한 섹스요. 그런 감정이 너무 진해서 결국 독으로 변해 버리고 마는, 그 독이 해소되려면 몇 달이 걸려야 하는, 그래서 수도승처럼 살고 싶게 만드는 그런 지독한 섹스요.」

「모르겠군요.」

「어느 날 이렇게 비가 하루 종일 내렸는데, 저녁에 식탁에 앉으니까 비릿한 정액 냄새가 났어요. 그런데 구역질 대신 느닷없이 마누라를 그대로 부엌 바닥에 쓰러뜨리고 그 짓을 했어요. 그러곤 몇 달 동안 내 물건은 벗어 놓은 장삼처럼 얌전했지요. 그 짓을 끝내고 나서야 집사람이 에스프레소를 끓여 놨다는 걸 알았어요. 가끔 집사람은 다른 사람 냄새를 지우기 위해 일부러 커피메이커에 옅은 커피를 계속 끓이거나 내가 좋아하는 에스프레소를 끓이거나 그랬지요. 에스프레소는 내 차가 들어오는 소릴 듣고 끓이기 시작해도 금방 진한 향과 함께 우러나거든요. 수도승처럼 지낼 때 난 에스프레소를 한 모금도 마시지 않았어요. 거기에서 다른 사람의 냄새가 나는 것 같았거든요.」

정민은 한섭을 물끄러미 바라보았다. 마치 남의 이야기처럼 담담하게 자신의 속내를 펼쳐 보이는 이 남자를 언제부터 알았던가 생각했다.

「벗어 놓은 장삼처럼 지내기 싫어요?」

「네. 따뜻하게 서로 눈을 맞추면서 하고 싶어요.」

「그런 사람이 나타나길 바라요.」

「참고 기다릴게요.」

한섭은 정민의 눈을 똑바로 바라보았다. 술기운이 조금씩 가시는지 어둡고 깊은 눈매는 점차 밝게 살아나기 시작했다. 정민은 한섭의 똑바른 눈 맞춤에 움찔해서 눈을 동그랗게 뜨고 한섭을 바라보았다. 그러자 한섭은 정민의 기연미연하는 마음이 맞다는 투로 웃어 보여 주었다. 그러나 정민은 더 이상 확인하고 싶지 않았다. 분명하지 않은 것은 갑갑해서 싫다고 큰소리 탕탕 치던 자신이었는데, 정민은 더 이상 확실해지는 것이 두려웠다.

오래전 기억이지만, 사랑은 비합리적인 감정 놀음과 외로움과 터무니없는 소유욕이었다. 마약보다 더 강한 중독성 때문에 몇 년 고생하고 겨우 평상심을 찾았을 때의 담담함이 훨씬 견디기 좋았다. 비록 파닥거리는 생동감이 없을지라도 터무니없는 감정의 널뛰기보단 훨씬 정민의 성미와 맞아떨어졌다.

그때 이후로, 윤재와의 서툴고 불안한 사랑 이후로 문은 굳게 닫혀 있었다. 열쇠 따윈 애초에 만들어 놓지도 않았다. 닫힌 문의 완강함, 아니 그 굳건한 평상심을 잃고 싶지 않았다.

「가까운 버스 정류장까진 태워 드릴게요.」

대리 운전자가 정민의 차로 카페 앞까지 태워다 주었었다. 정민은 그새 술이 깼다고 믿었으므로 운전대를 잡을 요량이었다.

「그래도 음주 측정하면 걸릴지 모르니까 택시 타고 들어가세요.」

「다 깼어요. 우리 집은 여기서 버스나 전철을 타긴 좀 어려워요. 물론 부자시니까 서울까지 택시를 타고 가도 되겠지만요.」

한섭은 그렇게 말하는 정민을 물끄러미 바라보다가 뚜벅뚜벅 정민의 차까지 걸어갔다.

「남들은 안 믿을 거예요. 이 나이에 살내가 나지 않는 여자를 좋아하게 됐다면요.」

한섭은 운전하는 정민의 옆모습을 보며 웃었다.

「무슨 소리죠?」

「정민 씨는 소년 같아요.」

「대단한 욕이군요.」

「아니, 말을 바꿀게요. 소꿉장난 시절부터 사귄 친구 같아요.」

「매한가지예요. 우리 엄마 김순자 여사가 나에게 말하길, 사랑할 줄 몰라서 삭막한 데다 인간에 대한 연민마저 결핍된 사람이래요. 그래서 그럴 거예요. 정확히 말하면 소년스러운 게 아니라 비인간적이어서, 인간의 체취가 약해서 그렇게 보일 거예요. 하지만 상관없어요. 질척거리고 질질 짜면서 감정에 빠져 허우적거리는 것보단 훨씬 유쾌하고 경쾌한 일이니까요.」

「가끔 이런 생각을 해요. 사람이 일생 동안 겪을 행복, 쓸쓸함, 노여움, 외로움, 슬픔 등등의 양은 어느 정도 정해져 있다고요. 아무리 부자여도 다른 사람만큼의 불행을 겪고요, 아무리 가난해도 그만큼의 행복이 있잖아요. 사람들이 일생 겪는 행복과 불행의 양을 따져 보면 비슷할 거란 생각요. 그러므로 정민 씨에게 겁주는 얘기 하자면, 지금까지 메마르고 경쾌하게 살아왔다면 늙어서 질척거리는 감정들을 한꺼번에 겪어야 될지도 모르지요. 개펄 위를 걸어 보셨겠지만 늙어서는 분명히 힘에 부치는 길이지요. 그러니 젊었을 적에 그 감정들을 다 겪어 버려요. 내가 그 상대가 되어 드릴게요. 아니, 서로에게 그 진창의 개펄이 되어 봐요.」

「참 이상한 논리군요. 늙으면 감정도 드라이해져요.」

「그런 것처럼 보일 뿐이에요. 애정의 질척임 대신 외로움이 그 자리를 메워서 그래요.」

정민은 옆자리에 앉은 한섭을 흘끗 쳐다보고는 입을 다물었다. 더 이야기를 끌고 나가다간 말장난으로 가거나 한섭의 이상한 논리에 빠지거나 할 것이었다. 정민이 말이 없자 한섭도 입을 다물었다. 다른 때 같았으면 불편한 침묵을 메울 음악을 틀었을 터였다. 그러나 불편하지 않았다. 낯선 사람과 좁은 차 안에서 갖는 침묵은 목울대를 누르는 꼭 죄는 셔츠처럼 불편했지만, 그새 한섭과 많이 낯이 익은 모양이었다.

「여기서 좌석 버스를 타시면 서울 중심부를 지날 거예요. 댁까지 태워다 드리지 못해서 죄송합니다.」

「벌써 다 왔어요?」

한섭은 일부러 과장되게 놀란 억양으로 물었다. 그러면서 고맙다는 인사말과 함께 환한 웃음을 보이고 차에서 내렸다. 정민은 한섭이 차 문을 닫자 좌측 깜빡이를 켜며 곧장 차들 속으로 묻혀 들어갔다.

자신이 차에서 내리자마자 곁눈도 주지 않고 곧장 달아나 버리는 정민의 차 꽁무니를 보며 한섭은 문득 외롭다는 생각이 들었다. 곁을 주지 않으려 애쓰는 그런 정민에게서 비린 상처의 냄새가 났던 것이다. 그것은 마치 자신의 체취처럼 낯익은 것이어서 쓴웃음이 나왔다. 정민은 만날 때마다 매번 척추를 곧추세우고 막 전투에 나갈 사람처럼 굴었다. 한섭의 방에 와서 한 번도 소파 깊숙이 들어앉은 것을 보지 못했다. 캠퍼스에서 마주쳐 강권하다시피 해서 차를 마실 때도 그랬다. 처음엔 그런 모습들이 우스꽝스럽기도 했지만, 매사에 똑똑 부러지는 인사성과 감정이 묻어나지 않는 말투를 보면서 정민의 그런 모습들은 또 다른 면으로 다가왔다. 그건 속살 여린 사람의 방어 자세의 한 모습이었다. 그렇게 보자 정민의 메마르고 삭정이 같은 태도는 자신의 환한 웃음과 같은 종류라는 게 보였다. 보임. 저절로 보이는 것, 두꺼운 갑옷 속에서 무언가 보이는 그 애틋함, 혹은 다정함, 혹은 쓸쓸함. 남들이 아무리 다르다 해도 둘만이 느낄 수 있는 그 끈적한 동류의식. 이마에 찍힌 같은 코드. 그걸 사랑이라 부르든 우정이라 부르든 중요한 것은 호칭이 아니라 자꾸만 자라난다는 것이었다. 그래서 덩굴 식물처럼 서로의 촉수에 닿을 만큼 자라난다는 것이다.

꼭 얽히지 않아도 괜찮을지 모른다. 메마른 담장을 따라 하늘을 향해 치솟느라고 얼크러지지 않아도 눈빛이 닿고 향기가 닿는 거리만큼이면 좋으리라.

아내와는 꼭 6년을 살았다. 그 6년 동안 이런 동류의식을 느껴 본 적은 없었다. 아무리 집안끼리 얽혀 맺은 사이라 해도 6년이면 서로 닮아 가면서 마주치는 면이라도 있어야 하지 않는가.

한섭은 박사 과정을 밟을 때 아내 은수와 결혼했다. 그녀는 한국에서 막 대학을 졸업했고, 선을 보러 한국에 나온 한섭과 맞선을 보고 바로 결혼을 했다. 그러면서 그녀도 미국에서 대학원 진학을 준비했다. 그러나 곧 아이가 들어섰으므로 그녀는 순순히 집에만 머물러 있고자 했다. 누가 권한 것도 아니었는데 그녀는 임신과 공부를 겸할 자신이 없다고 했다. 새로운 땅과의 낯가림이 지나자 아이가 태어났고, 처음으로 엄마로서의 삶에 적응하느라 또 한참을 바쁘게 살았다. 낯선 것에 대한 긴장의 나날들이 지나고 이제 익숙함으로 몸도 마음도 나른해질 무렵, 긴장의 즐거움이 있는 낯섦보다 훨씬 격렬한 무엇이 찾아왔다.

삶에는 사소한 것 같으면서 전부이고 전부인 것 같으면서 지극히 사소한 무엇이 있다. 돈도 그중 하나다.

장인은 느닷없이 쓰러졌다. 혈압이 높아 늘 조심했는데 결국 그것에 그의 삶이 눌려 버렸다. 나름대로 잘 나가는 중소기업을 경영하던 장인은 유언을 한마디도 할 수 없었다. 드라마에서처럼 재산 때문에 일이 벌어졌다. 그 치사하고도 치열한 전투 중에, 그동안 장인의 위세에 눌려 있던 많은 문제점들이 드러나기 시작했다. 저수지에 묵직한 돌을 매달아 던져 두었던 것들이 수면 위로 떠오르기 시작한 것이었다. 그 발단은 아내인 은수도 몰랐던, 유일한 적자인 만이였다. 은수는 형제가 오빠와 자신 두 남매만 있다고 믿고 있었는데, 그 남매 외의 자식들이 더 나타났을 뿐만 아니라, 자신마저도 오빠와는 배다른 남매였던 것이다.

「이미 너한테 갈 재산은 네 엄마가 다 받아 간 거나 마찬가지야. 네 엄만 아직도 청담동에서 잘 나가는 마담이야. 혹시 모르지, 네 위나 밑으로 또 다른 형제가 있을지. 씨야 다른지 같은지 모르겠다만.」

돈 때문에, 다정한 남매로 지내 온 24년간의 모든 것은 무너져 버렸다. 삼류 드라마 같은 일이 아내 은수에게 일어났고, 은수는 삼류 드라마처럼 무너져 버렸다.

은수가 급격하게 무너지기 전에도 한섭은 은수의 무엇에도 애틋해한 적이 없었다. 그녀의 어떤 행동도 한섭을 외롭게 하거나 미치게 하지 않았다. 그녀는 그저 온실에서 곱게 자란 규수처럼 적당히 예의 바르고 적당히 즐거우며 적당히 사치를 부릴 줄 알고 적당히 남편을 사랑했다. 그 적당한 기온 속에서 한섭은 적당한 부부애를 가졌다고 생각하고 살았다. 문제는 은수가 급격히 무너져 갔음에도 한섭은 여전히 적당한 부부애로 남았다는 데 있었다. 그녀의 술주정에도 그녀의 갑작스러운 광기에도 한섭은 여전히 그만큼의 거리에서 남편의 할 일을 다 했다. 평온하게. 그런 한섭의 태도는 주변 사람들 보기엔 더할 수 없이 다정하고 이해심 많은 남편이었지만, 그것이 은수를 더욱 화나게 만들었으며 더욱 수렁으로 빠져 들게 만들었다. 한섭은 은수의 모든 것을 이해했기 때문이라고 했지만, 오랜 시간이 지난 다음 생각해 보니 그것은 남에게나 할 짓이었다. 언제나 한결같을 수 있는 것은 서로의 감정이 얽히지 않은 남남에게나 있을 수 있는 일이지, 사랑하고 때로는 미워하며 얽혀 사는 부부에겐 있을 수 없는 일이었다. 그로 인해 은수는 상처에 상처가 덧났으며 한섭도 상처받았다.

그 상처 위로 느닷없이 찾아온 것이 살기였다. 병원에 갔다 오던 날, 그녀가 우체부와 이야기하는 모습을 보고 차에서 내리던 오후에, 그것은 은수의 목줄기를 향해 정면으로 날아가 꽂혔다.

「이혼해. 더 이상 외간 남자 냄새를 맡기 싫어. 나도 지쳤어.」

「그 사람은 우체부였어요.」

「알아. 하지만 집 안 구석구석 외간 남자 냄새야. 난 이 집에서 뭐야. 그저 맘씨 좋은 누렁이야? 코 큰 놈들이고 검은 놈들이고 와서 코 납작한 날 바보로 만드는 데 얼마나 더 재미를 들여야겠어. 방황? 그것도 정도에 맞게 하는 거지. 당신 생모가 술집 작부였지, 당신이 술집 작부야? 꼭 작부 딸답게 방황을 해야 해? 몇 년씩이나 질기게 하는 거 보면 그건 방황이 아니라 즐기는 거지. 방황을 핑계로 당신은 그 짓을 즐기는 거야.」

생각해 보면 그 무렵엔 외간 남자 냄새가 거의 나지 않았었다. 아내는 자신으로 인해 한섭이 병에 걸렸다는 사실을 알고 죄책감에 시달리고 있을 무렵이었다. 그래서였는지 더 이상 외간 남자들을 끌어들이지 않고 있었다. 하긴 그 몸으로 끌어들일 외간 남자가 없었을지도 몰랐다. 그런데 문 앞에 서서 우체부와 이야기하는 모습을 보는 순간 모든 것이 폭발해 버렸다. 그동안 보이지 않던 감정의 바닥까지 다 드러내 보이고 말았다.

한번 터지기 시작한 살기는 걷잡을 수 없었다. 아주 작은 구멍에서 솟구쳤던 그것은 그동안 흐르지 못했던 메마른 감정의 골을 타고 격하게 흘러갔다. 은수도 한섭도 그 살기에 함께 상처를 받았다. 하지만 또 상처를 낼망정이라도 둘이서 죽기 살기로 그 상처들을 핥아주고 보듬어 줄 기운이 없었다. 사랑과 미움이 차곡차곡 쌓이면서 생기는 부부간의 애증의 힘이 없었다.

결국 그동안 방황으로 소진했던 은수는 지쳤고, 아직도 퍼런 불꽃을 피우던 한섭은 그 살기를 안으로 품은 채 등을 돌리고 말았다.

한섭이 탄 버스는 늦은 밤 네온사인 얼크러진 도시 속으로 빨려들어갔다.

10

차라리 문이 닫혀 있는 게 나을지 모른다고 뒤늦게 생각했다. 가정집을 개조해서 스튜디오로 쓰고 있는 정민의 집은 문이 닫혀 있었다. 초인종을 누르거나 문을 흔들 때마다 개가 컹컹 짖었다. 마당의 은행나무는 가랑이를 벌린 숫처녀로 비를 맞고 있었다. 비로 인해 은행나무는 더욱 선명하게 푸르렀다.

박동수는 대문의 좁은 지붕에 의지해 비를 가리고 담배를 피웠다. 빗속에서 푸른 연기는 바짓가랑이를 타고 흘러내리다 발등으로 스며 들어갔다. 담배 한 개비를 피울 만큼만 기다려 보자고 했다가 벌써 세 개비째 피우는 중이었다. 발치에, 끝까지 알뜰하게 태운 꽁초가 일그러진 채 비에 젖어 있었다. 가끔씩, 문을 흔들지도 않았는데 개가 짖었다. 아마도 예민한 후각으로 낯선 자의 냄새를 맡는 모양이었다. 박동수는 세 번째 담배를 끝까지 태우지 않고 발로 짓이겼다. 그리고 추적거리며 내리는 빗속으로 뛰어 들어갔다. 차가 부르

룽거리며 몸을 떨어 대자 박동수는 알 수 없는 안도감으로 한숨을
내쉬었다.

분명 자신이 정민의 첫 남자였다는 사실에 놀라기는 했었다. 하지
만 그 자리에서 정민도 그랬거니와 자신도 약간의 당혹감 그 이상
은 아니었다. 그러나 잠깐의 당혹감이라 믿었던 그것은 시간이 갈
수록 점점 크기를 더해 가면서 또 다른 무엇으로 변해 가고 있었다.
첫 남자로서의 책임감은 아니고 사랑은 더더구나 아니었다. 그것이
무엇인지 몰라 쫓기듯 정민에게로 달려왔지만 그녀는 없었고, 다행
이라며 한숨을 내쉬고 있는 자신에 대해서 또다시 의문이 생기기
시작했다.

정민이 자신에게 갖고 있는 감정이 무엇인지 첫 대면에서 분명하
게 알았다. 정민은 정확하게 자신을 기억하고 있었으며 박동수 자신
도 그녀를 기억했다. 그런데 박동수는 그녀를 전혀 모르는 사람처럼
대했다. 그건 그 스스로도 알 수 없는 일이었다. 다만 첫번째 통화에
서의 그 적대감 때문이라고 믿어 버렸다.

그전에 자신을 찍어 준 김정태가 아프리카로 간다고 했을 때 제일
먼저 떠올린 사람이 바로 손정민이었다. 박동수는 손영우의 딸이 사
진 찍는 사람이 되었다는 것을 알고 있었으며 언젠가 순자를 찾아가
서도 확인한 사실이었다. 게다가 곧 연극판으로 다시 되돌아갈 일도
있었다. 그 바닥이라면 손정민이 가장 적합했다. 사진 쪽에서도 나
름대로 경력을 쌓고 있었고 어렸을 적부터 보아 온 연극판이었기에
부수적인 일로 걱정할 필요도 없었다. 누구보다 연극을 이해했으므
로 사진에서도 그 농담을 분명하게 드러내서 찍을 터였다.

하지만 단발머리였던 손정민 앞에서 피사체로 포즈를 잡기란 생각보다 쉽지 않았다. '자, 여기 보고요, 배우 맞아요? 시선을 조금 떨어뜨리고'라고 외치는 모습에서 문득문득 손영우를 보고 말았다. 정민은 외모도 손영우를 닮았다. 각듯하고 단정하게 생긴 코와 선이 고운 얼굴 윤곽과 선명하게 쌍꺼풀 진 눈이 영락없이 영우였다. 손영우의 얼굴은 선이 너무 곱고 개성이 없는, 배우로서는 바람직한 얼굴이 아니었다. 시장 바닥에 내놓으면 잘생긴 덕에 모두들 한번 쳐다보고 갈 얼굴이긴 했다. 하지만 영우를 닮은 정민의 모습은 오히려 냉정함과 따뜻함이 감도는 묘한 얼굴이 되었다. 워낙 꾸미고 다니질 않아서 그렇지 조금만 꾸미면 잘생긴 게 선명하게 드러날 뿐만 아니라 배우로서도 적합한 얼굴이었다.

그랬으므로 처음엔 손정민을 찾아간 것을 후회했다. 손정민을 찾아간 것은 사진을 찍는 사람으로서보다는 김순자의 딸이었기 때문이 우선이다. 지난번 텔레비전 프로그램 때문에 순자를 찾아갔을 때, 그녀는 여전히 실속 없는 일에 열을 올렸다. 박동수는 김순자가 손영우 얘기에 열을 올릴 때 이미 그런 모든 것들이 편집되어 전파를 타지 않을 것을 알고 있었다. 그리고 그 사실에 실망할 순자의 모습도 예감할 수 있었다. 그간의 친절이 고마워서 찾아갔지만, 또다시 미안한 일만 저지르게 된 꼴이었다. 솔직히 말하면 자신이 어느 날 느닷없이 등장한 플라스틱 같은 일회용 배우가 아니라, 탄탄한 기본기를 연극판에서 다져 왔다는 걸 보여 주기 위한 방편이긴 했다. 그러므로 부채감은 여전히 남아 있었다. 그렇다고 늘 그 부채감 때문에 전전긍긍하며 살아온 건 아니었다. 그건 그녀 방식의 삶이었을 뿐이라고 생각한 적이 더 많았다.

그러나 함께 작업하면서 박동수는 손정민에게서 영우의 그림자를 점점 지워 가기 시작했다. 그녀는 외모 외에는 놀라울 정도로 영우를 닮지 않았다. 똑 부러지는 성격과 빈틈없이 일을 진행시키는 야무짐이 손영우와는 거리가 멀어도 한참 멀었던 것이다.

어쩌면 그녀와 정사를 벌인 것도 손영우의 딸이란 생각이 없었기 때문일 것이다. 그러나 그녀가 숫처녀였다는 사실에 깜짝 놀라고 당혹스러웠던 것은 손정민이 정말 손영우 딸이란 말인가 하는 생각 때문이었다.

그때 젊은 스무 살 적에 동료들은 손정민을 누가 먼저 따먹을 것인가 농지거리를 하곤 했었다. 늘 영우 따라 연극판에서 맴돌았고, 꼭 끼는 청바지를 입고 커다란 도시락을 들고 엉덩이를 씰룩거리며 다니던 그녀는 열 몇 살의 여고생이 아니라, 연극판의 카사노바 손영우의 딸이었던 것이다. 그러므로 손정민이 도시락 대신 커피 보온병을 들고 꼭 끼는 미니스커트를 입고 껌을 짝짝 씹으면서 분장실로 들어온대도 아무도 놀라지 않았을 터였다. 그래서 손정민은 누구누구가 이미 따먹었다더라, 손영우가 놀다 간 자리에서 손정민이 놀고 있더라 하는 소문들이 나풀거리며 떠돌아다녔었다.

담배 연기가 차 안에 가득해지기 시작했다. 박동수는 유리창을 조금 내렸다. 다시 굵어진 빗발이 열린 틈으로 쳐들어와 몇 방울씩 신경질적인 잽을 날렸다.

길들여진 말처럼 차가 시동을 멈춘 곳은 극장 앞이었다. 그는 영화배우 박동수를 완전히 지워 내기 위해 공을 들여야겠다는 생각을 했지만, 이제 자신이 싸워야 할 것이 한 가지 더 있을 거란 예감이 들었다.

「야, 다시 하자. 베랑제가 그렇게 신경질적으로 나가면 어쩌자는 거야. 너 다른 생각 하냐?」

양민규는 박동수의 머리카락이 몇 올 빠졌는지도 알 사람이었다. 그는 박동수의 호흡 한마디까지 저절로 감지되는 레이더를 갖춘 남자였다. 박동수도 나름대로 양민규에 대한 것은 안다고 자부하는 편이었다. 양민규는 지금 참고 있다. 박동수는 참고 있는 양민규 때문에 불편했다.

야, 너 똥수. 너 정말 똥물처럼 굴래? 네가 강철이야? 네가 휩쓴 데마다 쑥밭이야, 쑥밭. 다른 배우들이 네 장단을 못 맞춰서 다 꼬이잖아. 그러려면 그냥 이무기로 남아 있어. 강철이가 돼서 판 말려 죽이지 말고.

벌써 이 소리가 몇 번은 나왔어야 했다. 배우들에게 큰소리치지 않고도 연극 몇 편은 너끈히 만들어 낼 수 있을 사람이 양민규지만, 그래도 한번 야단을 쳤다 하면 눈물이 쏙 빠지게 몰아붙이기도 했다. 그래서 그가 호통 한번 치면 무대가 푹 꺼질 지경이었다.

연습을 마쳤을 때 온몸은 땀으로 젖어 있었다. 정신은 이물질이 잔뜩 낀 톱니바퀴처럼 꺽꺽거리고 덜거덕거리다가 급기야 겨우 멈춰 섰다. 이러다간 맞물린 톱니가 궤도를 벗어나지 싶었지만, 박동수는 이를 악물고 끝까지 연습에 몰두했다.

「동수 씨, 몸이 안 좋은가 봐. 일찍 들어가서 쉬어요.」

뵈프 부인을 맡은 석미가 걱정스러운 눈길로 박동수의 등을 다독였다. 뒤다르도 보타르도, 그리고 식료품 가게 주인도 박동수의 어깨를 두드려 주었다.

처녀성을 여신처럼 신성하게 생각한 적은 한 번도 없었다. 그걸 지참금인 양 챙기는 남자도 아니었다. 그러나 마치 연극처럼 애써 달려들던 정민이 남긴 검붉은 얼룩은 무슨 음모가 도사리고 있는 것처럼 불온했다.

정민은 그 뒤로 아무런 연락도 하지 않았다. 그녀가 있는 곳은 음이 소거된 세계인 양 적막했다. 그런데 그 적막은 세포 분열하는 세균처럼 동수 속에 불안하게 자라나기 시작했다. 아무래도 음모가 있는 게 분명했다. 그녀는 섹스로 감염되는 균을 가지고 있었던 게 분명했다. 이제 겨우 날개를 달았는데, 그 균은 자신의 날개를 부러뜨릴 것 같았다. 어느 날 기자들이 카메라를 들이대며 그 균의 진원지와 그 균이 품고 있는 음모를 낱낱이 밝혀 낼 것 같았다. 그러면 조간신문엔 그 균으로 얼룩진 자신의 얼굴이 뜰 것이고, 자신은 추락할 것이다.

그는 엉킨 머릿속을 더듬었다. 그 방 어딘가에 녹음기가 있었던가, 그 방 어느 구석에 카메라가 돌아가고 있었던가. 혹시 정민의 질 속에 있던 자신의 정액이 어느 시험관에 보관되어 있는 것은 아닌가. 꽝, 터질 한 방의 폭탄을 꿈꾸는 것들로. 정민의 침묵 속에 배양되고 있을지 모를 엄청난 음모는 언젠가 세상을 꽈앙 울리며 터져 나올 것이다. 마치 운동회 때 모래주머니에 터지는 바구니처럼. 그 속에서는 온갖 조잡한 박동수의 과거들과, 코뿔소를 박살 낸 것으로 확대된 밥값과 술값과, 손영우의 애인을 가로채서 실컷 주무른 호색과,

김순자를 악의적으로 이용한 앞뒤 안 가리는 출세욕 등이 터져 나올 것이다. 정민의 입장에서 보면 그것들은 충분히 그런 모습으로 기록되었을 것이며, 충분한 증거도 확보되어 있을 것이었다. 자신과의 섹스 테이프는 이 모든 것들을 이끌어 내기 위한 견인차에 불과할 것이다. 그렇다. 정민은 그것을 원했던 것이다. 분명 그날 그녀의 몸짓에선 어떤 열기도 느낄 수 없었다. 작위적인 신음과 작위적인 요분질뿐이었다.

변덕스러운 대중의 인기에 기대어 있는 자신이 허망하단 생각이 들었다. 가난한 연극판에서 악을 쓰며 기다렸던 그 화려한 궁전은, 실로 과자로 지은 것임을 알았음에도, 그 구름다리는 지금 너무도 가볍게 출렁거리며 동수를 멀미나게 하고 있었다.

박동수가 영화판에서 스타가 된 뒤 아내는 불만이 많아졌다. 하늘 높은 줄 모르고 올라가 보니까 자기는 낡아 빠진 행주로 보이냐고 종종 불만을 터뜨리곤 했다. 전엔 안 하던 멀미가 나서 그런다고 해도 아내는 믿지 않았다. 스타가 되면 제일 먼저 헌 옷 같은 마누라부터 버린다더니, 자기가 그 짝 나게 생겼다며 길길이 달려들기도 했다. 며칠 집에 못 들어가는 지방 촬영이라도 있는 날이면 보름밤 늑대처럼 울부짖기도 했다.

박동수는 피곤했다. 연극판처럼 각본도 바꾸고 출연자도 모두 바꾸어서 자신의 인생을 새롭게 올리고 싶었다. 그래서, 너 출세하더니 사람 달라졌냐며 비아냥거리는 주변 사람들도 모두 출연 정지시켜 버릴 것이다.

박동수는 어느 날 아침 느닷없이 스타가 된 철부지 어린아이가 아니었다. 그러니 대중이 무서운 것도 알고, 언젠가는 사라질 거품이란 것도 알았으며, 어쩌면 자신의 인생에서 최대의 고비가 잘 나가는 지금일지 모른다는 생각도 들었다. 그리고 급작스럽게 변한 환경에 자신도 그렇지만 주변 사람들도 적응 기간이 필요하단 것도 알았다. 이제 많은 일들이 자신을 중심축으로 해서 돌아가야 하며, 그러기 위해선 중심축이 얼마나 굳세게 버티어야 하는지도 알았다. 그러므로 그는 모든 것들을 묵묵히 받아들였다. 박동수가 인간 됐다며 치기 어린 광기가 사라진 자신을 보면서 비아냥거려도 그는 오래된 장승처럼 굳건했다. 그런데 난데없이 날아든 정민의 침묵은, 어떤 열기도 품지 않고 자신에게 처녀를 버린 정민의 침묵은 그동안 애써 지켜 온 모든 것들을 엉망으로 흩어 놓기 시작했다.

「아, 안녕하세요. 취하셨네요. 무슨 일 있으셨어요.」

전화선 너머에서 들리는 정민의 목소리에선 별달리 음모가 느껴지지 않았다. 취했어도 그것만은 확실히 느껴졌다. 그러나 영악한 음모꾼은 일이 성사되기까지 평상심을 잃지 않는 법이다. 너무도 태연한 정민의 목소리 앞에서 박동수는 맥이 빠졌다. 순간 그의 머릿속에 번개처럼 스치는 생각이 있었다.

「정민 씨 생각이 나서요. 내가 해줄 수 있는 게 뭔지 생각이 나지 않아요. 정민 씨를 위해서라면 뭐든지 다 해주고 싶은데요. 나 아무래도 정민 씨를 사랑하게 됐나 봐요.」

아무리 메마른 나뭇가지처럼 뻣뻣하고 싸움닭 같은 여자라도 사랑 앞에서 나긋나긋해지지 않을 여자가 어디 있으랴 싶었다. 사랑한다며 매달리는 사람에게 설마 칼을 겨눌 수 있으랴.

「보고 싶어 미치겠다는 생각이 들었어요. 하지만 지금 시간이 너무 늦어서…… 목소리만이라도 들으려고요. 혹시 자다가 깬 건 아니지요?」

「아닙니다. 하지만 너무 취하신 것 같은데요.」

「이렇게 간절한 느낌은 처음이에요. 믿지 않을 테지만요. 정민 씬 잘 모르고 있는 것 같은데, 정민 씨 사랑스러운 여자예요. 아, 보고 싶다. 가서 진하게 입 맞추고 싶어요.」

박동수는 전화기에 대고 쩍 입맞춤 소리를 냈다.

「잘 자요. 혹시 내가 꿈속에 찾아가면 박대하지 말고요.」

박동수는 전화를 끊었다. 그러면서 정민이 괜찮으니 당장에라도 오라고 하지 않은 게 얼마나 다행인가 한숨을 쉬었다. 지난번엔 미처 생각하지 못했는데, 카메라들이 여기저기 널려 있을 것만 같은 정민의 스튜디오에서 정사를 벌일 생각은 추호도 없었다. 어쩌면 지레 겁먹은 물건이 서지도 못해서 개망신만 당할지도 모를 일이었다.

박동수는 이제야 술맛이 제대로 느껴졌다. 설령 스멀스멀 번지는 이 불안이 순전히 박동수 자신만의 문제였다고 해도 술은 많은 것을 용서할 것이고, 술은 많은 것을 기억하지 못할 것이다.

박동수의 전화가 끊어지고 정민은 끌끌 혀를 찼다. 남자들이란 그저 하룻밤 살만 섞었다 하면 마치 자기 손안에 든 떡처럼 주무르고 싶어지는 게 본성인 모양이라고 생각했다. 사랑이라고? 정민은, 시트에 묻은 처녀를 바라보고 곤혹스러워하던 박동수의 얼굴을 떠올렸다. 혹시 정민이 자신의 인생을 책임지라며 달려들지나 않을까 잔뜩 겁먹은 표정이었다.

정민은 박동수의 진짜 얼굴이 무엇일까 생각했다. 연극 쪽에서 보았던 첫인상의 박동수와, 깍듯하면서도 예의 바른 박동수와, 사랑한다며 술주정을 하는 박동수와. 열두 개의 얼굴을 가진 게 사람이더라도 박동수처럼 극과 극을 달리며 이토록 혼란스럽지는 않을 터였다.

하긴 여러 모습 때문에 혼란스러웠던 사람 중에는 유한섭도 있었다. 하지만 그의 경우엔 다분히 정민의 편견이 그 혼란의 주범이긴 했다.

정민은 벌떡 일어나서 거울을 보았다. 사랑할 만한 여자인가.

한섭은 살내가 나지 않는 여자라고 했다. 윤재는 얼핏 보면 중학생 계집아이 같다고 했다. 박동수는 하룻밤 살 섞고 취해서 사랑스러운 여자라고 했다.

정민은 만약 자신의 자화상을 찍는다면 싸움닭을 찍을 것이다.

싸울 때, 세상의 온갖 것들과 싸울 태세를 하고 살 때, 그때 자신은 막 조폐 공장에서 나온 지폐 같았다. 빳빳한 긴장감으로 어깨를 곧추세우고 다녔다. 사람들은 그런 정민의 어깨를 피해 조심스럽게 다녔다. 하지만 스스로 생각해도 요즘의 자신은 오랫동안 시장 바닥을 돌아다닌 지폐 같았다. 나이 듦일까, 정민은 고개를 갸웃했다.

금이 가고 있는 것이다. 청동 갑옷으로 단단히 무장했는데, 그 갑옷 어딘가에 균열이 생기기 시작한 것이 틀림없었다.

독한 년, 모진 년, 바늘 한 땀도 들어가지 않을 년, 인정머리라곤 약에 쓸래도 없는 년.

정민은 어깨를 꼿꼿하게 세웠다. 입을 한일 자로 굳게 다물어 무표정으로 만들고 팔은 단단히 엮어 가슴께에서 팔짱을 끼었다.

오히려 그렇게 몰아서 한쪽에 세워 두었을 때가 단순해서 편안했다. 자신보다 먼저 상대방이 방어막을 치고 필요 이상으로 접근하지 않았던 것이다. 어쩌면 정민은 그 소외를 즐겼다는 생각이 문득 들었다. 요즘 들어 사람들이 필요 이상으로 접근하고 있었다.

아침에 신문을 가지러 갔다가 정민은 대문 앞에서 사람을 기다렸다. 앞집 할머니는 언제나 새벽 운동을 거르지 않았다. 조금 있으면 할머니가 올 것이다.

「안녕하세요. 저희 집 복순이 새끼요, 키울 사람이 있나 모르겠네요. 아무래도 제가 집을 비울 때도 많고 그것들을 다 키우지도 못할 것 같고요.」

앞집 할머니는 정민이 가로막고 서 있는 대문 안으로 성큼성큼 들어섰다. 정민은 기회다 싶어서 얼른 연탄광 문을 열어 보였다.

「아이고, 꼬물꼬물 예쁘기도 하다. 그놈들 제 어미 닮아서 모두 잘 생겼네.」

할머니는 연탄광 바닥에 온통 똥오줌을 질러 놓고선 장난질하는 녀석들을 쓰다듬었다. 복순이도 할머니와는 낯이 익은지 누웠던 몸을 일으키곤 눈만 껌벅거렸다.

「옛날 우리 어머니가 사람이 착한 일을 하면 개로 환생한다고 개를 함부로 대하지 않으셨지. 하지만 착한 일만 한 건 아닌가 봐. 이렇게 어린 새끼들과 생이별하는 거 보면 말이야. 내 여기저기 알아보리다. 우리 할망구들 중엔 키울 사람이 있을 거야. 근데 값은 얼마나 치시려오?」

정민은 웃었다. 그냥 드려야지요. 앞집 할머니는 먹다 남은 밥 먹여 놓으면 저절로 크는 게 갠데 요즘 젊은것들은 뭐든 귀한 줄 모르고 마구 버린다니까 하는 얼굴로 정민을 바라보았다. 그러더니 복음을 들고 가는 사람처럼 신바람난 얼굴로 나갔다.

아무려나, 정민은 복순이까지 누군가가 데려간다면 더 좋을 게 없을 것 같았다. 생명을 가진 것을 성깔대로 그냥 버려두기엔 마음이 쓰이고, 그렇다고 애지중지 키울 정성도 없었다. 그래서 정민은 화분 하나 사들고 오는 법이 없었다. 어쩌다 선물로 화분을 받으면 대개 한 달 못 가서 죽이고 말았다. 아예 버려두거나, 어쩔 줄 몰라서 물을 넘치게 주었던 것이다.

짐승이나 식물이나 주인 성깔대로 가는 법이지.

순자는 정민의 그런 성정을 역시 사람에 대한 정도 없는 년인데 무슨 식물이며 동물일까 보냐며 쯧쯧거렸다. 그러면서 순자는 연습하라고 다그치곤 했다. 사람에 대한 사랑도 없으면 연습이라도 해야 한다고 했다. 흉내를 내다 보면 사랑도 진짜 하게 되는 법이라고.

「그런 엄만 연극판 사람들만 사랑했지, 딸년은 진짜로 사랑해 봤우?」

순자의 속마음을 모르지 않았지만, 끝내 순자 속에 염장을 지르고야 둘의 대화는 일단락을 맺곤 했다.

정민은 문득 윤재가 생각났다. 요즘 통 만날 수 없었다. 가끔 순자를 찾아가는 눈치긴 하지만 애써 서로 연락하여 만날 일이 없었다. 핑곗거리를 만들려면 만들 수야 있겠지만 그렇게 하지 않았다. 현주의 뱃속에 있는 그 생명은 잘 자라고 있는지.

윤재는 현주를 연습으로 사랑하고 급기야 진짜 사랑하게 되었을까. 지난번 술김에 이야기한 내용을 백 퍼센트 다 믿지 못하더라도, 현주와 헤어지고는 못 살 것처럼 사랑해서 결혼한 건 아닌 게 분명했다. 그럼에도 윤재는 누구의 아인지도 모를 아이를 키우고, 그리고 아직도 현주와 살 맞대고 살고 있으며 현주는 또다시 두 번째 임신까지 했다. 부부도 연습된 사랑으로 이어질 수 있는 걸까. 연습으로 만들어진 사랑은 진짜 사랑인가.

정민은 고개를 흔들었다. 모처럼 호기롭게 시작한 하루였다. 쓸데없는 일로 에너지를 소모하고 싶지 않았다. 사랑하거나 미워하거나 그 소모되는 에너지가 상상을 초월할 만큼 많은 양이었다. 가만 앉아서 누군가를 간절히 그리워하는 것만으로도 기진하여 혼절할 만큼 힘이 드는 일이었다. 전투적인 자세도 마찬가지긴 했지만, 적어도 전투에 임하는 긴장감으로 무력감에 빠질 염려는 없었다.

흐흠. 정민은 큰기침을 한 번 하고 두 팔을 위로 쭉 뻗어 올려 기지개를 켰다. 뿌지직, 온몸에 새 공기가 들어가면서 훨씬 기분이 좋아졌다.

윤재가 오후 늦게 풀 죽은 얼굴로 찾아온 것은 장마가 끝나고 본격적인 더위가 시작될 무렵이었다. 그는 아예 술을 마시려고 작정을 했는지 차도 가져오지 않았다. 몇 번 버스를 갈아타고 한참 걸어 들어와서 그런지 얼굴은 더위에 지쳐 더 야위어 보였다.

은석에게 인화 과정에서의 과감한 트리밍을 통해 사진이 얼마나 달라질 수 있나를 보여 주다가 윤재를 맞았으므로, 윤재가 신고 있는 구두가 기이하게 번쩍거리는 걸 잘라 내면 영락없이 실업자의 모습으로 보일 것이란 생각을 문득 했다.

「새로운 일을 시작할까 해. 진작에 관뒀어야 하는 건데 배운 도둑
질이 공부라 어쩌지 못한 게 후회돼.」

은석이 내다 준 시원한 주스를 벌컥벌컥 다 마시더니 불쑥 내민
말이었다. 정민이 보기에도 윤재가 학교 쪽에서 안정적인 자리를 얻
는 것은 희망이 없어 보였다. 그렇다고 자본이 풍부한 것도 아니고,
실질적인 창업을 할 수 있는 공부를 한 것도 아닌데 어쩌자는 건지
얼른 답이 서지 않았다.

「프랜차이즈 산업인데, 피에로 피자라고.」

순간 정민은 머리가 아찔했다.

「피자?」

「그래. 어린아이들 생일이나 졸업 파티 행사도 해주면서 피자를
파는…… 언제부터 그걸 해보라고 권한 사람이 있었거든. 본점
사장인데…… 홍대식이라고, 썩 내키는 사람이 아니어서 결정을
미루었는데…… 이렇게 방학 때마다 갈 곳 없어서 방황하고 다니
는 것도 지겹고…… 돈도 좀 벌어야겠다는 생각도 들고…….」

윤재는 막상 그렇게 일을 결정하고도 뭔가 계속 맘에 걸리는 게
있는지 썩 자신 있는 표정은 아니었다. 아무려나, 그동안 학교에 바
친 시간과 정열과 돈이 얼마란 말인가. 윤재는 에어컨이 들어오는
실내인데도 내내 손수건을 손에서 놓지 않고 주무르고 있었다.

정민은 그런 윤재의 모습에서 자신이 사랑했던, 아무 데나 부딪치
고 누구든 만나면 큰소리 탕탕 치면서 좌충우돌 힘이 넘쳐 나던 윤
재를 도저히 떠올릴 수 없었다. 불과 10여 년 만에 그는 구겨진 종이

처럼 늙어 버렸다. 정민은 그런 윤재를 끌어안고 '안 돼, 제발 이렇게 살지 말고 힘 좀 내'라고 말하고 싶은 걸 간신히 참았다.

「현주 씨는 뭐래?」

「내가 아는 사람이 아니라 현주를 통해 안 사람이야. 처음에 그 사람한테 그 제의를 받고 현주도 망설이더니 요즘엔 하고 싶은가 봐. 방학만 되면 현주도 나도 잠깐씩 미칠 때가 있거든. 그런데 이번엔 이렇게 미치고 싶을 때 하던 일을 관둬야겠단 생각이 들어. 그렇지 않으면 평생 이렇게 살 것 같아서.」

이야기를 하면서 조금씩 마음이 편해지는지 윤재는 소파 깊숙이 몸을 들여놓았다. 처음보단 표정도 밝아졌다.

「일을 저지를 돈은 있고? 체인점이라면 보증금도 만만치 않을 테고 본사에서 요구하는 인테리어대로 꾸미려면 돈도 필요할 거고, 당연히 가게를 얻을 돈도 있어야 하고.」

「어림없지. 하지만 현주 아는 사람이라 가게만 얻으면 나머진 무이자 할부로 끊어 갈 수 있게 해준다고 해서 생각해 본 거야.」

「무리가 아닐까? 현주도 그렇게 하겠대?」

「모르겠어. 별말을 안 해. 처음에 내가 공부를 계속한 것도 현주가 원했던 일이라서 했는데, 결과가 이렇잖아. 겁이 나나 봐.」

「현주 씨랑 얼마나 잘 아는 사이기에 그렇게 좋은 조건을 제공하는데?」

정민은 아까부터 '그만둬, 제발'이라고 말하고 싶은 걸 꾹 참고 있는 중이었다. 홍대식이란 이름이 나왔을 때부터 정민은 화가 났다. 현주에게, 아니 윤재에게. 자꾸 늙어 가는 윤재를 아예 짓밟아 주고 싶은 잔인한 충동까지 느꼈다.

정민은 홍대식을 안다. 그는 한때 그녀의 학생이었다. 그가 문화 센터에서 사진을 배운 이유가 바로 자신의 사업장에서 파티 때 서비스로 제공하는 사진을 좀 더 근사하게, 그의 말대로 예술적으로 찍고 싶어서였다고 말하던 남자였다. 그랬으므로 풍경 사진을 찍으러 나가도 탐탁한 눈치가 아니었고, 오로지 실내에서 사람만 찍었으면 좋겠다면서 다른 사람들 의견 따윈 들으려고 하지 않던 사람이었다. 그러면서도 장사하는 사람 특유의 친화력이 있어서 자기의 주장을 기분 나쁘지 않게 밀고 나갔으며, 끊임없이 정민의 개인적인 시간까지 잘라 가며 요구하던 사람이었다. 또 같은 기수의 사람들을 모두 잠재적인 고객으로 생각했으므로 예의 바르고 호탕하게 한턱 쓸 줄도 알았다. 그럼에도 정민은 홍대식의 사소한 행동에서까지 장사치의 계산된 예의와 친화력이 보여서 대하기가 힘들었다. 그러나 훤칠한 키에 부담 가지 않을 만큼의 털털한 얼굴, 그리고 저절로 몸에 밴 듯한 친절과 웃음 따위로 수강생들은 그를 무척 좋아했으며, 문화 센터의 다른 강좌와 마찬가지로 거의 대부분이 여자인 수강생들로부터 분에 넘치도록 인기를 모으고 있었다. 게다가 돈까지 넉넉하게 있었으니, 정민이 보기에도 수강생 중 많은 여자들은 마치 사춘기 소녀처럼 그 앞에서 수줍어하거나 열광하거나 혹은 노골적인 유혹도 서슴지 않았다.

그날, 종강 파티를 겸한 야외 촬영을 나간 날도 그는 잠재적인 고객을 위해 크게 한턱을 쓰겠다고 장담을 했고, 이에 거의 대부분의 수강생들이 열렬하게 환영했으므로 아예 한낮의 노출부터 야간 촬영 그리고 다음날 새벽 촬영까지 배운다는 명목으로 1박 2일이 되고 만 터였다.

정민은 이 모든 것들을 찍을 수 있는 장소로 유성을 택했다. 새벽 산사의 고요함과 온천 관광지의 밤 풍경도 있고, 숙박 시설까지 충분했으며 무엇보다 서울에서 가까웠기 때문이었다. 또 나름대로 1박 2일 여행을 간다는 기분도 낼 수 있었다.

홍대식은 말대로 크게 한턱을 썼다. 야간 촬영을 마치고 그가 안내한 곳은 단란주점이었다. 촬영 때문에 저녁 식사 때도 술을 제대로 하지 못해서 섭섭했던 수강생들은 오랜만의 여행으로 들떴던 기분을 그곳에서 다 풀어냈다. 당연히 그 자리에서 인기는 홍대식의 것이었다. 그곳에 들어서는 순간 강사 손정민은 안중에도 없었다. 모든 것은 홍대식을 중심으로 돌아갔다. 술을 마시고 노래하고 춤을 추고. 그런 문화를 좋아하지 않았던 정민은 그저 한쪽에 물러나서 사람들 노는 것을 구경했다. 그러나 마음이 편치 않았다. 현주는 술에 많이 취했는지 표정이 풀려 있었다. 그럼에도 그녀는 여전히 술을 마시고 춤을 추었다. 마치 경쟁이라도 하듯이 홍대식과 춤을 췄던 사람들도 현주와 홍대식과의 춤을 구경할 수밖에 없는 일이 생겼다. 그녀는 두 팔로 홍대식의 목을 끌어안고 가슴에서 아랫도리까지 밀착시킨 채 해초처럼 너울거리며 홀을 돌아다녔다. 그 둘은 이미 다른 사람 따윈 보이지 않았으므로 서슴없는 입맞춤과 현주의 엉덩이를 더듬는 홍대식의 애무 등은 생방송처럼 수강생들에게 중계되었다. 그동안 홍대식 주변을 맴돌며 예술이라도 한판 벌일까 하던 다른 수강생들은 모두 멀찌감치 물러섰다. 그들은 아예 노래에 빠졌거나 현주와 홍대식의 포르노 생중계를 지켜보았다.

정민은 일어섰다. 혼자라도 방에 들어가 잘 생각이었다. 생각 같아선 이대로 서울로 올라가고 싶었지만, 새벽 촬영이 남아 있었다. 분위기를 보건대 새벽에 동학사까지 올라가서 새벽 산사를 찍을 사람은 없어 보였다. 하지만 그렇다고 강사가 먼저 포기할 수도 없었다. 정민은 형식적으로 만류하는 수강생들에게 화장실을 핑계로 나왔다. 그러나 입구를 잘못 찾아서 정말 화장실로 들어가고 말았다. 마침 잘됐다 싶어서 화장실로 들어간 정민은 거울에 비친 자신의 얼굴에 깜짝 놀랐다. 10년은 폭삭 늙어 보인 데다 표정 또한 험악하게 굳어 있었다. 정민은 순간 뒤를 돌아보았다. 아무도 없었다. 정민은 다시 멍청하게 거울을 보다가 휴지로 얼룩진 화장을 대강 닦아 냈다. 번진 눈화장과 땀으로 뭉친 파운데이션을 지우자 훨씬 나아졌다. 그러고 나니 술도 좀 깨는 기분이었다. 그런 모습으로 서 있다가 그곳이 화장실이었다는 것이 생각난 듯 거울에서 떨어졌다. 그녀가 막 변기에 앉으려는데 남자의 목소리가 들려서 깜짝 놀랐다. 남녀가 구분된 화장실이 아니었던가. 정민은 분명 빨간 치마를 입은 여자가 붙어 있는 화장실로 들어왔었다.

「누가 있나는 봐야지.」

「됐어. 그냥…….」

콧바람 나는 여자의 소리도 날아왔다. 순간 정민은 아무 소리도 낼 수 없었다. 기침이라도 해서 사람이 있다는 것을 알려야 하지 않을까 하는 생각과 그냥 있어야 한다는 생각이 순간적으로 엉키며 충돌했다. 그러나 그 짧은 순간 이미 옆칸의 문이 열리고 변기 뚜껑이 내려지는지 쾅 소리가 나고 부스럭거리며 신음 소리가 났다. 그러나 이내 입을 막았는지 손안에서 죽인 신음 소리가 나왔다. 변기 뚜껑이 덜컹거리는 소리, 다시 커지는 신음 소리, 물이 내려가는 소리와 동시에 다시 손으로 막힌 여자의 신음 소리. 아주 힘껏 입술을 사리문 거친 숨소리.

정민은 두 남녀가 빠져나가고 나서도 한참 더 화장실 변기에 멍청하게 앉아 있었다. 어떻게 단란주점을 빠져나왔는지 정신을 차리고 보니 예약해 놓은 여관으로 가는 길이었다.

「낮엔 투사든 뭐든 상관없어. 난 밤엔 창녀가 좋아.」

윤재의 소리가 10여 년 저쪽에서 선명하게 들려왔다.

「벌써 한참 전에 그렇게 하자고 했었는데, 내가 망설였지. 물론 현주는 아예 가타부타 의견이 없고. 돈도 돈이지만 하던 일이 아무리 꼴같잖아도 쉽게 포기가 안 되더라.」

정민은, 엉망으로 취한 남자의 물건은 취하지 않을까, 인사불성이 되도록 취하더라도 물건만은 성난 코뿔소처럼 여자의 속으로 돌진해 들어갈 힘이 있는가 생각했다. 또 그날 현주의 필름은 완전히 끊어져 상실되어 버렸을까.

「그래, 너랑 있다니 안심이다.」

그날 밤 여관에서 윤재가 현주 휴대 전화에 대고 정민에게 한 말이었다. 정민은 윤재의 얼굴을 물끄러미 바라보았다. 꺼칠한 턱과 피곤이 괴어 있는 눈망울이 다탁 유리에 떨어졌다.

「나가자. 이미 결정난 사항인가 보지? 술이나 한잔하지, 뭐. 김윤재가 드디어 시간 강사 생활 끝낸다는데 내가 살게.」

「겁난다.」

「김윤재가 겁나는 게 있어? 엄살 피우지 말고 일어나.」

「결국 인생은 혼자 사는 거 맞지?」

「왜, 그렇게 결정하기가 힘들어? 지금 결정 다 하고 나한테 온 모양이구먼. 정 맘에 걸리면 점쟁이라도 찾아가든지, 아님 네가 생불이라 말하는 김순자 여사를 찾아가든지. 나야 술 사는 일 외에는 해줄 게 없네.」

그렇게 말하면서 정민은 가슴 한쪽이 저려 오는 것을 느꼈다. 현실의 눈앞에서 살고 있는 첫사랑이라 그런가, 윤재는 너무 빨리 늙어 가고 있었다.

새로운 일 때문에 걱정이 많은지 윤재는 술도 제대로 마시지 못했다. 소주잔만큼 푹 꺼진 눈에는 학교에 대한 미련인지 새로운 일에 대한 걱정인지 모를 근심이 그득 들어 있었다.

「그때 내가 왜 그런 말을 했을까 아직도 가끔 후회해.」

「무슨 말?」

「난 그때까지도 동정이었는데 말이야, 뭘 안다고 입을 나불거렸을까. 성에 대해서 많이 알고 통달한 듯 해야 한다는 같잖은 허위의식을 어디에서 배운 것인지. 그때 그 한마디가 내 인생의 여러 갈래 길 중에서 하나의 통로를 폐쇄시키는 소린 줄 몰랐어. 그 한마디에 한 치 오차 없이 덜컹 문이 내려지는 소리도 못 들었고. 참 미련하지.」

정민은 한참 만에야 윤재가 하는 말이 무슨 말인지 알아들었다. 정민이 뒤도 돌아보지 않고 돌아섰던 그때 일이었다.

「가지 않은 길이 어떨지는 아무도 몰라. 지금보다 훨씬 못할 수도 있어.」

「가지 않아서 아름다운 게 아니야. 그 길엔 적어도 사랑이, 내 첫사랑이 있었단 말이야.」

정민은 입을 다물었다. 푹 꺼진 윤재의 얼굴을 마주 볼 엄두도 나지 않아서 눈길을 소주잔에 박아 버렸다. 소주잔 속으로 현주의 신음 소리가 그득그득 차올랐다. 문득 윤재를 납작하게 밟아 주고 싶어졌다.

정민은 여태까지 가지 않은 길에 대해서 오래도록 고민해 보지 않았다. 그저 눈앞에 놓인 오늘을 살기에도 빠듯했다. 두고 온 일보단 새로운 일에 대한 도전이 더 정민의 관심을 끌었다. 일부러 독기를 품었든 아니었든 그랬다. 그리고 두고 온 길을 되돌아볼 만큼 여유도 없었고, 무엇보다 그녀는 아직도 충분히 젊다고 생각했다. 윤재 때문에 가슴이 아팠을 때도 함께 옛길로 가지 못해서가 아니라 현재의 윤재의 모습이 너무 많이 변했기 때문이었다.

「언젠가 절에 갔더니 네 엄마가 그러시더라. 내 마음에 고민이 많다고 했더니 먹은 게 똥이 되도록 절을 하래. 그런데 아무리 절을 해도 먹은 게 똥 될 생각을 안 하는 거야. 그래서 내려왔어. 포기하고 완전히 녹초가 되어서 잠을 자고 났더니 다음날 아침 푸지게 똥이 나오더라.」

윤재는 끌끌 헛바람을 내며 웃었다. 그가 웃을 때마다 어깨가 과장되게 흔들렸다.

「그때 내가 눈 똥은 개똥이었을 거다, 호호호……. 지금도 난 가끔, 아니 매일 개똥을 누거든……. 나도 언젠간 사람똥을 눌 수 있을 거야. 지금 벼르고 있는 중이지. 그래도 개는 충성스럽기나 한데, 내가 사람똥을 누면 어떻게 될라나 몰라.」

윤재는 계속 헛바람 소리를 내며 끌끌거렸다. 습한 그의 웃음소리가 정민의 가슴에 안개처럼 스며들었다. 정민이 술을 털어 넣을 때마다 윤재의 그 웃음도 함께 쏟아져 들어갔다. 끌끌, 끌끌. 알코올이 혈관을 따라 돌면서 윤재의 웃음도 함께 따라 돌았다. 끌끌, 끌끌.

「그 웃음소리가 지금 날 환장하게 하는 중이니까 그만 웃어.」

「그래? 그 기분 내가 잘 알지. 아직도 가끔 십 년 전 너의 시, 내가 발아래 두고 신랄하게 밟아 주었던 시가 날 환장하게 만들기도 하거든.」

윤재는 그러면서 또 끌끌 웃었다.

그 이른 봄날
내 가슴으로
저벅저벅 걸어왔다.

한때의 몸살이려니 버려두었는데
벌써 몇 년째 내 속에 산다
때때로 광풍 같은
그 발걸음이 내 가슴에서
저벅거리면 난
뜨거운 기침을 한다

문득 내게 걸어왔던 그것은
아마 오래도록
나가지 않을 생각인가 보다.

「'천식'이란 시였지? 끌끌끌.」

몇 잔 술에 벌겋게 알코올기가 오른 채 계속 끌끌거리는 윤재를
정민은 차마 마주 볼 수 없었다. 자신은 기억도 나지 않는 시를 외
우고 있는 이 남자가 김윤재가 맞는지, 머릿속에 하얗게 물보라가
일었다.

「그만 일어나. 썩을 년. 아이고, 썩을 년.」

잠결에 순자의 욕지거리를 듣고 정민은 눈을 떴다. 방 안엔 벌써
높은 햇살이 들어와 있었다. 그 햇살만큼 선명한 기억이 정민을 선
뜻 일어나지 못하게 했다.

간밤에 술에 취한 채 차를 몰고 이곳까지 왔었다. 차를 산문 밖에
세우고 담을 넘어, 소등되어 껌껌한 절 마당을 지나 순자의 방으로
들어갔었다. 깜짝 놀란 순자가 벌떡 일어났다가 환한 불빛에 드러난
취한 정민을 보고 넋이 나간 표정을 지었다.

「별일 아니니까 그냥 자.」

정민은 태연하게 불을 끄고 어둠 속에서 부스럭거리며 옷을 벗고
순자의 이불 속으로 기어 들어갔다. 까실한 삼베 이불 속에서 바짝
마른 순자의 허벅지에 슬쩍 다리를 올려놓았다. 순자가 벌떡 일어나
앉았다.

「어차피 잠은 다 잤다. 말해 봐. 무슨 일이니?」

솜이불처럼 두텁게 깔린 어둠 속에서 순자의 숨죽인 소리가 날아
왔다.

「아무 일도 아니야. 그냥 철들기 전에 망령나서 엄마 냄새 맡고 싶
어서 왔으니까 그냥 자.」

「말본새가 쌩쌩한 거 보니 정신은 남아 있구나. 그 정신으로 무슨
일인지 말해. 이게 그냥 잘 일이냐.」

「나 큰소리친다. 그냥 자, 엄마. 정말 엄마 보고 싶어서 왔어. 윤재
랑 술 한잔 했는데, 그 자식이 엄마보고 잘하라고 하도 떠들어 대
기에 그냥 보고 싶어서 온 거야.」

그리고 내처 곯아떨어졌다. 자면서 얼핏 자신의 이마를 만지는 순
자의 손길을 느꼈지만 곧 잠 속으로 다시 빨려 들어가고 말았었다.

「네 말대로 철나자 망령 들래? 이게 무슨 짓이야. 여기가 어디라
고 그렇게 취해서 기어 들어와, 기어 들어오길. 그리고 미치지 않
고 어떻게 취한 채로 운전까지 했니, 응? 무슨 일이 있었는지 말
해, 어서. 어서!」

「아이고, 사랑의 사 자도 모르는 년이 실연이라도 당했다면 믿을
려우? 그냥 술김에 엄마 보고 싶어서 온 거야. 윤재 그 자식 완전
히 엄마 팬이더라고. 술 먹으면서 내내 엄마 얘기만 했단 말이야.
여기 자주 온다면서. 나중에 물어봐.」

「한 한 달 안 왔어. 걘 무슨 일이 있대니?」

「아니, 그냥 개똥을 더 싸고 싶지 않다나 뭐라나. 엄마가 똥이 어쩌
고 하면서 절이나 하다 가라고 했다면서.」

「정말 무슨 일 없는 거야?」

순자는 정민이 찾아오지 않았던 냉정한 때가 더 마음이 편했다는 생각을 했다. 변화가 주는 불안이리라. 처음 정민이 느닷없이 연극 무대 주위를 벗어났을 때도 이렇게 불안했었다. 어쩌면 자식이란 불안 그 자체인지도 모른다. 정민이 아주 어렸을 적엔 혼자 아장아장 걸어서 제 아빠 주위를 맴돌다가 눈에서 사라지면 그렇게 불안할 수가 없었다. 누군가 달랑 들어서 주머니 속에 쏙 넣고 사라질 것 같았던 것이다. 초등학교 땐 행여 누군가 납치해 갈까 불안했고, 중고등 학교 땐 자꾸만 커지는 가슴과 엉덩이가 불안했다. 그리고 행여 날건달과 사랑에 빠질까 불안했고, 저러다 평생 혼자 살까 불안했고, 혼자 사는 것이 아프지나 않을까 불안했다. 또 저렇게 탱자나무처럼 뻐세고 가시만 돋친 것을 누가 데려간대도 불안할 것이다.

정민은 김치 한 종지에 물에 만 밥을 깨작거리다 갔다.

정민이 왔다 가면 가끔 한없는 무력감에 빠질 때가 있다. 느닷없이 생전 하지 않던 포옹까지 하고 돌아서는 정민을 보면서 알 수 없는 불안이 또 스멀스멀 솟아올랐다.

어느 날 갑자기 제 아버지와 눈조차 마주치지 않으려고 할 때부터 정민에게선 냉기가 뚝뚝 떨어졌다. 그런데 느닷없이, 서른 중반을 달려가는 정민이 뜨거운 포옹을 했는데, 가슴 한쪽이 서늘한 이유를 모르겠다.

딸에게서 남편 영우의 흔적을 느낄 때 순자는 불안해졌다. 정민은 외모는 제 아버지를 꼭 빼닮았지만, 하는 짓은 누굴 닮았는지 얼른 말할 수 없었다. 솔직히 영우는 좀 게으르고 매사에 우유부단했다. 하지만 정민은 가만 있는 성격도 아니었고, 모든 일이 앞뒤 똑 부러지게 맞지 않으면 불편해했다. 그렇다고 순자 성격이 그렇게 야무진가 하면 그렇지도 못했다. 그런데 외모 말고 하는 행동이나 마음 씀에서 영우의 흔적을 가끔 발견하곤 했다. 그럴 때마다 순자는 저도 모르게 움츠러들면서 무언가를 대비하는 자신을 발견했다. 조금 뒤로 물러설 공간을 준비해 두는 것이다.

영우가 다시는 가정과 연극 이외의 것을 생각지 않겠노라며 증표처럼 다정한 사진을 찍었을 때, 솔직히 그때도 그것을 다 믿은 것은 아니었다. 딱히 영우에 대한 불신 때문이라기보다는 상처를 받지 않기 위해 마지막으로 물러설 공간을 남겨 둔 생존 본능이었다. 그리고 그 사진 속에서 환하게 웃고 있는 영우는 한 달도 못 되어서 순자를, 까치밥처럼 남겨 두었던 최후의 공간으로 몰아갔다. 어찌 보면 그것도 우유부단의 결과였으며 영우가 순자를 그 아슬아슬한 공간으로 몰고 가려는 의도는 아니었다. 영우는 그럴 정도로 잔인하거나 매정한 사람은 아니었다. 그랬기 때문에 일들이 그렇게 벌어지기도 했지만 말이다. 자신의 주변을 맴도는 숱한 여자들을 거절할 정도로 단호한 면이 없을 뿐이었다.

순자는 절을 했다. 1배를 하든 1천 배를 하든 지그시 웃음 짓고 있는 부처는 여전했지만 1백 배, 2백 배 할수록 그녀의 맘에 새겨지는 부처는 분명 다른 얼굴이 되었다. 그 부처는 곧 순자 자신이었다.

더 물러설 공간도 없었다. 이제 와서 다 큰 자식 두고 자신의 선택이 잘못되었다며 처음으로 물릴 수도 없었다. 아버지는 그녀가 꿈만 꾸는 거렁뱅이와 결혼한 일보다 그녀가 이혼하는 것에 더 상처를 받을 게 분명했다. 무엇보다 초등학생인 아이는 영우를 따랐으며 연극 무대를 좋아했다. 둘은 천둥벌거숭이였다. 이미 자신의 결혼은 자신만의 문제가 아니었다. 선택에 대한 대가가 너무 가혹하더라도 자신이 짊어져야 할 몫이었고, 어차피 피할 수 없는 거라면 기꺼이 행복해지기로 마음먹었다. 행복이라든지 불행이라든지 하는 것은 어차피 자신을 어떻게 세뇌시키느냐의 문제로 보였다. 순자는 스스로 행복하다고 생각하기로 했다. 앞으로 자신은 행복할 운명이라고 믿었다. 그녀는 행복하게 연극인 남편을 내조했으며, 행복하게 연극인들을 사랑했고, 행복하게 연극을 좋아했다. 연극에 모든 인생을 건 자신은 충분히 행복했으며 행복할 가치가 있는 일이었다. 그 외의 것은 그녀 일이 아니었다. 단 하나, 그녀가 행복해지기 위한 조건은 남편에 대한 어떤 기대도 하지 않기, 그 조건만 스스로 지킨다면 그녀는 평생 행복할 것이라고 믿었다. 어쩌다 행복해지지 않으면 그녀는 부처에게 바락바락 대들며 행복하다고, 행복은 약속된 것이라며 절하고 또 절했다. 결국 그녀는 행복해졌다.

그러나 그녀가 행복해지는 데 있어 정민의 변화는 계산하지 못했다. 어느 날 딸이 갑자기 변해 버렸는데 여전히 행복하다 말할 수 없었다. 어느 날 쓰러지도록 몇백 배인지도 모를 절을 하고 났을 때, 툭 터지면서 느끼던 희열감과 내심 무애의 경지에 도달했다 믿었던 모든 것들이 뿌리째 흔들렸다. 그래도 정민이 돌아선 길이 냉정하고 뱀처럼 차가운 세계였을망정 그릇된 세계는 아니었기에 순자는 멀리서 안타깝게 지켜보기만 했다.

정민과 관련해서 순자에게 무애란 없었다. 모든 것이 걸리고, 모든 것이 아프고, 모든 것이 고통이었다.

172

결국 순자는 알았다. 영우에 대해서도 무애란 것은 그저 환상이었다는 것을. 자신이 믿었던 무애란 것이 한낱 자기 위로 높은 담을 치고 그 안으로 아무도 들이지 않은 채 철저히 고립되는 것이란 것을. 영우가 남편이고 자신이 밥집을 하고 사람들이 들락거리는 모든 일은 그녀의 생체에 입력된 자동 모드에 불과했다는 것을.

그럼에도 외관상 그녀에게 변화는 없었다. 여전히 연극인 남편을 극진히 내조하는 아내였고, 연극과 연극인을 사랑하는 푸근한 밥집 아줌마였다. 그러나 가끔씩 정민이 와서 순자를 닦달하며 볶는 것보다 스스로 내부에서 일어나는 고통과 혼란은 몇 배 더 가혹했다. 가혹했으므로 더 이상 부처님에게 가지도 않았다. 용암보다 더 뜨겁게 타오르는 속을 가지고 성실한 아내와 푸근한 밥집 아줌마로 행세하는 그보다 더 힘든 절이 어디 있으랴. 매일매일 3천 배 이상 절한들 이보다 더하랴. 그녀는 매일 절을 하며 살았다. 언젠가는 끊어질 모든 것들을 위해서.

정민에게 독한 년이라고 욕을 해댔지만 진짜 독한 것은 자기 자신이란 것을 알았다. 어쩌면 정민의 독기는 자신에게서 나간 유전 정보 중 하나일 거란 생각도 했다. 그 사실은 문득문득 영우의 흔적을 보았을 때보다 더 치명적인 독으로 순자의 가슴에 스몄다.

더 지독한 것은 그런 속에다 우격다짐으로 밀어 넣은 왜곡된 진실들이었다. 그리고 스스로 그 진실을 신앙처럼 만들어 버리는 데 성공한 것처럼 보였다.

하늘을 손바닥으로 가리고 산 삶이었다.

어렴풋이 정민이 다른 길로 달려가기 시작한 이유를 안 것은 영우가 죽고 나서였다. 영우에 대해서 기댓값 제로로 떨어뜨리고 살았어도 그 일만은 용서가 되지 않았다. 순자는 어떤 외상 장부도 갖고 있지 않았지만, 결국 세상에서 제일 큰 치부책을 갖게 되고 말았다. 그것은 저승까지 지고 갈 장부였다.

박단비는 영우의 마지막 여자가 되고 말았다. 그전에 몇 명의 여자가 더 있었는지 순자는 일일이 세지 않았다. 그러나 그녀가 영우의 마지막 여자였다는 것을 안 것은 정민 때문이었다. 영우의 장례식장에서 눈에 퍼런 불꽃을 피우고 지난밤 내린 단비는 감미로웠느냐고 말했을 때, 순자의 가슴에선 그보다 더 푸르고 날 선 독기로 전율이 일었다.

내 제삿날 너의 말랑말랑한 등짝에 내가 졌던 짐 몇 곱절을 더 얹어 주리라.

11

〈코뿔소〉가 그런대로 성황리에 막을 내리고 나자 정민은 어쩐지 한고비 넘긴 기분이 들었다. 마치 자신이 연극을 연출하고 주인공까지 맡았던 듯 숨이 찼다. 순자에겐 굳이 박동수가 다시 연극판으로 돌아온 일을 말하지 않았다. 순자에게 〈코뿔소〉는 그리움이면서 아픔이면서 영원한 환상일 터였다.

〈코뿔소〉가 끝났다고 박동수와 사진 작업이 완전히 끝난 것은 아니었다. 소위 인기 배우인 그에게는 끊임없이 일거리가 있었다.

나중에 내숭 떨었다고 흉보지 말라고 하더니, 박동수는 처음 정민의 스튜디오로 찾아왔을 때와는 너무 많이 변했다. 연극 〈코뿔소〉를 찍으면서였던가, 혹은 정민과 살 섞고 나서였던가. 누군가가 특별한 것을 하나 챙겼다가 박동수에게 주면 그것을 아무도 모르게 정민의 손에 쥐여 주고는 손을 꼬옥 포개었다 놓는다든지, 자세를 잡아 주느라고 그 앞에 서면 아주 빠른 시간에 끈적한 눈 맞춤으로 정민의 시선을 가로챈다든지, 만나거나 헤어질 때 악수를 하더라도 동성애자들끼리의 신호처럼 손바닥을 간질인다든지 하는 사소한 행위들에 열심을 보였다. 물론 일에서야 이미 정민과 낯가림 단계를 지낸 데다 지난번 〈코뿔소〉 촬영 이후로 제 본성을 찾았으니, 달라진 것은 더 말할 나위가 없지만 말이다. 그러면서도 문득문득 정민을 아주 골똘한 표정으로 훔쳐보기도 해서, 정민은 조금씩 기분이 사나워지고 있었다. 도대체 하룻밤 보내고 나면 저토록 모두 느끼한 튀김 기름처럼 변해야 되는 것인지. 그깟 섹스가 둘 사이에 무얼 얼마나 변화시켰다고 저토록 티를 내지 못해 안달인지 이해할 수 없는 일이었다. 그렇다고 내놓고 데이트를 신청하는 일도 없었다. 잘 나가는 영화배우니 오죽 몸을 사리겠으며, 알아서 꾀어 드는 여자는 또 오죽 많으랴만, 어쨌든 정민은 딱히 무엇을 겨냥한 것인지 알 수 없는 박동수의 사소하면서 끈적한 행동들이 신경에 거슬렸다.

결국 이쯤에서 그만둘까 하는 생각이 하루에도 열두 번 들락거렸지만, 돈도 돈이고 무엇보다 이 분야에 은석의 관심이 대단했다. 처음엔 단지 연예인을 만나는 호기심 때문이려니 했지만 그게 아니었다. 벌써 일하는 태도가 달랐다. 조명등 하나를 설치해도 스스로 알아서 이런저런 위치를 정해 본다든지, 가끔은 자신도 카메라를 들고 싶은 눈치를 보인다든지 등등이 그랬다. 새로운 사람을 하나 더 들였는데도 일들을 혼자 처리해 나갔다. 물론 이제 갓 졸업한 형욱이 많은 일을 처리하지는 못했지만, 그래도 박동수 일만은 은석이 사소한 도구를 챙기는 일까지 다 맡았다.

요즘 은석이 신이 나 있기는 했다. 새로 조수가 한 명 더 들어온 데다 얼마 전 정민의 친구가 하는 인형 카탈로그 작업을 맡겨 놓았기 때문이다. 한때 '헬리콥터'에서 소설을 쓴다며 온갖 일에 코 박고 다니길 좋아하던 그 친구는 제 아버지 사업을 이어받았다. 주로 봉제 인형을 만드는 곳이었는데, 그동안 주먹구구식으로 하던 일에 나름대로 체계를 세우고 새로운 일들을 추진하는 모양이었다. 이미 중국으로 대부분 넘어간 일이지만 요즘 인기 상승 중인 국내 유명 캐릭터나, 새롭게 디자인실을 두어 게임업자와 손잡고 새 캐릭터를 개발하는 일을 한다고 했다. 그중 하나로 제품 카탈로그를 새롭게 만드는 일도 포함되었는데, 그 일을 정민에게 부탁했던 것이다. 딱히 거절할 수도 없고 또 마침 은석에게 책임 있는 일거리를 주고 싶었던 차였다. 한편으로 이런 카탈로그 작업은 대체로 후속타가 따르기 마련이어서 안정적인 수입원도 되었다. 이번 일로 은석은, 정민이 그랬듯이, 헝겊 인형을 어떻게 색다르게 찍어 낼까 온통 인형 생각뿐인 듯했다. 무표정한 인형도 조명에 따라 얼마든지 표정이 새로워진다는 건 기본이니까. 그런 와중에도 은석이 박동수 일만은 꼬박꼬박 챙겼으므로 정민은 선뜻 그만둘 수 없었다.

처음 정민이 혼자 책임 있는 일을 맡은 것은 핀업 걸 사진이었다. 굉장히 큰 스튜디오에 몇 번째 조수로 들어갔었는데, 일이 꽤 많았다. 그중 절반은 핀업 걸이거나 분식집에 걸면 알맞을 달력 사진이었다. 그런 일들은 대부분 조수들이 다 처리했는데, 그 수입이 만만찮았을 뿐만 아니라, 계속 이어지는 일감이 있어서 정기적인 수입원이 되었으므로 스튜디오는 그 일을 쉽게 포기하지 않았던 것이다. 또 정민도 그런 일들을 하면서 국내 시장 판도도 읽을 수 있었고, 당장 독립된 스튜디오를 차릴 형편도 아니었으므로 이래저래 그 자리는 필요했었다. 스튜디오 사장은 대외적으로는 꽤 그럴듯한, 소위 작가 정신이 깃든 사진을 찍는 사람이었지만, 또 다른 명함은 달력용 누드 사진 전문가이기도 했던 것이다.

역설적으로 정민은 핀업 걸을 통해 몸의 순수함을 배웠다. 정민에겐 영우 때문에 생긴 편견, 몸뚱어리로 생계를 유지하거나 몸뚱어리의 유희만 탐닉하는 수많은 어여쁜 여자들과 남자들에 대한 혐오감이 있었다.

가장 요염한 자세로 술집 벽이나 트럭 뒷좌석에 1년 열두 달 걸려 있는 여자들은 그러나 단 몇 초의 순간이 지나면 헐렁한 티셔츠에 평범한 얼굴을 하고 일상의 일들로 즐겁거나 슬프거나 했다. 때때로 어떤 걸은 풀어헤친 머리를 한 갈래로 틀어 묶고 손바닥만 한 수영복을 벗고 나면 도저히 카메라 앞에 섰던 여자와 같은 여자라고 인정할 수 없는 모습이 되기도 했다. 그런 걸 중 어떤 이는 벽에 걸려 있는 대가로 공부를 하거나 자신이 좋아하는 일, 연극이나 그림 등등 돈이 되지 않는 어떤 일에 미치거나 했다. 물론 그 돈으로 밤새 술을 처마시거나 마약을 하거나 섹스를 하는 걸들도 있었다.

그 걸들에게 몸은 청자기였다. 도자기는 술을 담거나 김치를 담는 것이 아닌 눈으로만 보는 상품으로 가치가 있듯이 그들의 몸도 그런 진열 상품으로서 가치가 있었으며 매혹적이고 아름다웠다. 그 걸들 혹은 그 보이들의 몸은 그냥 몸이었다. 인간과 자연이 합작하여 빚어낸 참 그럴듯한 예술품이었다. 매춘이니 섹스니 하는 것들은 그다음 문제였다. 몸은 그저 몸으로 충분히 아름다울 수 있는 것이다.

그러므로 벽에 걸려 있는 여자를 보거든 더 가까이 뚫어지게 보지 않는 게 좋을 것이다. 더 들여다본다고 그녀가 걸친 손바닥만 한 팬티가 벗겨지는 것은 아니다. 또 그녀가 막 먹은 김치 냄새가 풍기는 것도 아니다. 벽에 여자가 혹은 남자가 걸려 있거든 청자기처럼 멀찌감치 서서 감상하는 것이 좋다. 청자보다 훨씬 순수한 몸이 보일 것이다.

바람 한 점 불지 않았다. 절대 고요의 일요일이며 휴가 첫날의 한낮이었다. 새끼들을 한꺼번에 잃은 복순이도 더위에 지쳐 땅바닥에 넙죽 엎딘 채 죽은 듯 조용했다. 정민은 마시다 만 얼음물에 떠 있는 얼음을 흔들어 보았다. 유리잔에 얼음 부딪치는 소리가 맥없이 부서졌다. 전화 한 통 울리지 않고, 일부러 할 일도 잊어버린 지금 정민은 산사에 와 있는 기분이다. 그토록 원한 평화였는데, 더위에 갇힌 적막이 갑갑했다. 돌던 지구가 멈춘 듯 바람이 한 점도 없고, 어떤 소리도 들리지 않았다. 맹렬한 더위만 없다면 진공의 통 속에 들어왔다고 착각할 정도였다. 손가락 하나도 감히 들 수 없을 정도였다.

맴맴맴맴……. 느닷없이 매미가 악을 쓰기 시작했다. 한 마리를 시작으로 또 한 마리가, 그리고 또 한 마리가. 은행잎조차 숨을 멈춘 이 고요를 매미는 견딜 힘이 없었던 모양이다. 한번 울기 시작한 매미는 끈질기게 울었다. 숫처녀 은행나무 어딘가에서 애절하게 짝을 찾는 소리는, 복순이가 세모꼴 눈을 뜨고 올려다보게 만들었고, 다 마신 물잔을 그대로 둔 채 녹은 엿에 붙듯이 앉아 있던 정민을 일으켜 세웠다. 정민은 느리게 일어나 물잔을 부엌에 두고 느리게 마당으로 나갔다. 복순이도 느리게 일어나 몸을 털고 정민을 올려다보았다. 처마 밑에 달아 둔 풍경도 움직이지 못할 느린 바람 한줄기가 정민의 얼굴을 스치고 지나갔다. 더위에 녹은 세상은 끈적한 액체처럼 느리게 움직이고 시간도 점액질처럼 느리게 지나갔다. 혼자 고요 속에 잠겨 있으려니 질, 식, 할, 것, 같, 다.

결국 정민은 차에 올라탔다. 아무것도 하지 않으면서 쉴 수 없었다. 너무 더워서 낮잠도 잘 수 없었다. 더위와 고요에 막혀 음악도 틀 수 없었다. 아무것도 하지 않는 것은 쉬는 것도 아니었다. 그러므로 그토록 원하던, 하루 종일 아무 일도 없이 지내는 것이란 그저 꿈이었음을 새삼 확인했다.

차는 자유로를 달렸다. 자유로는 예전처럼 자유롭게 달릴 처지가 아니었다. 차도 많았고 곳곳에 속도 측정 장치도 있었다. 그래도 자유로엔 강이 보이고 멀리 아파트도 보이고, 흐르는 차도 보였다. 점액질로 느리게 지나는 시계 따윈 없었다.

혼자 지내면서 정민이 제일 무서워한 것 중의 하나가 바로 까부라지는 것이었다. 외로움도 그리고 아무도 없이 혼자 아픈 것도 아직은 견딜 만했는데, 몸과 마음이 모두 아래로 처지면서 무기력해지는 것, 점점 정신의 부피가 줄어들다가 급기야 아무것도 담을 수 없는 납작한 봉투처럼 되어 버리는 일이 정민은 제일 무서웠다. 그러면서 감히 숲 속처럼 고요하게 하루를 보내고 싶은 욕망을 꿈꿔 왔던 것이다.

정민은 부산하게 머릿속을 뒤적거렸다. 일요일 오후에 연락해서 편하게 만날 사람은 어디에도 없었다. 친구들은 이미 애가 딸린 유부녀거나 혹은 여우 같은 마누라가 붙어 있는 유부남이거나 한결같이 자기들만의 테두리를 갖고 있었다. 얼마 전까지, 남편 있는 년들과 어울리자니 따분하다며 가끔 정민을 불러내던 혜경도 시집을 가버렸다. 이럴 때 시속 2백 킬로미터로 냅다 달려가 80킬로미터로 달려가는 앞차를 무작정 들이받고 싶은 충동이 인다. 정민은 라디오 볼륨을 있는 대로 높였다. 라디오에서 쏟아져 나온 쇼스타코비치의 첼로 협주곡이 열린 창으로 미친 듯이 빨려 나갔다.

정민은 다시 누군가를 찾았다. 누군가와 접속하고 싶었다. 누군가와 눈빛을 마주치며 차를 한잔하거나 혹은 술을 한잔하거나, 인간과 교류하고 싶었다.

머릿속을 이 잡듯이 뒤져 겨우 생각해 낸 사람은 유한섭이었다. 여우 같은 마누라가 없을 뿐만 아니라, 일요일 나른한 오후라 하더라도 이런저런 핑계를 대며 거절할 사람은 아니란 생각 때문이었다. 그러나 정민은 선뜻 전화를 걸 엄두가 나지 않았다.

갓길에 차를 세우고 음악 볼륨을 줄이고 또 한 차례 뜸을 들인 다음에 초등학생처럼 또박또박 한섭의 전화번호를 눌렀다. 더운 아스팔트 열기가 열린 창으로 넘어왔다. 창을 올리고 에어컨을 켜고, 그리고 신호음을 들었다. 고객의 전화기에 전원이 꺼져 있습니다.

정민은 오두산 전망대 주차장으로 들어가 차를 돌려 서울로 달려갔다. 휴가철에 일요일이라 서울은 텅 비어 있었다. 사람이 빠져나간 서울은 종로에 사과나무를 심고 충무로에 배나무를 심어도 어울릴 것처럼 여유만만이었다.

목동 아파트 상가였다. 주변에 초등학교와 중고등학교가 있어서

목도 꽤 그럴듯했다. 그리 큰 평수는 아니었지만, 4인용 테이블이 열 댓 개는 족히 들어설 수 있을 듯 보였다. 가게 내장 공사는 마무리 단계였다. 아이들 취향에 맞게 노랑과 주황이 어우러진 벽들은 한낮의 더위도 잊고 명랑하게 조립되는 중이었다.

윤재는 의자 한쪽에 앉아서 무언가를 열심히 하고 있었다. 풍선이었다. 풍선을 돌렸다가 꽝 터지면 인부들을 쳐다보며 뭔가를 지시하다가 다시 또 풍선을 만졌다.

「뭐야?」

「어?」

윤재는 느닷없는 정민의 출현이 믿기지 않는 눈치였다.

「어떻게 잘 찾았네.」

「어디고 발로 다닌 곳은 다 훤해. 이쪽도 여러 번 와봤던 동네지. 근데 이건 뭐야?」

「풍선으로 이것저것 만들어 보는 거야. 저녁에 이거 배우러 다니잖아. 파티용이지. 또 꼬마 손님을 위한 특별 선물이기도 하고.」

「행복해 보인다. 이 길이 진작에 왔어야 되는 길 같은데?」

윤재는 흐흐 웃었다. 한결 여유 있고, 한결 편안한 얼굴이었다. 그런데 현주는 보이지 않았다.

「과외를 아직 다 정리하지 못했어. 방학 때까진 봐줘야 하고. 어차피 만삭이라 애 낳으면 당분간 쉬어야 되니까. 또 요즘엔 내가 마술 배우라고 했더니 오전엔 뒤뚱거리면서 마술도 배우러 다니거든. 그래서 일요일은 그냥 집에서 푹 쉬라고. 나와 봐야 할 일도 없고.」

「마술?」

「파티를 위한 거지. 하지만 그것 아니어도 마술은 매력적이잖아. 아무것도 없는데 비둘기도 나오고, 색색의 수건도 나오고…… 멋진 속임수지. 어른도 아이도 환호할 거야. 속임순지 알면서도 속는 것이 유쾌하니까.」

윤재는 그렇게 말하면서도 손과 눈은 연방 풍선에 매달려 있었다. 그러더니 등이 기다란 개를 한 마리 만들어 주었다. 분홍색 개는 게으르게 생긴 허리로 정민의 코앞에서 춤을 추었다.

「어쭈, 제법 물건이 나오네.」

윤재는 클클 웃더니 일어섰다.

「가자. 여긴 너무 더우니까. 요 앞에서 시원한 거 한잔 해.」

윤재는 일하는 사람들에게 뭔가를 더 지시하고는 정민이 서 있는 밖으로 나왔다. 해는 여전히 뜨거웠고, 길가 가로수는 복순이 혓바닥처럼 늘어져 뽀얗게 먼지를 뒤집어쓰고 있었다.

「훨씬 편안해 보인다.」

「그래? 하긴 뭐든 결정하기까지가 힘들지. 작정하고 나니까 오히려 편안해. 속에 용광로 하나 품고 맘 편한 사람은 없을 테니까.」

「그래서 그 용광로는 이제 없앴어?」

「그 속에서 끓는 쇳물을 어떤 틀에다 부어야 할지 결정이 났다는 거지.」

냉커피가 탁자에 놓여졌다. 윤재는 그 속에 잠긴 얼음 하나를 꺼내 와사삭와사삭 씹어 먹었다.

「참, 언젠가 텔레비전에서 봤는데 배우들이 겨울에 여름 장면을 찍

을 때, 입에서 나오는 김을 없애기 위해 입에 얼음을 잔뜩 물었다가
말을 한대. 그러면 입김이 나오지 않는다더라. 참 재미있지?」
그러면서 윤재는 또 다른 얼음을 와사삭 씹어 먹었다.
「그런데 바쁜 손정민이 여기까지 온 거 보면 뭐 할 말이 있는 거
아냐?」
「휴가. 종일 집에서 빈둥거리는 게 소원이었는데 그것도 맘대로
안 돼 그냥 나온 거야. 오다 보니까 여기가 생각난 거고. 요즘도 김
순자 여사를 자주 만나?」
「휴가라며? 직접 가봐. 하여튼 정 없게 말하기는. 엄마한테 김순
자 여사가 뭐냐?」
「사전 정보 좀 달란 얘기지. 솔직히 둘이 얼굴 맞대 봐야 서로 으
르렁거리다 올 건데……. 그 자존심에 속내도 안 비쳐. 그래도 너
하고는 이런저런 얘기 하는 눈치더라.」
「하여튼 호강에 겨워서 요강에 빠지지, 빠져. 너네 엄마처럼 당당
하고 건강하기만 해봐라. 그렇게 살아 계신 것도 복인데 뭘 더 바
라.」
「언제 개업해? 그때 김순자 여사도 초대할 거니?」
「왜, 그러면 개업식 때 얼굴 본답시고 찾아가지 않으려고?」
「왜, 점집 차리지. 너 같으면 엄마가 절에서 부엌데기 하는 거 자주
보고 싶어?」
「말 좀 골라서 해.」
「공양주 보살이라고 말하면 식모가 사모님 되니?」
「스튜디오 좀 줄여서 식모 면하게 하든지. 이 층을 다 스튜디오로

써야만 돼?」

「지금도 좁아. 그러잖아도 요즘 은석이가 카탈로그 작업 하느라고 온갖 인형들을 갖고 들어오는데 그것도 감당 못할 지경이야. 그리고 어차피 김순자 여사의 인생과 내 인생은 내 고등학교 시절에 완전히 분리되었어. 그때 김순자 여사가 그걸 선언했어. 서로의 인생에 발 담그지 않기로.」

그때 순자는 분명히 말했었다. 내가 좋아서 하는 일이야. 간섭하지 마. 늙어서 너한테 짐이 안 될 거니까 쓸데없는 걱정일랑 붙들어 매셔. 이 사람들한테 뭘 바라고 하는 일이 아니듯이 뭘 바라고 널 낳은 거 아니야. 네가 있는 그 자체로 좋고 행복해. 그렇듯이 이 사람들 연극하는 거 그게 좋을 뿐이야.

그때 그런 말을 한 것은 정민에겐 충격이었다. 한 번도 정민에게 큰소리치지 않았었는데, 지금 생각해 보면 그때 순자는 뭔가 대단히 심정이 틀어져 있었던 게 분명했다. 집에 혼자 틀어박힌 이후로 아주 가끔 나타나서는 감 놔라 배 놔라 신경질을 부리는 딸년이, 이제는 고등학생씩이나 되어서 엄마를 이해할 줄 알았던 딸년이 자신이 하는 일에 빈정대는 꼴이 못마땅했는지도 몰랐다.

어쨌든 그 일 이후로 정민은 순자에게도 서서히 거리를 두기 시작했다. 아무리 부모 자식 간이어도 어차피 갈 길이 다르다는 걸 분명하게 깨달았던 순간이었다. 부모 자식이라고 샴 쌍둥이처럼 평생 붙어 다닐 수는 없는 노릇이었다. 어차피 가족이니 교집합으로 맞물리는 영역이야 있겠지만, 그 면적을 줄여 나가리라 다짐했었다.

그렇더라도, 아주 작은 교집합이 있는 두 개의 원일지라도 애증으로 얽힌 그 부분은 치명적인 상처가 되기도 했다.

「그 이사장하곤 어때?」

정민은 윤재의 질문에 말할 가치도 없다는 듯이 빨대로 냉커피 속에 든 얼음을 쿡쿡 쑤셨다.

「사진첩을 보면 말이야, 한쪽이 없어진 채로 있는 사진 있잖아. 그 손바닥만 한 사진 중에서도 어떤 것은 간직하고 싶은데 어떤 부분은 버리고 싶어서 결국 오려서 간직하게 되는 그런 거. 우리 인생도 그렇게 가위로 오려 낼 수 있는 기회가 있었으면 좋겠단 생각이 들어. 많이도 말고 딱 한 번만이라도.」

「그렇대도 난 싫어. 가위질하고 싶은 부분이 너무 많아서 갈등하거나, 이미 가위질한 것 대신 다른 것을 오려 내고 싶어서 몸살날 거니까. 어차피 그러려니 하고 체념해 버리는 게 더 현명할 때가 많아. 절대라는 거, 절대 안 돼, 절대 해야 돼 등등. 절대라는 말 때문에 포기하는 일이 많긴 하지. 근데 단순한 그 절대가 오히려 편할 수도 있거든. 체념하니까. 체념하지 못한다면 얼마나 몸부림치면서 악다구니를 부려야 되겠어.」

「그래도 딱 한 컷만 된다면 좋겠어. 그 한순간이 인생 전체를 바꾸어 버리는 그 지점만, 아주 작은 그 지점만 돌려놓으면 만사가 다 오케이될 것 같은 그 부분만.」

「글쎄…… 그 부분만 도려낸다고 뭐가 달라질 것 같지만…….」

정민은 분장실에서 벗은 아버지의 뒷모습을 보았던 그 순간을 도려낸다면 어떨까 생각했다. 그러나 금방 도리질을 했다. 영우가 숱한 바람을 피우고 다니지 않으면 모를까, 언젠가 그 일은 분장실이 아닌 다른 곳에서도 터질 일이었다.

「내가 널 돌아서게 만든 말을 했던 그 순간만 오려 낸다면 어땠을까.」

「글쎄…… 다른 일로 헤어졌을지도 모르지.」

「그렇겠지? 그래……. 그래. 헤어질 사람은 언젠가는 헤어지겠지.」

「순간이라고 말할 때, 혹은 한 컷이라고 말할 때 그것은 아주 본질적인 것, 인생 전체를 관통하는 본질적인 것이어야 돼. 마치 사진처럼. 일출 사진을 찍는다면 그 사진을 찍기 위해 지리산을 대여섯 번 이상 올라야 그 몇 초의 순간을 잡아내는 것처럼. 그런데 내가 도려낸 그 순간이 바로 그 순간인지 어떻게 구분하겠어. 매일매일 지리산을 오르면서도 지금 오르는 일이 그 결정의 순간과 마주칠지는 아무도 모르잖아. 그러니 잊어.」

윤재는 역시 사진쟁이다운 말이라며 클클 웃었다.

정민은 윤재의 웃음에 묻어나는 색깔을 애써 외면했다. 분명 시간강사로 떠돌아다닐 때보다 훨씬 여유 있는 얼굴이었는데도 그의 몸 어느 구석에선가 석연치 않은 기운이 느껴졌다.

「카메라 가져왔어? 가져왔으면 우리 가게 사진이나 찍어 줘라. 너랑도 한 판 근사하게 박고.」

「개업식 때 정식으로 찍어 줄게.」

「그땐 그때고. 너랑 둘이 찍을 새나 있겠니.」

그러면서 윤재는 지갑을 꺼내더니 거기서 무언가를 꺼냈다. 사진이었다. 아주 오래전 사진이었는데, 정민은 그것을 찍은 기억조차 가물가물했다. 사진은 헬리콥터 멤버들이 대성리나 혹은 그 어름 어디에서 동아리 모임을 가졌을 때 단체로 찍은 것이었다. 정민은 행사 때마다 주로 사진을 찍는 쪽이었기 때문에 사진에 담긴 모습은 거의 없었다. 그것은 정민이 사진찍기를 좋아해서도 그랬지만 피사체가 되는 것을 그다지 좋아하지 않았기 때문이기도 했다.

사진 속의 인물들은 아주 작은 모습으로 그러나 꽤 유쾌한 모습들로 있었다.

「여기서 널 찾아봐.」

십 몇 년 전의 과거를 헤집어 내는 기분이었다. 그때는 모든 것들이 불안했고 세상이 온통 불만투성이였으며, 그나마 유일하게 자신이 쓰는 시로 자신을 구제할 수 있을지 모른다는 당찬 희망 하나만 오롯하던 시절이었다. 어쩌면 이 무렵에 이미 코뿔소를 벗어났는지도 모르겠다. 아버지의 사는 방식도 엄마가 사는 방식도 싫었다. 집이랍시고 저녁마다 들어가고 어쩌다 한 밥상에 앉긴 했지만, 그건 습관일 뿐이었다. 심지어 친구들이 코뿔소로 몰려가면 슬쩍 빠져서 혼자 다른 곳을 헤매고 다니기도 했다.

정민은 그 사진 속에서 자신을 찾는 데 한참 걸렸다. 즐겁게 넘어지거나 손을 들어 환호하는 사람들 한쪽에 얌전히 혼자 서 있었다. 그나마 다른 사람보다 더 뒤쪽으로 어정쩡하게 물러서 있었던지 더 작아 보였다.

「새끼손톱 절반밖에 안 되는 네 얼굴을 한동안 무던히도 들여다보았지. 네 얼굴만 더 닳지 않았나 봐라. 이상하지? 그 작은 얼굴에서 네 표정이 잡히는 거야. 이 작은 얼굴을 가만 들여다보면 얼굴이 점점 커지면서 네가 웃던 모습, 야무지게 발표하던 모습, 화내던 모습들이 하나씩 다 살아나는 거야. 한동안 참 많이 봤는데…… . 나도 이 사진 오랜만에 보는 거야. 그냥 습관적으로 지갑에 넣고 다녔어. 버릴 수가 없었거든.」

윤재는 모서리가 다 낡은 사진을 정민의 손에서 낚아채며 일어났다. 그러고는 갑자기 표정을 바꾸며 명랑하고 쾌활한 소년처럼 정민의 팔을 끌어당겼다. 정민은 윤재를 따라 일어났다. 그러면서도 사진 찍을 마음이 들지 않았기 때문에 한두 컷 찍어 줄 생각으로 차에서 카메라를 가져왔다. 윤재는 아직 정리가 되지 않아 어수선한 가게를 배경으로 한 컷 박아 달라며 환하게 웃으면서 서 있었다. 정민은 윤재가 섰던 자리에서 조금 비켜서라 하고는 찰칵 셔터를 눌렀다. 그러나 윤재는 그 한 컷으로 만족하지 못하고 '야, 이쪽에서도, 그리고 이쪽도' 하면서 가게 구석구석을 돌아다녔다. 실컷 자기가 하고 싶은 만큼 찍었는지 이번엔 정민에게 손짓을 하며 같이 찍자고 성화였다. 정민은 자신이 피사체가 되는 걸 싫어한다며 극구 거절했지만, 결국 윤재의 이끌림에 카메라 셔터를 인부에게 맡기고 말았다.

「야, 개업식 때 사진하고 또 틀릴 거야. 그리고 그날은 바빠서 이렇게 여유 있지도 못할 거고. 참, 그날 우리 아들하고 배불뚝이 마누라도 잘 챙겨서 찍어 줘라. 이게 내 역사의 시발점이 될지도 몰라. 미리 역사를 기록하는 거라 생각해. 이렇게 해서 김윤재는 그 무기력한 시간 강사 생활을 끝맺고 새로운 인생을 시작했다, 뭐 이런 식의 문구가 달릴지도 모르잖아.」

오후 늦도록 더위는 맹위를 떨쳤다. 윤재의 가게에서 생각보다 많은 시간을 보내고 다시 집으로 돌아왔을 때 집 안엔 끈적한 더위와 농밀한 적요가 괴어 있었다. 복순이도 더위에 지쳤는지 정민을 보고 일어나는 시늉을 하다가 도로 배를 깔고 엎드린 채 숨소리도 내지 않았다. 더위는 모든 것을 삼켰다. 어딘가로 떠나 볼까 생각했지만, 그것도 귀찮았다. 어디고 사람들로 북적거릴 계절이었다. 왜 모두들 여름이면 거리로 쏟아져 나오는지 알 수 없는 일이었다. 그 좋은 봄 내버려 두고, 그 좋은 가을 내버려 두고 사람들은 어쩌자고 이 찌는 듯한 무더위 속을 헤집으며 휴가를 보내야 하는 걸까.

더위는 정점에 다다르고 있었다. 며칠째 열대야 때문에 잠도 설쳤다. 몇 번씩 에어컨을 켜려고 리모컨을 잡았지만 이내 놓았다. 휴가 기간 중 누릴 품목 중의 하나가 에어컨 바람에 노출되지 않기였다. 촬영 때나 혹은 습기 때문에, 그리고 사무실의 기본 매너인 양 에어컨은 여름내 켜져 있어야 했다. 인공적인 찬바람은 늘 두통을 동반했으므로 정민은 되도록 에어컨을 켜고 싶지 않았다. 그래서 날로 상승 곡선을 그으며 올라가는 더위와 함께 헐떡이며 정점까지 이르렀다가, 어느 날 아침저녁으로 찬바람이 불면 문득 처연해지면서 순리에 대해 한번 되짚어 보고 싶었다, 바로 몇 해 전에 그랬던 것처럼. 추우면 추운 대로 더우면 더운 대로 도시에서 계절의 변화를 느낄 수 있는 방법으로는 살갗에 와닿는 기온이 가장 솔직한 매체 중의 하나다. 말솜씨 좋은 호사가들이, 여자의 옷이나 상점의 진열장으로부터 계절의 변화를 느낀다고 입방정을 떨어도, 아침에 일어났을 때 잠옷 소매 사이로 느껴지는 기온만큼 직접적이고 동물적인 것은 없다.

휴가 기간 내내 빈둥거리며 책 보고 얼음물 홀짝거리고 수시로 샤워기 앞에 서고 삼계탕 끓여서 복순이하고 나눠 먹고 음악 듣고……그러다 일주일이 훌쩍 가버린 날, 정민은 순자에게 가보지 않았다는 것을 깨달았다. 방학 동안 내내 미루고 미룬 숙제를 방학 끝나는 밤에야 부랴부랴 하는 학생처럼 쫓기듯 일어나 차에 시동을 걸었다. 휴가 첫날은 아무 일 없이 있는 것이 고역이더니 어느새 휴가가 훌쩍 지나가 버리고 말았다.

순자는 더위에 푹 절어 보였다. 공양간 뒤뜰에 놓인 평상에서 여문 마늘을 까고 앉은 모습이 평상시의 절반쯤으로 쭈그러들어 보였다. 올 때마다 몸피가 줄어 가더니 이번 여름엔 아예 절반으로 쪼그라들어 버렸다.

「아예 땅속으로 기어 들어가게 생겼네.」

정민은 포장해 온 팥빙수를 평상에 턱 내려놓으며 털썩 주저앉았다.

「땅속에서 자꾸 초대장을 보내오잖아. 내 나이 되면 그 소리가 들려.」

「어이구, 절밥만 먹어도 도가 트이나 보지? 그래, 언제 초대한대? 날짜도 물어봤어?」

「너 처녀 귀신 만들면 영원히 초대 보류란다. 어젯밤 꿈에 보니까 날짜만 뎅그렇게 비었더라. 기다리다 기다리다 안 되면 중음신으로 만들어 버린다고 위협하더라만. 그래, 네가 면사포 써야 그 날짜가 나올 것 같은데 어쩌면 좋으냐.」

「남들 염불할 때 혼자 연극 대본 썼우?」

「연극도 열심히 하면 염불처럼 도가 트이지. 무슨 일이든 열심히만 하면 득도로 연결되잖니. 넌 여태 그것도 몰랐어?」

「어이구, 혼자 살면서 말만 늘었어요.」

「왜 혼자야. 염장만 지르는 딸년한테 어떻게 대처해얄지 알려 주는 부처님도 있고 수십 수백 명씩 드나드는 불자들도 있고. 너보단 주변에 사람이 많을걸.」

정민은 헛웃음을 삼키며 포장된 팥빙수를 뜯었다.

「냉장고에 두었다가 함께 먹어야지. 입이 몇 갠데.」

「그럴 수 없는 음식이란 거 알잖아.」

순자는 정민이 슥슥 섞어 놓은 팥빙수를 한술 떠먹더니 오랜만에 맛보는 음식이라며 좋아했다. 팥빙수는 순자가 좋아하는 음식 중 하나였다. 아니, 정민이 유일하게 아는 순자가 좋아하는 음식이었다.

「윤재가 통 안 들른다. 무슨 일 있냐? 요즘 방학이라 한가할 텐데.」

「얘기 안 했어? 요즘 피자집 한다고 바빠. 한창 가게 꾸미는 중이야.」

「언젠가 그 일을 해야 되나 고민한다더니 기어코 하는구먼.」

「그럼 엄마가 그 일 하라고 부추겼어?」

「뭐 하러. 하고 싶은 일이면 말려도 하는 게 사람들인데. 그냥 얘기만 들어주었지.」

정민은 순자가 팥빙수를 먹는 사이 마늘을 깠다.

「요즘 스님들은 마늘도 먹어?」

「여기 오는 신도 중 하나가 마늘환을 만들어 달라기에 해보는 거야.」

「아니, 신도들 뒤치다꺼리까지 해준단 말이야?」

「내가 좋아서 해. 그럴 만한 사람이니까 해주는 거야. 넌 어째 남한테 뭘 해주는 것에 그렇게 민감하니. 내가 할 수 있을 때 해주는 것도 사람 사이에 섞여 사는 방법이야. 너처럼 안 주고 안 받는다고 그게 깔끔한 인간관계가 되는 줄 알아? 아이고, 헛똑똑이, 헛똑똑이.」

「평생 왜 남의 뒤치다꺼리만 해주는데. 엄만 엄마 자신을 위해서 좀 살아 봐.」

「네가 보기엔 내가 바보 같지. 내가 보기엔 네가 바보 같아. 너희 젊은것들, 똑똑하다고 자부하는 것들은 그저 탁구처럼 핑퐁핑퐁 주고받고 주고받고 이렇게 해야 된다고 생각하는데, 어떻게 그렇게 딱딱 주고받고 일대일로 이루어질 수 있니. 사람 사는 일은 탁구대처럼 그렇게 좁은 틀에서 주고받는 일이 아니야. 전생에서부터 다음 생까지 가로지르는 게 사람 사는 틀이야.」

순자는 팥빙수를 한술 떠서 정민에게 내밀었다.

「업이니 인연이니 그런 말 다 치우고, 이 넓은 지구 이 땅에서, 그리고 저 아주 오랜 옛날부터 미래의 시간 중에서 지금 너랑 나랑 부모 자식으로 만난 것 자체만 보더라도 참 귀한 만남 아니냐. 생각해 보면 그 일이 참 신기해. 그래서 가끔 웃음이 나와. 너랑 만난 그 일이. 넌 안 그러니? 요즘 생각해 보면 코뿔소가 쓰러진 게 참 다행한 일이야. 그렇지 않았으면 뿔에 매달려 내달리느라고 고단했을 거야. 처음엔 그 뿔에 날 매달아 놓은 것이 네 아버지라고 생각한 적도 있었는데 지금 생각해 보니까 내가 악착같이 매달린 거

더라고. 내가 놓고 보니까 놓아지잖아. 그걸, 누가 날 거기다 매달
아 놓은 거라고 속으로 악을 악을 쓸 때도 있었잖아. 참 미련하기
도 하지.」

정민은 가슴이 뜨끔했다. 엄마인 김순자 여사의 입에서 이런 소리
가 나올 줄은 꿈에도 몰랐었다. 엄만 늘 꿈만 먹는 소녀 같은 환상으
로 연극판 주변에 서성이는 거라고 생각해 왔었다. 대리만족으로밖
에 채워지지 않는 싸구려 낭만이라고 매도하기도 했었다. 뒤에서 파
도가 몰려오는데 두꺼비집만 짓고 앉았다고 생각했었다.

「그게 엄마가 놓은 거야? 사람들이 망가뜨리니까 할 수 없이 놓은
거지.」

「넌 몰라. 그건 내가 놓은 거야.」

후터분한 바람 한줄기가 정민의 이마를 가르고 갔다. 8월 땡볕처
럼 마늘은 야물었다. 정민은 잘 벗겨지지 않는 마늘 껍질을 까느라
고 고개를 들지 않았다. 순자가 어린애처럼 쩝쩝거리며 팥빙수를 먹
는 소리만 들렸다.

「이게 바람에 좀 말라야 술술 벗겨지는데, 지금은 땅속 기운이 촉
촉이 배어서 속껍질은 잘 안 벗겨져. 이리 내놔라. 내가 까마.」

「과도 하나 더 가져와. 얼른 까버리게. 해달라려거든 깐 마늘을 사
다 주든지.」

심심하면 가끔 바람이 불었다 가고 한동안 매미가 지치도록 울었
다. 담 넘어 주택가에서 맹렬하게 울어 대는 아기 울음소리도 가끔
넘어오고 신경질적인 자동차 경적 소리도 넘어왔지만, 공양간 뒤란
은 액자에 박힌 풍경화처럼 고요하게 느껴졌다.

정민은 휴가 기간 내내 이 공양간 뒤란에서 보낸 것 같은 생각이 들었다. 이 긴 휴가가 끝나면 염천 하늘을 싹 식혀 줄 소나기가, 잡념 처럼 쩍쩍 들러붙는 더위를 한 방에 싹 몰아갈 시원스러운 비가 왔 으면 좋겠다는 생각을 했다.

12

그녀가 휴가를 갔는지 통 연락이 되지 않았다. 스튜디오 전화는 종일 받질 않고, 휴대 전화는 아예 꺼져 있었다. 이럴 줄 알았으면 진작에 스튜디오를 알아 두는 건데 그랬다. 가끔 이런 경우를 겪지만, 그저 전화로 모든 일들을 해결하다 보니 막상 상대가 어디에 사는지도 모르고 또 때로는 집 주소도 몰라서 당황할 때가 있다. 그러면 그제야 민망한 목소리로 택배 보낼 물건이 있는데 집 주소 좀 알려 달라고 말하기도 한다. 특히 몇 년 동안 속을 내보이며 다 안다고 자부하는 사이에서 이런 일은 참 민망하기 그지없는 일이다. 상대에 대해 안다고 해놓고는 그와 가장 가깝게 연결된 가족에 대해서 아무 것도 아는 게 없기 십상이다. 그것도 누군가 그 상대와 잘 아는 사이니 그 형제나 부모가 어떤 상황이냐고 물어 올 때, 그땐 쥐구멍을 찾고 싶어진다.

한섭은 정민의 주변에 대해 아는 게 없다는 걸 문득 깨달았다. 하

긴 아내 은수를 만날 때는 어느 정도 집안끼리 풍문으로든 간접적인
연결 고리를 통해서든 알고 있다고 생각하긴 했다. 하지만 진정 알
고 있는 것이 무엇이었는지, 본인조차 모르고 있던 일이 얼마나 많은
지, 안다는 것에 회의를 해왔던 터라 굳이 정민의 주변에 대해 시시
콜콜 묻지 않았었다. 그래도 그녀의 스튜디오가 일산 쪽이라는 말만
들었을 뿐 정작 어디에 있는지도 몰랐다니. 한섭은 그녀가 주었던
명함을 찾아보았지만 거기에도 전화번호와 이메일 주소만 적혀 있
을 뿐이었다. 허공에 지은 집 주소 이메일로 어찌 그녀의 행방을 찾
을 수 있단 말인가.

　그녀를 처음 보는 순간 한섭은 알았다. 이 여자와 오래도록 연결
되고 싶은 생각이 꾸물거리는 걸. 이유를 설명할 수 없지만 낯선 사
람을 만났을 때 한눈에 또르르 꿰어지는 게 있는 사람이 있다. 그런
가 하면 몇 년을 만나도 도통 그 속을 짐작할 수 없는 사람도 있다.
한섭은 정민을 보는 순간 그녀의 상처까지 한눈에 다 꿰어 낼 수 있
었다. 한 번도 만난 적이 없는데 정민과 인생의 어느 한 부분을 공유
하고 있다는 느낌이었다.

　그런 그녀가 증발해 버린 것이다. 실체도 알 수 없는 전파선 하나
만으로 달랑달랑 유지되어 온 것이 그녀와의 관계였다는 사실에 한
섭은 등이 서늘해졌다. 너무도 허술한 고리에 자신의 전부를 부릴
생각을 했다는 아찔함이었다. 그녀의 증발, 그녀의 부재가 참 허망하
게 느껴졌다. 허망함은 소유로 그 깊은 허방을 채우고 싶다는 강렬
한 욕망을 불러일으켰다.

　한섭은 매일 전화를 했다. 정민의 전화기는 아무도 들어 주지 않

은 채 계속 울기만 했다. 휴대 전화에서는 규격화된 성우만이 응답했다. 한섭과 정민과의 연결된 전원은 그렇게 내려졌다.

며칠째 끊어진 고리 때문에 전전긍긍하다가 한섭이 전화번호부를 생각해 낸 것은 일요일이었다. 딸과 함께 할아버지 집에 갔다가 거실 탁자에 놓인 전화번호부를 보고서였다. '스튜디오사람들'은 그렇게 고전적인 방식으로 두터운 책 속에 숨겨 있었다. 한섭은 딸을 할아버지 댁에 두고 그대로 일산으로 달렸다. 지도 한 장 달랑 들고 겨우 방향만 잡았는데, 아파트 단지가 아닌 그곳은 그야말로 백사장에서 바늘찾기였다. 도내동 일대를 몇 바퀴씩 돌고 겨우 생각해 낸 것이 부동산이었다. 한섭은 자신이 학교일 말고는 이 사회에 적응하는 것에 형편없이 느리다는 걸 새삼 깨달았다. 몇 시간 헤매고 다니긴 여름 해도 기울어질 무렵에야 정민의 스튜디오를 찾아냈다. 스튜디오는 홍도초등학교에서도 한참 더 들어간 비교적 외진 2층 양옥집이었다. 간판도 작은 직사각형 안에 흘려 쓴 글씨체로 조용하게 달아 놓았다. 집은 좀 낡아 보였다. 한섭은 대문간에 달려 있는 스튜디오 간판을 손으로 쓸어 보았다. 햇살을 받아 따끈한 온기가 아직 남아 있었다. 그 온기에 한섭은 공연히 마음이 편안해졌다. 그러나 스튜디오는 등불 하나 없이 어두워지는 여름 저녁 속에 잠기어 가는 중이었다. 한섭은 대문 한쪽에 있는 벨을 눌렀다. 느닷없이 컹컹 개 짖는 소리가 들렸다. 한섭은 그 소리에 깊은 안도의 숨을 쉬었다. 간판도 달려 있고 개도 살고 있는 집을 두고 그녀가 증발했을 린 없었다. 사실 아무런 예고도 없이 정민이 장기 여행을 떠났을까 봐 두려웠던 것이다. 몇 년이고 카메라 하나 달랑 들고 오지를 떠도는 어느 사진가 이야기를 얼마 전에 텔레비전에서 보았다.

이 시점에서 그녀가 사라진다는 것은 문이 닫힌다는 의미였다. 그 문은 새로운 삶으로 연결된 통로였다. 한번 닫힌 문을 열기란 얼마나 힘든 일인지 한섭은 알았다. 문을 열려고 손잡이에 손을 대면 엎디어 있던 상처가 죽는다고 소리를 질러 댔다. 마치 저승을 지키고 선 플루토처럼 아주 예민한 코를 가진 그 상처는 어디로 향한 문이든 열리는 걸 원치 않았다. 굳게 닫혀서 녹이 슬고 딱지 진 채로 살아야만 조용한 놈이었다. 그런 놈을 잠재우고 이제 겨우 빙긋이 문을 열어 두었던 것이다. 그녀는 열린 문 너머에 있다. 그런 그녀를 바라볼 수만 있어도 행복할 것 같았다. 그런데 이제 그녀를 이 문 안으로 들이고 싶어진 것이다. 그녀가 눈앞에서 사라졌다고 생각한 순간 한섭의 마음은 급해졌다. 그녀는 언제고 그곳을 떠날 수 있는 사람이었다는 걸 이제야 알아챈 것처럼 조급증이 일었다.

닫힌 스튜디오 문 앞에서 한섭은 서성거렸다. 한 번만 더 벨을 누르면, 한 번만 더 개가 컹컹 짖으면 어두운 문을 열고 안에서 정민이 나올 것만 같았다.

생각해 보면 무언가를 간절히 기다려 본 적이 없는 것 같았다. 아내가 지독하게 방황할 때 아주 잠깐을 제외하고는 큰 너울 없는 감정으로 살아온 듯싶었다. 이 나이 되도록 감정의 어두운 골을 헤매지 않았으랴만, 사람을 간절하게 그리워한 기억이 없었다. 아주 잠깐씩 사랑에 빠지긴 했지만 누군가를 사랑하든 헤어지든 그 여운이 오래도록 남지는 않았었다. 좋아할 만해서 좋아했다가 헤어질 만해서 헤어졌다. 누군가와는 단 하룻밤을 뜨겁게 지내고도 아무런 감정 없이 거리에서 껌을 씹으며 만나기도 했었다.

당신 등은 참 건조해요.

언젠가 아내가 취한 눈으로 그렇게 말했었다.

누군가 당신을 향해 몽둥이를 들고 달려오면 당신은 빙그레 웃으며 그 사람을 바라보다가 적당한 거리에서 방향을 틀어 무심한 얼굴로 돌아갈 사람이에요. 어떤 여자는 자기 남편 등에서 늘 쓸쓸한 바람이 불어서 불안하다는데, 난 당신의 그 건조하고 메마른 등이 불안해요. 사막의 모래처럼 사람에 대해 아무런 집착도 없어 보여서요. 큰 산을 이루고 있다가 바람이 불면 아무렇지도 않게 흩어져 버릴 것 같거든요.

이웃들이 아내의 방황에 무던하고 점잖게 대한다고 칭찬을 해댈 때 아내는 한섭에게 그렇게 얘기했다. 아내인 은수가 방황의 늪에서 헤어나지 못한 것은 어쩌면 한섭 때문인지도 모른다. 한섭은 아내의 말이 맞을지도 모른다고 생각했다. 아내 말처럼 웃고 있는 밀랍 인형이었는지도 모른다. 아내에 대해 많은 것들이 이해되었고 이해된 대로 행동했는데, 지금 생각해 보면 이해와 감정은 상당 부분 별개이며, 따라서 행동도 이해된 대로 취해지는 게 아닐 터였다. 아내란 A와 B와 C와 D란 요소로 이루어졌고, 이 중에서 B란 요소에 문제가 생기면 ZZZ란 이상 현상이 생기므로 이때 남편은 UUU란 그릇으로 응수하면 만사 오케이다. 부부학 개론에 나온 이론대로 행동하면 만사 오케이라고 생각했었다. 그리고 실제로 그는 그 공식대로 아무런 동요 없이 실행을 했다. 그런데 아내는 점점 더 늪으로 들어가 버린 것이다. 이때 나타난 현상은 공식을 잘못 개발한 부부학 개론의 저자 탓인지, 그렇게 믿고 행동한 한섭 탓인지, 혹은 공식에 따라 주지 않고 막무가내로 버틴 아내 은수 탓인지 분명 어딘가에 문제가 있을 거라 생각한 적도 있었다. 물론 사람 일이란 것이 공식대로 된다고 믿는 바보는 아니었다. 하지만 최소한 어느 선까지는 넘지 않을 줄 알았다. 그럼에도 모든 것은 엉망이 되어 버렸다.

아내와 헤어지기 전까지 한섭은 한 번도 자신이 감정적인 미숙아라 생각해 본 적이 없었다. 사랑도 해보고 슬퍼도 해보고 미움과 분노, 모든 것들이 남들과 똑같았다. 그런데 아내는 그렇지 않다고 했었다. 어쩌면 아내 말이 맞을지 모른다. 한 사람의 일시적인 부재가 세상이 온통 허방 같다는 생각에 빠지게 만들고, 불 꺼진 집이라도 껴안고 '있어 줘서 고맙다'고 말하고 싶게 만든 적이 없었던 것이다.

아마 정민은 야외 촬영을 간 모양이었다. 한섭은 불 꺼진 집을 다시 한 번 올려다보고 돌아섰다. 그가 막 자신의 승용차로 걸어가는데 길 저 끝에서 자동차 불빛이 올라오고 있었다. 분명 지프였다. 한섭의 가슴은 정신없이 두근거리기 시작했다. 그는 그 자동차 불빛이 다가와 설 때까지 숨을 멈춘 채 가만 지켜보았다. 차는 좁은 길가 한쪽에 섰다. 차가 가르랑거리던 숨을 멈추고 이어 차 문이 열렸다. 정민이었다. 한섭은 뛰듯이 걸어가서 정민의 손을 잡았다. 정민이 놀라며 한섭을 올려다보았다. 놀란 그녀의 눈은 무슨 일이 일어났는지 얼른 파악이 안 되는 모양이었다. 하지만 한섭에게 그건 중요한 일이 아니었다. 그는 정민을 끌어안았다. 정민이 그의 품속에서 빠져나오려고 몸부림쳤다. 그러나 한섭은 정민을 더욱 세게 끌어안았다. 정민의 가슴에 한섭의 심장이 얼마나 빠르게 뛰고 있는지 전해졌다.

한섭의 심장은 미친 듯이 쿵쾅거렸다.

「이렇게 있어 줘서 고마워요. 이렇게 내 눈앞에 돌아와서 고마워요. 고마워요.」

아까부터 개가 컹컹 짖어 댔다. 그러나 심장은 점점 더 쿵쿵거렸으므로 한섭은 개가 얼마나 크게 짖는지 알아차리지 못했다.

「무슨 일인지 말이나 해줄래요? 그리고 나 좀 놔줘요. 김치가 다 샜잖아요.」

한섭은 그제야 개가 미친 듯이 짖어 대고 있다는 걸 알았다. 목에 맨 쇠줄이 철렁거리는 소리도 요란했다.

마루는 삐걱거렸고, 소파는 마치 이사 갈 집처럼 한쪽에 치워져 있었다. 사진이 많이 걸려 있을 거라 생각했는데 응접실로 쓰는 듯한 마루엔 몇 개의 사진만 걸려 있었다.

「덕지덕지 걸어 놓았다가 어느 날 몽땅 뜯어 버리거든요. 주기적으로 그래요. 미안하지만 소파를 이쪽으로 놓아 주실래요? 이젠 자리를 찾아야죠.」

한섭은 정민이 내준 욕실 가운을 입고 있었다. 정민이 손에 무엇을 들었는지도 알 수 없었고, 설령 알았다 해도 똑같이 했을 터였다. 한섭의 바지와 정민의 바지엔 김치 국물 범벅이었다.

「가끔 김치를 사다 먹어요. 게으른 여잔 어쩔 수 없거든요.」

마당 수돗가에서 김치 국물을 씻어 내던 정민이, 먼저 샤워를 하고 나온 한섭을 보고 웃었다. 정사를 벌이고 난 남자가 연상되었다. 영화에서처럼.

「이 정도 스튜디오를 갖자면 꽤 힘들었겠네요. 유학 갔다 와서 처음 차린 건가요?」

「글쎄요. 전 부르주아가 아니라서……. 다른 작가 사무실에서 어시스턴트로 있었어요. 처음엔 호기롭게 포트폴리오 들고 이 잡지사 저 잡시사 돌아다니고 연예 에이전시 돌아다니고…… 성질이 못돼서 그런 식으로 발품 팔면서는 일하기가 쉽지 않더라고요. 당장 먹을 것도 해결해야 했고요. 어시스턴트로 있으면서 벗은 여자 찍어 주면서 살았어요.」

「연예인들은 에이전시가 있는데 사진 쪽은 에이전시가 없어요? 그런 곳을 통하면 좀 수월할 텐데요.」

「글쎄요. 저도 처음 한국에서 일을 시작할 때 그런 생각을 했지요. 혼자 발품 팔아서 수주해 오고 값 흥정하고 클라이언트 만나서 조정하고 하는 과정들이 힘들더라고요. 그거 못해서 결국 어시스턴트로 몇 년 있었지만요. 하지만 금세 알았어요. 우리 시스템상 그게 정착되기가 힘들더라고요. 가장 중요한 건 시장이 너무 작아요. 그 외 문제도 많지만요.」

정민은 세탁기에서 꺼내 온 한섭의 바지를 널고 에어컨을 켜고 선풍기까지 틀어 놓았다. 그리고 바지를 향해 바람 방향을 조절해 놓았다.

「아, 참 바지 시원하겠다.」

정민도 한섭도 어쩐지 문 앞에서 벌어졌던 일에 대해 애써 잊은 듯 행동했다. 마치 예정된 방문객과 주인처럼 행동했다. 정민은 바지를 널고 한섭에게 무얼 마실 거냐고 물었다.

「위스키도 돼요?」

「위험한 손님에겐 금주를 권합니다. 저희 스튜디오의 규칙이지요. 워낙 고가의 장비들이 많거든요.」

「혹시 고가의 장비 중에 주인장도 포함되나요?」

「글쎄요. 절 그렇게 타락시켜 본 적이 없어서요.」

정민은 얼음을 넣은 주스를 가져왔다.

「위험한 손님을 위한 메뉴군요.」

「아주 위험한 손님에겐 냉수를 드려요.」

「사실 일주일 내내 전화를 했는데 스튜디오고 휴대 전화고 통화가 안 되더라고요. 마침 텔레비전에서 밀림 속을 떠돌며 몇 년 동안 사진을 찍는 사진가 이야기도 나오고요. 전 정민 씨가 그 사진가 처럼 어딘가로 정처 없이 떠난 게 아닌가 불안했어요.」

정민은 그제야 생각난 듯이 전화 코드를 꽂아 놓고, 휴대 전화 배터리도 끼웠다.

「가끔 이래요?」

「아뇨. 휴가 기간에만요.」

「아, 휴가요. 혼자 휴가를 보냈어요?」

「아뇨. 복순이하고 둘이서요. 그런데 여긴 어떻게 찾으셨어요?」

「전화번호부요. 이 집을 찾고 스튜디오 간판을 확인하는데 개가 짖잖아요. 아, 어디로 멀리 떠난 건 아니구나 하고 안도감이 느껴 지면서 불 꺼진 이 집을 껴안고 싶었어요. 솔직히 이 나이 되도록 이렇게 애타게 누군가를 기다린 적이 없었어요. 남들이 이십 대 때 겪었을 이런 감정을 이제야 겪다니……. 밤새 담배만 죽이고 눈만 퀭하고 꺼칠한 모습인 녀석들을 이해할 수 없었거든요.」

「더 이상 다가오지 마세요. 솔직히 이런 감정들이 불편하고 거북
살스러워요. 지난번에도 얘기했지만 키가 고장난 채로 바다 위를
항해하는 배처럼 되긴 싫어요. 모든 게 명확하게 계산되고 조절되
어지지 않는 것은 불편해요.」

정민은 일어서서 한섭의 바지를 뒤집어 놓았다. 어떻게든 빨리 말
려서 한섭을 내보내고 싶은 태도였다. 그런 정민의 뒷모습을 한섭은
마음 한구석이 휑하니 비어 있는 느낌으로 바라보았다. 생각해 보면
정민처럼 똑 부러지게 사랑 타령 같은 복잡 미묘한 감정은 싫다고
말하지 않았지만, 자신이야말로 사랑의 복잡 미묘한 터널을 한 번도
헤매어 보지 않고 여기까지 왔다는 생각이 들었다.

한섭은 주스 잔 속에 떠 있는 얼음을 빨대로 꾹 눌렀다. 그러나 이
내 빨대가 미끄러지며 얼음은 다시 주스 위로 떠올랐다. 밀어 넣었
다 싶으면 다시 떠오르고, 밀어 넣었다 싶으면 또다시 떠오르는 장
난을 몇 번이고 했다.

「정민 씨의 사진이 있는 수필에서 이빨 뽑는 사진 있지요. 제목이
거리(distance)였던 거요. 갑자기 그 사진이 생각나네요.」

이빨을 뽑는 아이와 그 주변 사람들을 찍은 사진이었다. 이빨에
실을 매단 채 울고 있는 아이를 전면에 크게 끌어당겨 놓고 뒤에서
사람들이 소파에 앉은 채 웃거나 박수를 치고 있는 사진이었다. 그
것은 아버지 영우를 생각하며 제목을 정하고 글을 썼던 사진이었다.
연습 없는 인생에서 관객과 주인공의 관계를 말하고 싶었던 것이다.

「우리 아버진 평생 이름 없는 연극인으로 살다 가셨거든요. 그리
고 우리 엄마 김순자 여사가 식당을 하면서 아버지 뒷바라지에 연

극인들 뒷바라지까지 했고요. 그런데 내가 어렸을 적에 이가 흔들리자 아버지는 내 이에 실을 걸어 가게 문에 묶어 놓았어요. 그때 밥을 먹으러 온 연극쟁이들은 미친 듯이 박수를 치거나 나를 칭찬하거나 아무튼 굉장히 왁자지껄, 마치 잔치판 같았어요. 그때 그 사람들이 보내던 박수가 얼마나 야속했게요.」

「그래서 제목이 거리였군요. 그런데 당신 사진집에는 풍경 사진이 거의 없었던 것 같아요.」

「시선 혹은 주관의 문제죠. 어차피 그림도 그렇고 사진이란 것이 지극히 외형적인 작업이지만 내면의 깊이를 나타낼 수 있어야 한다고 생각하거든요. 그런데 난 그 깊이란 것이 순수 자연만의 풍경에서는 잘 잡히지 않아요. 아마 도시 속에서 자라서 그런가 봐요. 가끔 저도 풍경 사진을 찍기는 해요. 하지만 그건 풍경만을 위한 것이 아니라, 사람의 흔적이나 체온이 있는 것을 찍게 되지요. 결국 내게 있어서 가장 큰 담론은 사람인 셈이에요. 친구들은 날 안티휴머니스트라고 말하거든요. 내가 생각해도 그래요. 어쩌면 그에 대한 열등감 때문에 더 사람을 찾는지도 모르지요. 하지만 일정한 거리 밖에 있는 사람들은 좋아요. 지나치게 밀착되어 질척거리지 않는 한 말이지요.」

「그건 모르긴 몰라도 상처 때문일 겁니다. 그 각인된 기억이 거리를 좁히지 못하게…….」

「상처받지 않고 사는 사람이 어디 있겠어요. 성향이 그렇기 때문이겠지요. 우리 엄마 말처럼 쌀쌀맞고 냉정하고 등등.」

한섭은 그렇지 않다고 말했지만 정민은 자신의 성격에 대해서 확고한 결론을 내렸다. 시간은 아주 빨리 지나갔다. 에어컨과 선풍기를 동시에 틀어 놓고 말리는 바지에서 수분이 증발되듯이 그렇게 빨리 지나가 버렸다. 문득 나이를 먹는다는 것이 이런 일이 아닐까 생각했다. 누구 하나 올곧게 사랑해 보지 못했는데 나이 마흔이 훌쩍 지나 버렸다. 지나고 보면 모든 것이 순간이 되고 마는 시간의 마술은 쓸쓸했다.

정민은 뒤집어 말린 바지를 다시 뒤집으며 웃었다. 그녀는 그렇게 바지가 빨리 마른 게 신기한 모양이었다.

「허리 말기까지 완벽하게 말랐네요. 다림질은 나중에 하세요. 전 바지는 못 다리거든요. 주름을 몇 개씩 만들어 내서요.」

「이렇게 빨래를 빨리 말리는 법은 어디서 배웠어요? 난 아주 느긋하게 이곳에서 밤까지 지새우고 갈 생각으로 행복했는데요.」

「가끔 차 마시러 오세요.」

「여전히 위스키는 안 되고요?」

정민은 소리 없이 웃기만 했다. 그녀는 한섭에게 옷을 편안히 입으라며 주스 잔을 들고 나갔다. 그러는 정민의 등에 대고 한섭이 소리쳤다.

「난 내가 스무 살이었으면 좋겠어요. 그러면 벗었던 바지를 이렇게 얌전히 입진 않았을 거예요.」

정민은 주스 잔처럼 아무 대꾸도 없었다.

보송보송하게 마른 바지를 다리에 꿰는데 한섭은 헛웃음이 나왔다. 정민을 사랑한다고, 미치도록 그립다고 생각했는데 한 번도 그녀와 섹스하는 상상을 해보지 않았던 것이다. 여자를 끌어안고 그녀의 젖무덤 사이에서 살내를 맡으며, 당겨진 활처럼 팽팽한 순간에 뜨겁게 용틀임하는 여자 깊숙한 곳을 향해 시위를 당기는 쾌감을 상상하지 않고, 한 여자를 사랑한다고 말할 수 있었던 자신이 마흔 넘은 남자로서 정상적인가 우스웠다. 그러나 늘 공식적인 선 밖에서만 맴도는 여자를 사랑하는 일이란 소년의 풋사랑보다 더 순수한 일이었다. 고등학교 때 수음을 하면서 학교 여선생을 짝사랑했던 때도 이보다 더 순수하진 않았을 것이다. 아마 다른 누군가가 이런 감정에 빠졌다고 하면 코웃음을 치며 믿지 않았을 말이었다.

한섭은 자신이 벗어 놓은 욕실 가운을 집어 드는 정민을 느닷없이 맹렬하게 안고 싶다는 욕망이 솟아올랐다. 한섭은 구부린 정민의 등을 껴안았다. 갑작스러운 포옹에 정민은 짧은 비명을 질렀다. 한섭은 그런 그녀를 돌려세워 입술을 포갰다. 정민은 한섭의 공격적인 입맞춤을 피하려 허리를 뒤로 젖히다가 그만 소파 위로 넘어지고 말았다. 한섭은 그런 정민의 위에 같이 넘어진 채 그녀의 벌어진 입술 사이로 혀를 내밀었다. 향긋한 오렌지 향이 맴돌았다. 그는 한 손으로 정민의 얇은 티셔츠를 걷어 올렸다. 그러다 그는 미친 듯한 동작을 멈추었다. 이미 정민의 거센 반항의 몸짓이 그쳐 있다는 걸 알아채는 순간 묘한 감정이 북받쳐 올랐다. 동시에 정상적인 남자의 자존심처럼 팽팽하게 발기되었던 페니스가 움츠러들었다. 한섭은 정민에게서 떨어졌다.

도내동 일대를 몇 바퀴 헤매다가 겨우 국도로 진입하고 나서야 한섭은 화가 났다. 도대체 무슨 짓을 했단 말인가. 그건 순간이었다. 자신도 알 수 없는 곳에 숨어 있던 욕망의 등허리를 후려친 것이 무엇일까. 서른 넘도록 혼자인, 이 시대에 분명 숫처녀는 아닐 여자와 이혼한 경력이 있는 남자가, 그것도 여자의 욕실 가운을 입고 있던 남자가 작은 공간에서 마주하고 앉아 할 일이란 통념, 그 통념을 넘어서지 못하고 있다는 조잡한 열패감.

한섭은 커피포트에 커피를 끓였다. 서재 가득 커피 향이 퍼져 나갔다. 아내가 끓여 대던 커피처럼 색기가 잔뜩 묻은 커피 향이 밤늦도록 한섭의 주변을 맴돌았다.

한섭은 컴퓨터를 켰다. 어떤 변명도 통하지 않을 줄 알면서 그는 편지를 썼다. 장문의 편지였다. 그동안 자신이 정민에게 느꼈던 담박하고도 순수했던 감정과, 자신도 모르게 그것이 사랑이 되어 버린 일과, 이런 모든 일들이 처음이라는 것과, 정민의 스튜디오에서 벌인 자신의 일들을 아무런 감정도 섞지 않은 채 보고서처럼 써 내려갔다.

그 뒤로도 한섭은 답장도 없는 메일을 매일 보냈다. 처음의 긴 메일에 이어 일기 쓰듯이 자신의 하루 일과와 약간의 감정적 동요 등을 써보냈다. 하루에 몇 번씩 메일을 체크해도 그녀에게선 긴 침묵만 있을 뿐이었다. 그럴 때마다 발작처럼 그녀의 스튜디오로 찾아가고 싶은 생각이 들었지만 한섭은 속에서 용틀임 치는 자신의 감정을 눌렀다.

누굴 사랑한다는 일은 매일 가슴 한쪽이 무너져 내리는 일이었다. 도로 공사로 깎인 산의 경사면처럼 하루에도 몇 차례씩 우르릉우르릉 무너져 내렸다. 정민을 생각하면 외로움이 쓰린 담즙처럼 가슴속을 훑고 지나갔다. 그래도 냉큼 달려가서 널 보고 싶었다고 말할 수가 없었다. 하루에도 열두 번 정민의 스튜디오로 달려가는 건 쓰린 마음뿐이었다.

죽을힘을 다해 자신과 정민의 관계를 조율하는 거라 생각하지만, 냉랭한 여자 앞에서 사랑한다고 말하기가 두려운 것도 사실이었다.

한섭은 아침 일찍, 그리고 저녁에 학교 캠퍼스를 산책하는 버릇이 생겼다. 아침마다 테니스를 하고 어쩌다 골프를 치기도 하지만 그것만으로는 부족했다. 쓰린 마음이 먼저 내달려 가 빨리 오라며 속살거리는 유혹을 견디기 위한 것이었다. 한 번도 답장은 오지 않았고 전화도 오지 않았다. 한섭은 그녀가 답장을 보낼 때까지 진득하게 기다리기로 마음먹었음에도 자신의 다짐이 참으로 멍청한 것만 같아서 또 유혹을 받았다.

「아빠, 어디 편찮으세요? 만날 밥도 잘 안 먹고 왜 바보같이 내가 말을 해도 못 알아들어요.」

딸애는 본능적으로 아버지가 마지막 보루라는 걸 알고 있다. 가끔 그런 낌새를 느낄 때 한섭은 아내에 대한 원망이 사무쳤다. 딸 준희는 한섭의 표정이나 태도에 대해 굉장히 예민했다. 때로는 너무 어른스러워서 깜짝 놀랄 때도 많다. '사는 게 다 그렇지요. 누군 잘못 안 하고 살아요?' 준희가 학교 친구들 이야기를 하다가 이런 말을 했을 때 한섭은 등에 한기를 느꼈었다. 정말 가슴 깊이 얼마큼 사람을 이해하는지 모르지만 아무렇지 않게 준희가 그 말을 했을 때, 한섭은 그 말속에서 제 엄마에 대한 상처를 보았었다.

「아빠가 요즘 신경을 많이 쓰고 있는 일이 있거든. 학교일인데 생각대로 잘 안 풀려서 그래.」

아니라고, 괜찮다고 얼버무리는 것은 준희를 몰랐을 때나 하던 변명이었다. 한섭은 되도록이면 모든 것을 털어놓고 이야기하면서 준희를 안심시키거나 설득하려고 노력했다. 하지만 자신이 한 여자에게 너무 깊게, 처음으로 사랑다운 사랑에 빠졌다고 말할 수는 없었다. 대신 이다음에 준희가 사랑에 빠진다면 그때는 그 사랑을 진정으로 이해해 줄 수 있을 것 같았다.

「아빠, 저랑 노래방 갈래요? 일이 안 풀리고 어디다 하소연할 수 없을 때 악을 쓰면서 노래해 보세요. 가슴이 뻥 뚫려요.」

한섭은 또 한 번 가슴이 뜨끔했다. 가슴이 뻥 뚫리는 맛을 느낄 수 있을 만큼 답답함을 경험했다는 이야기지 않은가. 도대체 여덟 살짜리 아이가 할 소린가.

한섭은 준희를 번쩍 들어서 안았다. 그러면서 그럴 정도는 아니라고, 정말 그러고 싶을 땐 준희에게 노래방에 가자고 하겠노라며 껄껄 웃었다.

노래방 대신 한섭이 택한 것은 전화였다. 그러나 정민의 전화기는 꺼져 있었다. 스튜디오는 전활 받지 않았다. 갑자기 얼마 전 상태로 돌아갔다는 걸 알았다. 이번엔 정말로 밀림으로 떠났단 말인가. 한섭은 맥이 풀렸다. 지난번 스튜디오에서 자신이 한 일이 머리를 찧고 싶을 만큼 후회되었다. 분명 그 일 때문에 정민이 훌쩍 떠났을 거란 생각이 들었다.

단번에 찾을 수 있을 거라 생각했는데 스튜디오는 쉽게 나타나지 않았다. 결국 또 몇 바퀴 헤매고 정민의 스튜디오에 도착했다. 철대문은 칠이 약간 벗겨진 채로 굳게 닫혀 있었다. 벨을 눌렀지만 아무런 반응도 없었다. 개도 짖지 않았다. 한섭은 무릎에 힘이 풀렸다.

개도 짖지 않는 절망스러운 침묵의 의미는 한섭의 속에 그득했던 걱정이 눈앞의 현실로 다가왔음을 뜻하는 것이리라. 한섭은 대문을 흔들어 보았다. 고집스럽게 닫힌 문 너머는 조용했다. 한섭은 정민의 휴대 전화 번호를 눌렀다. 여전히 전화기는 꺼져 있었다.

9월 늦여름 오후 해가 한섭의 머리를 끓게 했다. 이제 무엇을 해야 할지 망연자실했다. 그녀는 또다시 감쪽같이 증발해 버린 것이다. 지난번과는 또 다른 증발이다.

한섭이 또 한 번 대문을 흔들어 대는데 어디선가 개 짖는 소리가 들렸다. 한섭은 귀를 쫑긋 세웠다. 그러나 정민의 스튜디오에서 들리는 소리는 아니었다. 개란 어느 집에나 있는 법이다.

「누구 찾아왔우?」

짧은 커트 머리를 한 할머니가 사선으로 조금 비켜선 건너편 집 대문에서 고개를 내밀고 있었다. 그 할머니 가랑이 사이로 개 두 마리가 고개를 내밀고 컹컹 짖었다.

「혹시 그 개가 복순이라는…….」

「맞아요. 몇 달만 맡아 달라기에 데려다 놨지.」

「몇 달요? 그럼 여긴 아무도 없어요?」

「왜요, 가끔 새로 온 총각이 들락거리기는 하더구먼.」

「집을 판다거나 그런 건 아니지요?」

「낸들 알 수 있나. 나야 복순이 몇 달 맡는 일밖엔 모르지.」

그녀는 떠난 게 분명했다. 그녀는 떠난 것이다.

한섭은 차에 앉아서 오래도록 시동을 걸지 못했다.

13

윤재는 풍선에 바람을 넣었다. 풍선은 윤재의 손에서 금방 강아지로 변했다. 또다시 윤재는 바람을 넣은 풍선을 토끼로 탄생시켰다. 풍선 왕관을 쓴 아이들은 환성을 질렀다. 착 차르르 착 차르르, 탬버린에 맞춰 생일 축하 노래를 불렀다. 풍선처럼 부른 배를 뒤뚱거리며 현주가 찰칵 사진을 찍었다. 아이들은 카메라 앵글에 다 들어가도록 한쪽으로 쏠려 뭉쳤다가 웃음처럼 흩어지며 제자리로 가 앉았다. 그 아이들 테이블을 돌아가면서 현주가 몇 번 더 셔터를 눌렀다. 현주는 폴라로이드 카메라는 사양했다. 보관상의 문제가 있어서도 그랬지만 사진을 찾으러 다시 한 번 가게에 들르게 하라는 게 본사의 교육 내용이었다.

마지막으로 본사와 상관없이 현주의 아이디어로 제과점에 주문한 아주 작은 생일 케이크가 촛불이 켜진 채 테이블로 왔다. 초코파이 네 개 정도 크기의 생크림 케이크. 피자를 파는 집에서 생일 케이크는 어쩌면 수입 감소의 원인이 될지 모른다고 윤재는 걱정했다. 하지만 현주는 자기 생각대로 밀고 나가자고 했다. 아주 작은 케이크지만 앙증맞은 데커레이션 때문에 아이들이 무척 좋아했다. 어떤 아이들은 그 케이크 때문에 온다고도 했다.

파티를 해주는 피자집은 이제 문을 연 지 한 달이 좀 지났지만, 주말에 파티를 하려면 미리 예약을 해야 할 정도였다. 현주는 진작에 이 일을 하지 못한 것을 후회하고 또 후회했다. 저녁 무렵이면 돈을 세는 재미가 이렇게 좋은 줄 몰랐다며 희희낙락이었다. 그녀는 저녁마다 자신의 배만큼 벌어진 입으로 연방 웃음을 토해 냈다.

현주의 배는 이미 한계를 넘어선 듯 불룩해져 있었다. 잘 땐 똑바로 눕지 못하고 모로 누워서 씩씩거렸다. 그나마 찜통 같은 더위가 지나고 나니 좀 살 만하다고 하면서도 여전히 반소매 차림으로 땀을 흘렸다. 낼모레가 출산일인데도 현주는 사진을 찍으며 가게를 누볐다. 카운터에서 조는 듯 앉았다가도 파티를 할 단체 손님이 들어오면 생기가 돌았다. 그녀는 자신이 과외를 하면서 다루었던 솜씨로 능수능란하게 아이들을 대했으며, 아이들이 좋아하는 최신 유행 농담이라든지 인터넷 사이트 등을 들먹거리며 친해지려고 노력했다. 그런 것은 매사에 스스럼없는 현주의 성격과도 맞아떨어져서 아이들은 금방 현주를 좋아하게 되었다. 아이들은 친근하게 현주의 배를 가리키며 언제 아이가 나오냐, 아이가 남자냐 여자냐, 아이 이름은 정했냐, 그렇지 않으면 자기네들이 작명을 해주겠다 하면서 좋아라 했다. 때로는 버릇 없는 질문들을 마구 해대기도 했지만 현주는 낯하나 붉히지 않고 농담처럼 다 받아 주었다.

현주를 위해서는 아무래도 업종을 잘 선택한 것 같았다. 이제 그녀는 문화 센터 순례도 그만두었다. 그녀는 벌써부터 아이를 낳고 가게에 나오지 못할 날들을 걱정했다. 어떻게 이 즐거운 가게를 버려두고 산후 조리를 할 수 있을지 고민이었다. 그녀는 벌써부터 아이를 돌볼 사람을 물색해 두겠다고 서둘렀다. 윤재가 몇 달간 가게를 잊으라고 해도 그건 잊을 수 없는 행복이어서 도저히 안 된다는 태도였다.

현주는 아이들 과외에 대해 오래전부터 신물을 냈었다. 자꾸 아이들을 기계적으로 몰아가는 자신 때문에도 더 회의가 온다고 했다. 수학 문제를 풀어도 원리를 차근차근 가르치는 게 아니라 유형별로 요령만 가르치게 되고, 일기쓰기에서도 선생들이 좋아할 문구나 감정들만을 가르친다고 한숨을 쉬었었다. 제도권 밖의 선생들에게 부모들이 요구하는 것은 단 하나였고, 그 하나의 목표를 위해서는 그렇게 될 수밖에 없다는 것이었다. 그런 과외를 단순히 생활을 위해 지속시켜야 했으니 그 고통이 어땠을까 윤재는 짐작이 가고도 남았다.

윤재는 옛날과 달리 아침나절에 가끔 절을 찾아갔다. 오후가 되면서는 바쁘기 시작했고, 주말에는 더욱 바빠졌으므로 예전과는 정반대의 시간에 절을 찾게 되었다. 절은 비록 도심 속에 있었지만 오전에는 또 다른 맛이 있었다. 절 마당 한쪽에 있는 커다란 청동불로 떨어지는 햇살과 처마 밑에 달려 있는 풍경에 드리워지는 바람결도 저녁나절과는 달랐다. 고적하게보다는 나른하게 매달려 있는 풍경도, 아침 정기가 막 사라진 청동 비로자나불 이마도 시간대별로 다른 감정을 지닌 채 그 자리에 있는 게 분명했다.

　새벽 예불과 아침 공양이 끝난 시간인 데다 때로는 이른 점심 공양 준비 시간이어서 순자는 늘 바빴다. 옛날처럼 공양간 뒤 툇마루에 앉거나 순자의 방에 들어가서 이야기할 시간을 여유 있게 가질 수 없었다. 어떤 날은 공양간에 있는 순자와 눈으로 인사만 하고 돌아오는 날도 있었다. 그런 날은 떼글떼글 여문 초가을 햇살이 그득한 절 마당을 슬슬 돌아다니다 오기도 했다. 딱히 탑돌이를 하면서 무얼 빌자는 건 아니어도 탑 주변을 돌면서 땅만 쳐다보게 되기도 했다. 탑을 둘러친 좁은 울타리를 빙빙 돌다가 걸음을 멈추면, 그때야 겨우 들어온 하늘이 기우뚱 기울며 어지럽기도 했다. 수십 바퀴를 도는 동안 윤재는 무념의 상태에 빠지곤 했다. 그저 땅만 보며 도는 일, 파티를 해주는 피자집을 개업한 이후로 윤재가 발견한 또 다른 일이었다.

　윤재는 불자는 아니었다. 그는 어떤 종교도 갖지 못했다. 어떤 것, 절대적인 힘이든 인간사를 초월했다는 스승이든 그런 것들에 순종할 만큼 얌전하거나 수더분하거나 혹은 운명적인 사고를 갖지 못했다. 만년 시간 강사를 하면서 기가 많이 꺾이고 어깨도 축 처졌지만, 그의 속 어느 구석에선가 아직도 칼칼한 자만심이 숨쉬고 있었는지 모른다. 부처님 앞에 절을 하거나 탑을 돌거나 하는 것도 그런 행위에 몰입되는 그 자체를 위해서였지, 부처님을 공경하거나 숭배하거나 기도하는 따위의 행위는 아니었다. 그래도 습관적으로 절을 찾아오는 건 순자 때문이기도 했지만, 어느새 이런 종교적인 행위에 중독이 되었는지도 모른다. 절대자를 숭배하거나 인류 최고의 스승을 존경하기 이전에, 형식으로서의 행위들에 몰입되면서 저절로 종교의 어느 부분에 빠져 들게 되었을 것이다.

　탑돌이도 그런 예였다. 윤재는 어느덧 탑돌이가 좋아졌다. 처음엔 무념무상의 상태로 현기증이 나도록 돌았는데, 어느 결엔가 무언가를 웅얼거리는 자신을 발견한 것이다. 그렇다고 그것이 기도는 아니었다. 아니, 기도였던가.

　「윤재야!」

　무지갯빛 입자들이 너울거리는 사이로 순자의 얼굴이 보였다. 어쩌면 기도를 하고 있지는 않았을 것이다. 윤재는 그제야 자신의 앙다문 입의 근육과 주먹을 슬며시 풀며 순자를 향해 웃어 보였다. 순자는 손차양을 한 채 윤재를 바라보았다.

　「차나 한잔할래?」

　순자는 약과와 떡과 함께 차를 내놓았다. 아마 절에서 무슨 행사가 있었던 모양이었다. 예전에도 순자는 절에 행사가 있어서 맛있는 음식이 생기면 따로 챙겨 놨다가 윤재에게 주곤 했었다.

　「어제 천도재가 있었거든. 어제 왔으면 더 맛있는 것도 주려고 했는데…….」

　「천도재를 지내면 정말 극락으로 갈 수 있을까요?」

　「무슨 고민 있니? 불러도 모르고 탑만 돌더라.」

　「딴생각에 빠져서 그랬죠, 뭐.」

　「왜, 가게도 잘된다면서. 아무래도 넌 장사 쪽으로 운이 닿으려나 보다. 사람이 다 담당할 몫이 있는데 네가 그동안 엉뚱한 일을 하느라고 고생만 했나 봐. 이제 고생 끝이야. 더 늙기 전에 네 일을 만나서 다행이다. 우리 정민이도 봐라. 대학에서 공부한 거하고는 엉뚱한 일로 풀리잖니. 다 제가 진 몫대로 사는 거야.」

「우리 개업식 때 정민이 보고, 그 뒤로 통 안 오지요?」

「그렇지. 한 몇 달 얼굴 못 볼 것 같다고 했으니 그렇겠지. 또 그런 말 하지 않아도 제 기분이 내키지 않으면 몇 년이고 코빼기도 내밀지 않을 년이잖아. 유학 갔을 때도 편지 한 장 없이 지냈는데, 뭘. 그러려니 하니까 서운하지도 않아. 오히려 제 살길 살고, 난 내 살길 살고, 편하지, 뭐.」

순자는 검지손가락으로 방바닥의 미세한 먼지들을 찍어 냈다. 그러느라 숙인 순자의 정수리께가 훤한 게 머리숱이 거의 없었다. 파마도 하지 않고 염색도 하지 않은 머리는 너무 솔직해서 윤재는 씁쓸했다. 작은 체구에도 늘 당당하고 즐거운 표정이었는데, 삶이 얹힌 어깨가 너무 무거워 보였다. 한 줌의 노인으로 앉아 있는 순자를 보면서 윤재는, 정민이 이렇게 혼자 늙지 않았으면 좋겠다는 생각을 했다.

정민은 개업 준비 때 윤재와 나란히 찍은 사진도 한 장만 인화한 눈치였다.

「증표처럼 나눠 갖자고 찍은 건데 너도 한 장 가졌어?」

농담처럼 묻는 윤재의 말에 정민은, 이게 거울 조각이나 한 짝 신발이나 뭐 그런 의미였어? 네 마누라 기절해, 이 사람아, 하며 전화에 대고 낄낄 웃었다.

「언제 우리 가게에 한번 들르세요. 그때 나랑 함께 파마나 하게요.」

「뭐? 너랑 뭐를 해?」

「왜요. 이제 꼰대 생활도 접었겠다. 새로운 이미지를 만들어야지요. 아이들은 나 같은 아저씬 재미없어하거든요. 색색으로 염색도 하고 머리도 기르고 파마도 해서 젊어져야지요. 그래야 내가 만든 풍선들도 좀 더 예술적으로 느껴질 거 아니에요. 요즘 아이들은 그런 것에 민감하거든요. 어머니도 생머리에 숱이 없어서 비 맞은 중 같잖아요. 아무리 이렇게 있어도 여자는 여잔데 멋 좀 부리지 그래요. 머릿속이 훤히 들여다보이게 그게 뭐예요.」

「파마는 무슨 파마. 이제 날이 추워지면 모자나 하나 눌러쓰면 되지. 그런 것도 젊었을 적 얘기지 늙으면 귀찮아져. 언제 저세상 갈지 모르는데 몸치장에 관심이 가겠어.」

한때 순자가 명동 멋쟁이였다는 얘길 들은 적이 있었다. 누구도 상상할 수 없겠지만, 윤재도 마찬가지였다. 윤재에게 순자는 늘 코뿔소에서나 절에서나 마음 씀씀이가 큰 아줌마였다. 하긴 순자의 몸도 이미 자신의 젊었을 적을 기억하지 못하는 듯했다. 그랬기에 늘 잿빛 몸뻬는 그녀의 일부인 양 착 어우러진 모습이다. 잊거나 잊혀질 수 있는 것도 어쩌면 복이리라.

순자 방에서 나와 산문까지 터덜터덜 걸어가면서 윤재는 자신의 나이를 생각했다. 순자의 절반쯤 되는 나이였다. 순자처럼 관성의 삶을 사는 나이의 중간점에 선 것이다. 아니, 삶 전체로 보면 절반도 미처 돌지 않은 나이였다.

가게에는 무슨 일인지 웃음꽃이 만발해 있었다. 아마 현주가 또 재미있는 얘기를 한 게 분명했다. 현주는 전날 남들이 다 본 드라마도 아주 재미있게 다시 엮어 내는 재주가 있었다. 심지어는 그 드라마를 앞서서 꾸며 내는 것도 좋아했다. 또 그녀는 가게에 오는 어린 손님들이나 어쩌다 오는 연인들을 잘 기억해 두었다가, 그들의 행동을 흉내 내어 같이 일하는 사람들을 즐겁게 하기도 했다. 그녀는 그런 재주 때문에 자신이 드라마 작가로서 소질이 있을지 모른다며, 한때는 드라마 작가가 될 듯이 문화 센터를 열심히 들락거린 적도 있었다. 지금 생각해 보면 드라마 작가나 사진이나 노래나 도자기에 소질이 있어서가 아니라 지긋지긋한 과외 선생의 자리를 탈피해 보려는 몸부림이었던 듯싶다. 현주는 가만 앉아서 생각하거나 혹은 무기력해지는 것보다는 일단 부딪치며 해결해 나가는 걸 좋아했다. 그래서 윤재가 새로운 것을 시도하기 위해 장고의 시간을 갖는 것을 못마땅해하기도 했다.

현주는 일단 해보고 아니면 돌아서면 되는 것을 책상 앞에 앉아서 생각에 생각을 거듭한다고 뭐가 되는 게 아니라고 충고하기도 했다. 그러면서 어차피 오차란 바로 부딪치나 오랜 생각 끝이나 똑같이 있기 마련인데, 손톱만큼의 오차를 줄인답시고 턱없이 많은 시간을 생각만 하면서 지낸다는 것은 비경제적이라고 주장했다.

한때 윤재도 앞뒤 재고 뜸 들이는 스타일이 아니었다. 좌충우돌하고 직설적으로 내뱉었다. 정말 그랬다. 세 치 혀는 당차게 매웠고, 다부진 몸은 무슨 일에든 돌격할 준비를 갖추고 있었다. 그런데 요 몇 년 새 윤재는 현주로부터 무기력하거나 굼뜨다는 핀잔을 종종 듣게 되었다. 더구나 현주는 윤재가 처음부터 그런 우유부단한 인물이었다고 했다. 윤재도 마치 아주 어렸을 적부터 그랬던 것 같았다.

「로켓 발사해? 손톱만큼의 오차가 생명을 왔다 갔다 하게 하는 일이 아니면 주저하지 마.」

윤재가 '글쎄'를 연발하며 뭔가 쉽게 결론을 내리지 못할 때마다
현주가 내뱉는 말이었다.

「뭐가 그렇게 재밌는데?」

「아유, 향 냄새. 당신 오니까 향 냄새가 확 풍긴다. 머지않아 생불
되겠어. 그만 좀 다녀. 이제 가게도 잘되는데. 절에 애인 숨겨 놨
어?」

현주는 윤재가 절에 자주 다니는 걸 뭐라 하지 않았었다. 시간 강
사 시절에는 현주가 보기에도 그럴 만하다고 생각한 모양이었다. 그
런데 새로 개업한 뒤로 가끔씩 절에 가는 것에 대해서 벌써 몇 번 바
가지를 긁었다. 법당에 들어가지도 않았는데 향 냄새가 난다거나, 점
점 스님을 닮아 가는 표정으로 어떻게 아이들 파티를 열어 줄 거냐
며 이치에 닿지 않는 소리를 해대곤 했다.

윤재가 들어서자 직원들은 모두 제자리로 돌아가 버렸다. 가게의
모든 일을 실질적으로 책임지고 있는 것이 현주였고, 또 윤재도 그
러길 바랐다. 현주는 윤재보다 돈셈이 빨랐을 뿐만 아니라 사람들과
의 친화력도 좋았다. 윤재는 처음 개업할 때의 일을 제외하곤 풍선
으로 무언가나 만들면서 기둥서방처럼 조용히 지냈다.

「우리 집 애아빠는 시를 쓰거든. 곧 시집도 나올 거야.」

가끔 현주는 직원들에게 허튼소리까지 했다. 그건 종용이었다. 윤
재가 미국에 태권도 코치로 가려던 발걸음을 붙잡던 수법이었다.

윤재는 씁쓸하게 웃고 말았다. 어차피 곧 드러날 일을 미주알고주
알 변명하고 싶지 않았다. 시를 쓸 수 없다는 건 누구보다 현주가 잘
알 터였다. 대학 때 잠시 문학 동아리에서 남의 글에 현란한 비평을

했다고 해서 시를 잘 쓸 수는 없는 노릇이었다. 더구나 그 빛나는 감성이 살아 있던 시절에도 정작 시는 제대로 쓰지 못했잖는가. 그걸 알면서도 이제나마 시를 제대로 써주길 원하다니. 먹고 살 만하니까 장신구나 하나 사보자는 심사가 아니고 무엇이란 말인가. 현주 입장에선 이왕이면 베스트셀러 동화 작가가 된다면 금상첨화일 것이다. 아이들에게 동화책을 보여 주면서 생일인 사람은 작가의 친필 사인까지 해준다며 손님들을 끌 것이다.

그렇다고 현주가 계략적이라고 말할 수는 없다. 다만 그녀는 그렇게 어우러지는 사실이 즐겁고 행복할 뿐인 것이다. 곧 시집이 나올 거라는 말만으로 윤재를 은근히 다그칠 수 있다고 생각하는 것을 봐도 알 수 있는 일이었다. 천성적으로 중상모략에는 어울리지 않는 명랑한 여자다. 어쩌면 그런 모습 때문에 윤재가 어영부영 여기까지 살아왔는지도 모른다.

아침부터 잔뜩 찌푸렸던 하늘이 저녁 무렵에 이르러서야 부슬부슬 비를 뿌리던 날, 윤재는 뜻밖의 전화를 받았다.

「실롄줄 압니다만 잠시 만나 뵈었으면 합니다.」

남자의 목소리는 정중했으나 어딘지 빈 공간에서 울리는 듯한 공명이 느껴졌다. 커다란 토끼 풍선을 쥐고 뛰어다니며 옆 테이블 손님들의 눈살을 찌푸리게 하는 아이를 달래다 받은 전화라 더 어리둥절하니 감이 잡히지 않았다. 도대체 전화를 할 만한 사이가 아니었으며 한 번도 개인적으로 만난 적도 없었다. 지난번 웅비대학에서 우연히 정민을 만나 이야기를 하다가 마주쳐서 잠시 인사를 나눈 것밖에 없었다. 그때 윤재는 일개 만년 시간 강사였고, 그는 그 학교 오너인 이사장이었다. 그러므로 붙잡고 길게 말할 처지가 아니어서 간단한 인사로 끝낸 게 전부였다.

그때 윤재는 정민과 헤어져 돌아서면서 이때가 어쩌면 기횐데, 정민을 가운데 두고 만년 시간 강사 꼬리표를 뗄 수 있지 않을까, 기회가 왔는데 놓친 것은 아닐까, 하는 생각 때문에 우울했던 기억이 있었다. 그때는 시간 강사, 보따리 장사에 지칠 대로 지쳐서 전임 자리만 얻을 수 있다면 시중에 떠도는 소문대로 어떤 대가라도 다 치러 낼 수 있겠다는 생각을 하던 시기였었다. 그러니 학교 오너이면서 이사장인 사람과 친해질 수 있는 기회를 놓쳤다는 것은 바보가 아니면 도저히 할 수 없는 짓거리였던 것이다.

돌이켜 보면 현주라면 명랑하게 그 사람에게 다가가 필요한 것을 얻어 냈을 터였다. 자존심이나 주변 사람들 반응이나 정민의 처지 등등의 것은 부딪친 다음에 생각했을 일이었다. 그러나 남아 있던 알량한 자존심으로 윤재는 무참히 그 기회로부터 등을 돌리고 말았다. 물론 긴 후회가 있었지만 말이다.

이제 어떤 짓거리도 감수할 필요가 없어진 지금 그가 연락을 해왔다. 막연히 정민과 관련된 일일지 모른다는 추측을 하며 약속된 장소로 나갔다.

한섭은 먼저 와 있었다. 비가 오는 저녁이어서 그런지 창호지 미닫이가 참 따스하게 느껴진다는 생각을 하면서 그가 앉아 있는 방으로 들어섰다. 윤재가 들어서자 한섭이 일어서며 손을 내밀었다.

「미안합니다, 불쑥.」

그의 손은 따뜻했다. 요즘 남자들 손은 지나치게 여리고 아름다웠다. 태권도뿐만 아니라 당수까지 했던 윤재의 투박한 손이 잡기엔 근질거리는 손들이 요즘 사내들의 손이었다. 한섭의 손도 마찬가지였다. 윤재는 이런 남자에겐 덥석 정이 가지 않았다. 쓸데없는 일에 신경을 쓴다고 할지 모르지만 어쨌든 윤재는 계집애들 손보다 더 고운 남자들 손을 그다지 좋아하지 않았다.

「이번 학기엔 강의를 나오시지 않으시던데, 어디……?」

의례적인 인사 몇 마디가 끝나고 한섭이 윤재에게 물은 말이었다. 이런 날이 올 줄 알았으면 시간 강사로 좀 더 버텨 볼걸 그랬나 하는 생각이 스치고 지나갔다.

「새로운 일을 시작했습니다. 그게 제 길이 아닌 것 같아서요.」

씁쓸한 생각을 누르며 윤재가 약간 높은 톤으로 대답했다.

「아, 예. 학교란 곳이 좀 고루하고 보수적이지요.」

한섭은 두루뭉술하게 윤재의 말을 받았다.

「우리나라 인력 시장 전반적인 문제이기도 하지만 워낙 유연성이 떨어져서요. 그게 참 저도 적응하기 힘들고 이해하기도 어렵습니다. 그래, 새로운 일은 맘에 듭니까.」

「경제적으로는 시간 강사와 비교할 바가 아니지요만…….」

윤재는 의례적인 인사말로 예의를 갖출 것은 갖추었다고 생각했다. 또 개인적인 일을 말할 만큼의 사이도 아니었으므로 본론으로 들어가고 싶었다. 그것은 한섭도 마찬가지일 터였다.

「한데 무슨 일로.」

「예, 아주 부끄러운 이야기 좀 하고 싶어서요. 김 선생이면 알 것도 같고 해서…….」

음식들이 들어오기 시작했다. 한섭은 자기가 편한 대로 주문했다며 양해를 구해 왔다. 어차피 윤재가 일식집에서 주문할 음식은 알탕이나 점심 시간에 서비스로 나오는 특가의 초밥이 다였다. 그는 정말로 부끄럽다는 것인지, 본 메뉴가 나올 때까지 가벼운 이야기나 하자는 것인지, 자기가 미국에 있을 때 생선회를 먹고 싶어 안달이 났던 이야기를 했다. 할아버지가 워낙 깐깐했고, 아버지도 학비를 대줄 입장이 아니어서 늘 쪼들리면서 살았는데 미국에서 횟값이 장난이 아니었다면서 껄껄 웃었다. 결국 미국에 있는 동안 회는 못 먹고 생선 초밥 두 번 먹은 게 다라면서, 한국에 들어오면 생선회를 실컷 먹자고 생각했는데 그게 잘 안 된다고 했다.

윤재는 별달리 할 말도 없었으므로 한섭의 이야기에 그저 고개만 끄덕이거나 예, 그렇군요, 정말입니까, 대단하군요 등의 말로 장단만 맞춰 주었다.

한섭은 윤재의 잔에 정종을 따라 주었다.

「이미 남들이 다 지나가 버린 개펄을 혼자 걷고 있어요. 지각도 한참 지각인 셈이에요.」

한섭은 흐응 약간 비음을 내며 낮게 웃었다. 그런 한섭에게서 백 미터를 질주해 온 소년의 땀내가 났다.

윤재는 아찔했다. 그것은 잊혀진 냄새였다. '너에게서 저녁 늦도록 농구 골대에 매달려 공을 넣다가 온 사내아이 땀내가 나.' 처음 정민이 윤재에게 마음을 열던 날 한 말이었다. 지금 윤재는 정민의 말을 이해했다. 이제 막 어른이 되어 가는, 주체할 수 없는 몸의 에너지를 풀어낸 사내아이의 달착지근한 땀내. 그런데 윤재는 지금 마흔이 넘은 이 남자에게서 그런 냄새를 맡았다.

윤재는 마음이 산란했다. 깨진 유리 조각에서 빛이 튀어 나가듯 어지러운 상념들이 그의 마음속을 휘저어 놓으며 튀어 다녔다. 윤재는 반쯤 벌어진 나팔꽃처럼 둥그런 술잔의 술을 단숨에 삼켰다. 그러나 그것은 목줄기를 뜨겁게 타고 내리는 위스키가 아니었다. 가끔 윤재는 그 뜨거운 향기를 즐기고 싶을 때가 있었다. 그러나 윤재가 삼킨 것은 정종이었다. 그는 스스로 한 잔을 더 따라 톡 하고 단숨에 목줄기로 넘겼다.

「비가 오지 않는 맑은 날씨에 연일 따뜻한 훈풍이 부는 삶을 살았나 봅니다. 세상이 다 그런 줄 알았으니 한심하지요. 그러다 결국 온통 사막이 될 때까지 그걸 깨닫지 못했으니까요.」

한섭도 이미 자작으로 술을 따르고 마셨다. 윤재는 더 이상 그의 잔에 술을 채워 주지 않았다. 그는 알아서 잔에 술을 채울 것이고, 윤재도 그럴 것이다. 술잔은 마음 한쪽이 비워지는 만큼 비워졌다가 채워질 터였다. 한섭은 분홍빛 생선살 한 점을 입속에 넣고 아주 천천히 오물거렸다. 속에서 일어나는 생각들을 가려 씹고 있는 중이리라. 어쩌면 모래주머니에서 소화액이 나오도록 기다리는 것인지도 모른다. 윤재는 초고추장을 듬뿍 찍은 생선살을 입속으로 가져갔다. 매콤달콤한 초장맛 사이로 고소한 살맛이 배어 나왔다. 방금까지 파닥거리던 삶의 맛이 이리도 고소하다는 건 참 아이러니컬하다고 생각했다.

「말없이 떠난 정민 씨를 기억할 수 있는 사람을 찾았습니다.」

「그게 접니까?」

「언젠가 캠퍼스에서 두 분을 만났을 때 느꼈어요. 많은 기억을 공유하고 있는 사람들이구나 하고.」

「대학 사 년 동안이 전붑니다. 같은 동아리였죠.」

「기억의 양보단 그 깊이랄지 혹은 아직도 남아 있는 흔적의 농도랄지…… 그게 꼭 남녀 간의 사랑이라고 말하고 싶진 않지만, 어쨌든 그랬습니다. 사실 제가 찾을 수 있는 유일한 사람이기도 했고요.」

「그런데, 떠나다니요? 정민이에게 무슨 일이 생겼습니까?」

「가끔 내가 바라볼 수 있는 자리에만 있어도 행복할 것 같았습니다. 더 이상 오지 말라기에 그 자리에서, 볼 수만 있어도 되는 그 자리에서 기다리자 했지요. 그런데 갑자기 시야에서 사라졌습니다. 난 열다섯 살 소년처럼 울고 싶습니다. 부끄러운 이야기지만 사실입니다. 정민 씨는 일부러 떠난 것 같은데, 내 속에 이미 각인된 정민 씨가 있다는 걸 몰랐던 것 같습니다.」

앞으로 몇 달 찾아오지 않을 거라 했다던 순자의 말이 생각났다. 아마 정민은 연락이 닿지 않는 곳으로 떠난 모양이었다. 10년 전에도 정민은 그랬다. 훌쩍 그렇게 떠나 버렸었다. 그때 남겨진 사람의 황망함, 황량한 들판에 홀로 선 듯한 그 마음을 윤재는 이해했다.

그렇더라도 자신을 불러내서 이런 소릴 하다니. 윤재는 한섭을 바라보았다. 그는 정말 소년처럼 침울하게 앉아 있었다. 삶에 찌든 마흔 넘은 사내의 굽은 모습이 아니라, 달리다 길을 잃은 소년처럼 발그스레한 볼에 침통한 눈빛이었다. 그것은 10년 전 자신의 모습이었다. 하지만 아직도 정민을 좋아한다고 믿고 있고 나이도 한섭보다 어린 자신에겐 더 이상 저런 소년의 모습은 없을 것 같았다. 아니, 누가 저 나이에 저런 모습을 가질 수 있을까. 윤재는 묘한 질투심이 일었다.

「그래도 정민 씨를 기억할 수 있는 사람과 술을 마실 수 있어 다행입니다. 김 선생도 정민 씨가 떠난 곳을 모르는 모양이지요?」

「언젠가도 그렇게 훌쩍 사라졌지요. 그래도 다시 태연한 얼굴로 돌아옵니다. 그게 정민이에요. 어쩌면 이사장님을 피해 도망간 것이 아니라 정민이가 필요한 일 때문에 그냥 떠났을지도 모르지요. 정민이는 자신이 이곳을 떠난다는 생각보다는 일이 있는 곳으로 간 것일 겁니다. 아마 그럴 겁니다. 아, 그래요. 분명히 그럴 거예요.」

「그럴까요? 그렇다면 일만 끝나면 곧 돌아오겠지요?」 .

한섭은 시든 고추 모종처럼 숙였던 고개를 싱싱한 눈빛으로 끌어올리며 윤재를 바라보았다. 윤재는 그런 한섭을 보자 공연히 심술이 났다.

「하지만 그 일이란 게 얼마나 걸릴지.」

「하긴, 언젠가 텔레비전에서 보니까 어느 사진가는 아프리카 오지를 몇 년 동안 돌아다니고 있더군요.」

한섭은 눅눅한 한숨을 뱉어 냈다.

「절 불러내시기가 쉽지 않았을 텐데 별 도움이 못 돼서 죄송합니다.」

윤재는 이제 이 남자와 헤어져야겠다고 생각했다. 한섭과 마주 앉아 있으려니 자신의 속에서 무엇인가 점점 자라면서 속을 불편하게 했다. 그건 어쩌면 늪일지도 모른다고 생각했다. 자꾸 속에서 커가는 그것은 무겁고 끈적하게 윤재를 가라앉혔다.

늪은 계속 커갔다. 검고 반질거리는 윤기로 점점 당당해지는 그것은 사제처럼 근엄한 입으로 무어라 주문을 외우고 있었다. 그것은 여름날 녹은 콜타르처럼 점도 높은 언어로 그를 끌어당겼다. 그것이 뱉는 말은 느리지만 힘있게 윤재를 지배해 왔다. 그것은 아주 커다랗고, 달빛 받은 호수처럼 매혹적으로 빛났다. 호수는 점점 더 둥그렇게 커지면서 산처럼 솟아나기 시작했다. 그것은 곧 윤재를 덮칠 기세였다. 그 표면은 너무 빛이 나서, 검었음에도 은빛으로 반짝거렸고 암녹색의 고혹적인 눈빛으로 그를 바라보기도 했다. 점점 점점 늪의 산은 커지면서 윤재에게 달려들었다. 달려들면서 달려들면서 빛나는 그것은…….

윤재는 벌떡 일어났다. 꿈이었다. 옷이 흠뻑 젖어 있었다. 그는 일어나 주방으로 갔다. 냉장고를 열어 물을 마시는데 유빈의 방에서 현주가 뒤뚱거리며 나왔다. 그녀의 배는 만삭으로 커다란 산처럼 불렀다. 늪의 산처럼. 윤재는 마시던 물컵을 내려놓으며 현주의 배를 뚫어져라 바라보았다. 마신 냉수가 윤재의 몸속을 싸늘하게 훑고 내려갔다. 아주 느리게.

「어젠 누구랑 마셨기에 그렇게 엉망으로 취했어?」

한섭과 헤어지고 나서 윤재는 혼자 포장마차에서 소주를 마셨었다. 예의 바른 몸과 마음으로 술자리를 끝내고 싶지 않았다. 취해 미친놈처럼 차들이 사라진 거리를 달리면서 소리치고 싶었다. 할 수만 있다면 폭주족처럼 오토바이를 빵빵 울리면서 예의 바른 서울 시민이 사는 아파트 앞이나 청담동 주택가나 평창동 언덕길을 달리고 싶었다.

「동네 창피해 죽겠어. 어쩌면 그렇게 고래고래 소리 지르면서 노래를 부르고 와. 그건 노래도 아니야, 발악이지. 그렇게 발악하고 싶었으면 노래방에서 풀고 오든지, 뭐 하러 온 동네 사람들 다 깨우면서 그래. 그렇게 학교에 미련이 있으면 다시 나가. 가게는 내가 혼자 해도 될 것 같으니까. 본점에 있는 홍 사장도 가끔 와서 들여다보니까 어떻게 되겠지. 그래, 그래라. 어차피 이번 학기는 안 되는 거고, 나 몸 풀 때까지만 가게에 있어. 그다음에 자긴 다시 학교에 나가.」

윤재는 아무 말도 하지 않고 유빈의 방으로 갔다. 유빈은 벌써 놀러 나갔는지 보이지 않았다. 여느 방학 같았으면 여행이라도 며칠 갔을 텐데, 신통하게도 같이 여행을 갈 수 없는 상황이란 걸 녀석은 알았다.

윤재는 유빈의 침대 끝에 앉았다. 현주가 성에 차도록 잔뜩 들여놓은 동화책이며 우주 이야기며 위인전 등의 전집류가 책꽂이에 빼곡히 꽂혀 있다. 그중 절반은 현주의 언니 아이들이 쓰던 책이다. 만년 시간 강사 수입으로 감당하기에 아이들 책은 비쌌다. 유빈의 방에 있는 장난감 절반쯤도 다 그 집 아이들이 쓰던 물건들이다. 윤재는 유빈의 것을 온전히 채워 줄 능력이 안 되었다. 옷도 그랬고 신발도 그랬다. 하긴 나머지 반도 윤재가 채워 주었다 말할 수도 없었다. 현주의 수입이 윤재의 시간 강사 수입보다 훨씬 많았었다.

윤재는 유빈의 방을 휘 둘러보았다. 제 동생이 태어나길 목 빼고 기다리는 녀석은 가끔 현주의 둥근 배에 귀를 대고 아이의 심장 소리나 태동을 듣곤 했다.

「일요일인데 서둘러야지.」

현주가 뒤뚱거리며 들어왔다.

「난 일요일이니까 유빈이 데리고 조금 있다가 나갈게.」

속이 쓰렸다. 현주는 만삭의 몸으로 피곤했으므로 라면을 해장국 대신 끓여 주었다.

늦더위가 시작되려는지 아침부터 푹푹 찌는 날씨에 라면 국물에 코 박고 있으려니 윤재는 은근히 부아가 났다. 뭐라 싫은 소리 한마디 하려는데 뒤뚱거리며 싱크대에서 몸을 돌려 쳐다보는 현주의 배를 보고 말을 삼켰다.

아침을 거의 먹지 않은 채로 윤재는 차에 올랐다. 해가 중천에 있었기 때문에 아침이라 말하기도 쑥스러웠고, 아침부터 몰려온 늦더위도 이에 동의했다. 윤재는 유리문을 올리고 에어컨을 틀었다. 최강으로 올려진 에어컨 때문에 팔이 얼어 버릴 것 같았지만 내버려 두었다. 딱딱하게 얼어서 얼음처럼 파삭 깨져 보는 것도 괜찮을 듯싶었다. 윤재는 라디오를 틀었다. 랩이 찢어질 듯이 쏟아져 나왔다. 알아들을 수도 없는 소릴 지껄여 대는 젊은것들을 다시 라디오 속에 가두어 버렸다. 그리고 현주가 꽂아 둔 테이프를 밀어 넣었다. 양희은이 노랠 불렀다. 저 산은 내게 내려가라 내려가라 하고…… 윤재는 오디오를 껐다. 차가운 고요가 고드름처럼 뚝 떨어졌다. 심장을 정확하게 조준하고 떨어진 고드름 때문에 윤재는 통증으로 머리가 어찔했다. 달려왔으니 어디에든 하차해야 하리라. 어차피 원하는 정류장이 있는 버스 노선도 아니었다. 얼떨결에 버스에 올라타 여태까지 달려온 꼴이었다.

정민은 어떤 정류장에서 하차해 사라진 걸까. 그녀는 정말 이곳을 떠난 것일까. 한섭의 말대로 아프리카 오지를 떠도는 건 아닐까.

지난번 개업식 때까지도 정민은 별다른 기색이 없었다. 작별 인사도 없었다. 개업 준비 때 찍은 사진과 개업식 때 찍은 사진을 퀵 서비스를 통해 보내왔을 뿐이었다. 그때 그것을 보면서도 천천히 가져와도 좋으니까 직접 왔다 가지 하면서 조금 서운해했을 뿐이었다.

그 말엔 동의했다. 한섭이, 가끔 바라볼 수 있는 자리에만 있어도 될 듯싶었다는 그 말. 윤재에게도 정민은 그랬다. 더 이상 가까워질 수 없었으므로 일정한 거리 안에만 있어도 될 듯싶었다. 윤재는 정민이, 그리움을 조금씩 채울 수 있는 거리에만 있어도 만족할 것 같았다. 하지만 정민은 그러지 않았다. 그 거리에 있는가 싶으면 사라졌고, 사라졌나 싶으면 그만큼의 거리에서 보일 듯 말 듯 있었다. 정민은 늘 해소되지 않는 갈증이며 욕망이었다. 욕망이란 것은 무 자르듯 싹둑 잘려지는 것이 아니지 않은가.

정민이 사라졌으므로, 욕망은 증폭되었고 조급증이 일었을 것이다. 그래서 한섭이 부끄러움을 무릅쓰고 찾아왔을 터였다. 윤재는 그런 한섭에게 주먹을 한 대 날려 주고 싶었다. 그것도 아주 맵짠 주먹으로.

정민이 아무런 인사도 없이 불쑥 유학을 떠났을 때, 그 사실을 크리스마스 모임이랍시고 만난 코뿔소에서 처음 알았을 때, 윤재는 욕망덩어리가 치밀어 올라 주체할 수 없었다. 그것은 그리움이면서 증오이면서 사랑이었다. 그러나 지금 정민이 사라졌다는데도 그런 욕망덩어리보단 슬픔이 목울대를 눌렀다. 그때 코뿔소에 앉아 있던 순자도 이런 슬픔을 느꼈을지 모르겠다. 그리움이나 증오나 사랑이 아닌, 슬퍼졌다는 사실을 발견하고 윤재는 더욱 깊은 슬픔에 빠져 버렸다.

가끔 통증이 왔다. 꽁꽁 언 고드름이 정통으로 찌르고 간 자리에서 오는 통증이었다. 윤재는 말없이 견뎠다. 견딤도 그것을 이겨 내는 하나의 방법이었다. 윤재는 차츰 그것을 즐기고 있는 자신을 발견했다. 고통은 사는 방법의 하나였다. 한때 그는 무슨 일에든 고통도 없었고 애착도 없었고, 또 사랑의 절실함도 없었던 적이 있었다. 그때의 그 황량함, 모든 애욕이 사라진 그것은 사막이었다. 그러나 버려둔 황무지 어느 구석에선가 고통이 자라고 있지 않은가. 그것은 분명 자라고 있었다. 그 고통들 틈으로 구름 사이의 햇살처럼 가끔 뿌리를 알 수 없는 슬픔도 찾아왔다. 그것은 사막에 한때 부는 건조한 바람이 아니었다. 가슴 한쪽이 이미 눅눅하게 젖어 들고 있는 것이다.

소나기처럼 가슴의 통증이 몰려오던 날, 윤재는 현주를 싣고 병원으로 달려갔다. 현주는 의연하게 산통을 이겨 내고 있었다. 아주 조금씩 가을빛이 도는 가로수들 밑으로 샐비어가 핏빛으로 붉게 타오르는 거리를 달리면서 윤재는 한 손으로 가슴을 만졌다. 현주의 산통처럼 주기적으로 강도를 더해 가면서 통증이 몰려왔다.

현주는 딸아이를 낳았다. 현주는 늙어서 이야기할 동무를 얻었다고 좋아했다. 엄마에겐 아들보다, 부엌에서 음식을 만들거나 목욕탕에서 때를 밀면서 이야기를 나눌 딸이 훨씬 좋을 것이다. 때론 오이를 얼굴에 붙이고 나란히 누워서 졸음 사이사이로 즐거운 수다도 떨 수 있을 것이다. 어쩌면 아주 오랜 세월이 지난 후엔 같이 늙어 가는 여자로서 동질감도 있을 것이다. 윤재는 현주에게 꽃다발을 한 아름 안겨 주었다. 현주는 꽃다발을 받고 꽃보다 더 환하게 웃었다. 산고를 치른 현주의 얼굴에서 어미로서의 의연함과 따뜻함이 느껴졌다.

14

　지난날 연극판에서 이미 안 일이지만, 트렌치코트는 박동수에게 참 잘 어울리는 옷이었다. 그는 베이지색 트렌치코트에 옅은 감색 슈트를 입었다. 그는 두 눈을 살짝 감으며 정민에게 인사를 했다. 윙크처럼 날비린내가 나지 않으면서 나름대로 애교 있는 인사로 개발한 모양으로, 가끔 그는 정민에게 그런 식으로 아는 체를 했다.

　그는 바지 주머니에 손을 넣고 저쪽 멀리에 시선을 두었다. 그의 시선이 머무는 곳에서 로맨틱 튀튀처럼 다소 비현실적인 옷차림의 여자가 천천히 걸어왔다. 박동수는 천천히 그녀와 마주치는 방향으로 걸어갔다. 트렌치코트를 입은 박동수는 뒷모습도 보기 좋았다. 여자와 박동수는 거의 어깨를 부딪칠 것처럼 스쳐 지나갈 뻔하지만, 박동수의 걸음이 딱 멈추는 순간 여자도 걸음을 멈추고 눈이 화등잔만 해지면서 도망치듯 걸음을 빨리했다. 그러나 박동수가 여자의 팔을 낚아채는 것이 먼저였다. 여자는 거의 뒤로 넘어질 듯 버티면서 두려운 눈으로 박동수를 쳐다보았다. 여자의 얼굴은 점점 일그러졌고, 여자의 팔을 잡아끄는 박동수의 손엔 점점 힘이 가해졌다.

「당신을 배신한 게 아니에요. 오해, 오해예요.」

그러나 박동수는 뱀처럼 차가워진 표정을 일그러뜨리며 입술을 찢어 미소를 지었다. 여자는 거의 기절할 지경으로 숨을 몰아쉬면서 더욱 박동수에게서 떨어지려고 애썼다.

「컷!」

박동수가 여배우의 손을 놓고 일상으로 돌아오려는 순간, 두 배우들이 조명에서 빠져나오기 직전의 찰나를 놓치지 않고 정민은 찰칵, 맘 놓고 카메라 셔터를 한 번 더 눌렀다.

이제 작업은 종반으로 치닫고 있었다. 정민은 이미 리허설 때 여러 컷을 찍어 두었음에도 한순간도 놓치지 않으려고 신경을 곤두세웠다. 스틸 사진 메인으로서 처음 잡는 앵글이었다. 포스터 어시스턴트를 해보고 5년 만의 일이었다.

개인 작업이 아닌 팀으로 이루어지는 일을 정민은 좋아하지 않았다. 각기 성격들이 다른 사람들이 서로 어울려야 하는 작업이었다. 더구나 스틸 작업이란 것이 사진사의 독자적인 시선보다는 감독의 시선에 따라 움직여 줘야 하는 일이 더 많았다. 또한 동시 녹음 때문에 아무리 좋은 장면이 있어도 셔터를 아무 때나 누를 수 없기도 했다. 그래서 정민에겐 엔지 장면도 놓칠 수 없는 순간이 될 때가 있어서 신경은 늘 곤두서 있게 마련이었다.

그럼에도 스틸 작업은 수많은 장면의 연결 고리 속에서 그 영화의 에센스를 가장 농밀하게 순간적으로 담아내야만 하는 일이었다.

박동수는 어떤 구실을 붙여서라도 정민이 아니면 안 된다고 우겨 댔다. 정민은 그가 왜 굳이 자기를 고집하는지 알 수가 없었다. 이 바닥에 날고 기는 사람들이 얼마나 많은가. 남들이 박동수의 내연의 연인이냐고 수군댈 정도로 박동수는 정민에게 사사건건 배려를 아끼지 않았다.

정민은 그런 배려가 긴 치맛자락처럼 밟히고 거치적거려서 불편했는데, 박동수는 그런 정민의 사정 따윈 안중에 없는 듯했다. 마치 베풀고 배려해야만 하는 것이 자신의 소명인 양 그랬다. 처음에 정민은 자신과 하룻밤 살 섞은 일 때문인가 했었다. 그러나 그 뒤로 박동수는 정민에게 잠자리를 같이하자거나 보이지 않는 곳에서 허리를 휘감는다거나 기습적인 키스를 하는 따위의 비릿한 행위는 일절 없었다. 그는 마치 기사도 정신이 펄펄 살아 있는 중세 기사처럼 정민을 보호하고 배려하는 데만 열중했다.

이번 사진 건도 그랬다. 애초에 정민은 스틸 작업을 하지 않겠다고 했다. 영화에 따라서는 밤샘 작업은 물론이고 제작자의 의도라든지 감독의 스타일이라든지 등등 사진 외적으로 고려해야 될 일들이 많았다. 어차피 영화 제작사에 고용된 사람으로 개인적인 시각보다는 제작사의 의도에 맞는 사진을 찍어야 했다. 그런 일들이 정민에겐 벅찼다. 그리고 무엇보다도 영화판에서 스틸 사진은 들인 공에 비해서 거의 사장되고 마는 게 현실이다. 수천 컷을 찍어도 20여 컷만 살아남는다. 스틸 북을 만들어도 몇백 컷만 사용된다. 그러니 사진을 찍는 입장에서 그것은 아쉬움 이상인 일이다.

그런데 박동수는 감독에게 시사회 때 슬라이드 쇼를 제안했다면서 정민을 설득했다. 솔직히 슬라이드 쇼를 위해선 일이 만만치 않을 것이다. 슬라이드 작업을 따로 해야 하고 찍는 컷 수도 좀 더 많아야 한다. 쇼도 길어야 2~3분일 것이다. 언젠가 한번쯤 해보고 싶은 일이기도 했지만 영화판에서 스틸 사진 슬라이드 쇼까지 한다는 것은 아주 극히 드문 일이었다. 구미가 당겼다. 하지만 막상 일을 시작하고 나자 만만치 않았다. 무엇보다 영화가 코믹이나 액션 등 하나의 장르가 아니라, 로맨틱 코미디였다. 로맨틱과 코믹을 한꺼번에 정지된 컷에서 살려 줘야 하는 게 쉬운 일이 아니었다. 게다가 주인공이랄 수 있는 인물이 세 명이나 되었다. 자연히 집중력이 떨어질 위험도 있었다. 그런 판에 마케팅을 염두에 둔 인물 위주의 사진까지 찍어야 했으므로 쉽지 않은 작업이었다. 그나마 다행인 것은 박동수가 동료 배우들과 함께 사진을 위해 따로 포즈를 잡아 주기도 했다는 것이다.

이런저런 배려 때문에 불편한 것도 많았지만, 이 남자의 자상함 때문에 혹시 사랑에 빠질지 모른다는 우스운 생각도 든 게 사실이었다. 작업장에서 박동수는 매력 있는 남자임에 틀림없었다. 밤새워 달리거나 한 시간 이상 비를 맞고 나서도 그는 언제나 '노 프러블럼'이었다. 때로는 감독이 오케이 사인을 해도 모니터링을 하고는 다시 빗속으로 들어가기도 했다.

분명 처음엔 박동수가 먼저였다. 일로 만나긴 했지만, 시작은 박동수였다. 그렇게 생각해야 정민의 마음은 덜 상처받는 기분이었다. 그리고 누가 뭐랄 것도 없이 둘이 드라이하게 살 섞고, 여전히 정민의 마음은 그냥 그대로였었다. 그런데 박동수가 보이는 친절에 정민은 솔직히 당혹스럽다. 아니, 스멀거리며 자신의 마음속에 일어나는 불온한 무언가에 당혹스럽다. 거리는 그대로다. 박동수는 여전히 그 자리에 있다. 그럼에도 그는 과잉이라 할 만큼 친절하고 자상하다. 그리고 그것이 정민을 끌어당기고 있다. 아니, 정민이 끌리고 있다. 정민은 곰곰이 생각했다. 이 남자에게 끌리는 이유가 무엇인가. 두려웠다. 박동수의 인력에 갇힐까 봐. 그걸 사랑이라 여길까 봐.

믿은 대로 곧이곧대로 달려가는 자신을 누구보다 잘 안다. 성깔대로 추진력을 발휘하는 자신도 안다. 윤재를 사랑했을 때도 그랬다. 대학 내내 윤재 외의 남자를 남자로 여기고 만나 본 적이 없었다. 프랑스에서 외로움에 지쳐 미워한 남자도 윤재 하나였다. 그리워한 남자도 윤재 하나였다.

정민이 제일 두려워하는 것은 자신의 성격이었다.

「힘들죠. 그래도 이제 쫓날 날이 머지않았어요.」

비를 흠뻑 맞은 뒤 두꺼운 타월로 몸을 감싸고 박동수는 정민 옆에 앉았다. 그는 이를 딱딱 부딪치며 떨었다. 정민이 그에게 화툿불 가로 가라고 말했지만, 그는 그냥 씩 웃고 말았다.

「너무 무리하는 거 아니에요?」

그는 담배를 깊게 빨았다가는 훅 뱉었다. 푸른 연기가 천천히 흩어졌다.

「시사회 때 쥐구멍 들어가고 싶지 않아서요. 영화는 좋았는데 박동수 연기 때문에 잡쳤다, 이런 소린 듣지 않아야죠. 물론 박동수 연기 빼곤 볼 게 없다는 말도 별로지만요. 그건 시나리오나 감독을 선택한 내 눈에 대한 질책이니까요.」

정민은 그런 박동수를 바라보았다. 눈빛이 살아 있는 이유를 이제야 알 것 같았다. 이 남자가 나온 영화가 대박을 터뜨리는 이유가 무엇인지 알 것 같았다.

「십 년 넘게 걸려서 왔지만 무너지는 건 한순간일 수도 있잖아요. 어차피 대중들과 함께하는 일이란 게 그래요. 대중들이 생각 없이 마구 들뜨는 것 같지만 얼마나 냉철하고 냉정하게요. 굴러 떨어지지 않기 위해서 발버둥 치는 거예요.」

박동수는 이를 딱딱 부딪치며 웃었다. 자신이 말해 놓고도 쑥스럽다는 표정이었다. 그는 다 피운 담배를 땅바닥에 비벼 껐다. 평소에 잘 피우지 않는 담배인데 영화가 시작되면 몇 개비씩 피우게 된다며 또 웃었다.

진지한 얼굴로 코믹 연기를 해야 하는 그로선 어쩌면 당연한 일인지 모르겠다.

박동수가 메이크업을 고치러 이동 분장실로 들어가고 나자 정민은 형욱을 불렀다.

「필름통마다 기록 철저히 해둬라. 그리고 일산 스튜디오에 갔다 와. 은석인 포스터 일 잘되어 가나? 슬라이드 필름은 따로 분류 번호 매기고 있지?」

「네. 그리고 좀 전에 전화 왔는데요, 유한섭 씨라고.」

「그래? 왜?」

「꼭 연락 달라고요. 정말로 꼭 연락 달라고 몇 번 부탁했어요.」

정민은 시계를 보았다. 오늘 작업은 거의 끝나 가고 있었다. 이틀 밤을 새웠으니 오늘까지 늦도록 작업하지 않아도 될 듯싶었다.

「정말 거기가 한국이란 말이지요?」

전화기 속에서 한섭은 뭔가 놀랍고도 믿지 못하겠다는 말투였다. 작업 내내 정민은 휴대 전화를 꺼놓고 지냈다. 전화기 배터리를 빼 놓는 것은 종종 있는 일이었다. 일산 스튜디오 전화는 형욱이 휴대 전화로 연결해 놓았다. 그런데 뭐가 문제란 말인가. 그는 연락이 지독히 되지 않았다고 했다. 그래서 어디 먼 정글로 떠난 줄 알았다며, 마치 죽은 줄 알았던 사람이 살아 있다는 듯 감탄해 마지않았다. 정민은 한섭이 참으로 뜬금없는 사람이라고 생각했다.

정민에게 문화 센터 강좌를 중간에 떠맡기고 내내 골골하며 방황을 접지 못하던 선배가 절반쯤 시체가 된 표정으로 급기야 한국을 떠난 것은 반년 전이었다. 그의 작업실은 잠정적인 폐쇄 상태였는데, 정민이 영화 작업을 하면서 임시로 들어왔다. 청담동 거리에서 촬영하는 일이 많았는데, 마침 선배의 스튜디오가 그곳에 있었던 것이다. 선배는 이혼하면서 유일하게 건진 것이 스튜디오였는데, 그것에도 결국 정을 붙이지 못하고 떠나 버린 것이다. 언제든 돌아올 거리를 만들기 위해서라며 모든 것을 그대로 두고 떠났다. 모든 걸 다 버리지 못할 만큼 단단하지도 못했으면서 어쩌자고 방황을 그리 오래도록 하고 있는지.

한섭은 당장 이곳으로 오겠다고 했다. 그의 목소리로 보건대 정민이 있는 곳이 아프리카 희망봉일지라도 알기만 하면 당장 달려올 태세였다.

「여기가 서울인 건 분명하지만, 희망봉보다 더 먼 곳이에요.」

「무슨 소립니까. 정민 씨하고 연락이 안 돼 얼마나 애태웠는데요.」

「제 상태가 지금 그렇습니다. 일이 끝나는 대로 제가 연락드리겠습니다.」

정민은 전화기를 놓자마자 그대로 침대로 기어 들어갔다. 정상적인 시간 따위는 촬영장 밖의 일이었다. 그러므로 그동안 아침에 일어나서 일하고 저녁에 잠자리에 드는 일은 양반집 규수가 잡은 수틀처럼 차분하고 규칙적인 것이었다. 비록 일 때문에 스튜디오에서 밤샘 작업을 하거나 새벽부터 카메라를 잡더라도 그건 정민이 예측할 수 있는 일들이었다. 그러나 영화는 그렇지 못했다. 현장에서 수시로 바뀌고 새로운 일들이 무수히 터지곤 했다.

침대는 차디찼다. 벌써 겨울이었다. 시간이 흘러간다는 게 참 신기할 때가 있다. 원래 크리스마스 개봉에 맞추려고 했지만, 어차피 무리였다. 아무리 그래도 설날에는 개봉해야 했으므로 감독은 가파른 시간을 타고 있는 것이다. 결국 모두가 그 가파른 언덕을 올라가야 했다. 다들 녹초가 되었지만, 이 판에서 놀던 사람들에겐 일상적인 듯 그러려니 했다.

네거티브 필름과 슬라이드 필름을 함께 작업하고 있었으므로 정민은 더 고달팠다. 촬영이 끝나면 암실에서의 일이 또 남아 있다. 시나리오 순서에 맞게 슬라이드 필름도 재편집해야 한다. 어쨌든 일이 산더미다. 그러므로 한섭이 아니라 순자가 오늘내일한대도 움직일 수가 없을 지경이었다. 한 가지 일이 생기면 몰아쳐서 그 일에만 매달리는 게 정민의 성격이었다. 다른 것에 신경을 쓰고 싶지 않았다. 물론 시간을 내려면 얼마든지 낼 수 있다. 촬영이 스물네 시간 내내 쉬는 날 없이 이루어지는 것도 아니었다. 하지만 정민은 영화통 속에서 빠져나가기 싫었다. 게으르다고 생각은 했지만, 이런저런 일에 손댔다가 다시 몰입하기가 쉽지 않은 자신의 성격을 알기에 어쩔 수 없었다. 계절이 바뀌거나 꼭 필요한 물건이 있어서 일산 스튜디오에 들르는 일 외에 스틸 작업에서 멀어진 적은 없었다. 또한 그렇게 자신을 함몰시킬 만큼 흥미도 있었다. 의외로 자신이 여러 사람들과 꽤 잘 어울린다는 것도 이 작업을 하면서 발견해 낸 좋은 성과였다. 물론 박동수가 뒤에서 받쳐 주는 것이 만만찮게 도움이 되긴 했지만, 어쨌든 정민은 자신에게 가졌던 편견 하나를 덜어 내게 되었다. 그 것은 우물 밑바닥에 오래전에 떨구었던 금가락지를 건져 올린 일 같았다. 참 낯설고도 즐거운 일이었다.

너무 고단해서 에너지가 다 고갈되었다는 느낌이 들었다가, 촬영 장에서 카메라만 잡으면 다시 에너지는 충만해졌다. 사람이 에너지가 된다는 걸 정민은 처음 알았다. 영화 한 편 만들자고 수십 수백 명이 새벽에 모여들거나 밤을 꼴딱 새우거나 실컷 얻어터지거나 분장용 피로 범벅되거나 화장통을 들고 상시 대기하고 있거나 행인 1, 2의 엑스트라들로 촬영장 구석에서 쭈그리고 자고 있거나, 그들은 정민에게 에너지원이었다. 사람 사이에 섞여 있는 일, 그리고 그곳에 편안하게 함몰되어 있는 자신의 기이한 상태는 1천 미터를 전력질주 할 수 있을 만큼 들뜨고 활력적이었다.

형욱이 아침 당번인지 라면 냄새가 났다. 형욱이 할 수 있는 유일한 음식은 라면밖에 없었다. 은석이 아침 당번일 때는 미역국이든 북엇국이든 뭔가 국이 올라오지만, 형욱은 라면 국물이 곧 국이 되는 아침상을 차렸다. 라면에 밥을 말아 먹었다. 그건 은석 때문이기도 했다. 은석은 아침에 꼭 밥을 먹지 않으면 위장에서 대규모 반란이 일어나는 체질이었으므로 어떤 식으로든 아침밥은 먹었다. 정민은 주로 인스턴트 해장국을 끓였다.

앞으로 몇 신만 더 찍으면 현장에서의 일은 끝난다. 그것이 희망이면서 서운함이기도 하다. 은석도 형욱도 그런 기분인 얼굴이었다.

「단지 몇 개월인데 중독된 것 같아요. 조명에, 카메라 돌아가는 소리에, 큐 사인 소리에.」

아직 잠결에 잠긴 목소리로 은석이 말했다.

「프리랜서로 독립할 때 이쪽 일을 주로 해봐. 사람들 관계도 잘해두고. 뭐든 사람 사이의 끈이 중요하지.」

전화 나팔 소리가 울렸다. 형욱이 라면을 입에 넣다가 일어났다.

가끔 정민은 전화벨 소리에 너무 충실한 사람들 모습에 웃음이 날 때가 있다. 사랑하는 사람이나 부모님이 불러도 이보다 더 신속하게 응하지는 않을 것이다. 사람들은 전화기 부름에 제일 빨리 응답한다. 때로는 필사적이기도 하다. 화장실에서 옷도 올리지 않고 뛰어나오기도 한다.

오늘은 양수리로 달려가야 한다. 겨울 강바람에 다치지 않게 두터운 옷을 준비해야 했다. 손난로도 챙겨 두었다. 때로는 아주 무작정 기다려야 할 때도 있었으므로 군것질거리도 빼놓지 않는다.

「저······.」

전화기에 한참 매달려 있다 놓여 난 형욱이 뒤통수를 긁으며 난처한 얼굴이었다.

「왜?」

「아, 아니에요.」

정민은 형욱의 애인이 또 줄레줄레 따라나설 요량인가 보다고 생각했다. 언젠가도 영화 촬영하는 게 대단한 구경거리라고 눈치를 무릅쓰고 형욱의 옆구리에 착 붙어 따라온 적이 있었다. 영화 찍기 시작한 지 얼마 안 되어서의 일이었다. 늘씬하고 긴 다리 위에 짧은 타이트스커트 차림으로 왔는데 마침 별 재미 있는 것도 없어서 심드렁하게 있다가 간 뒤로 한동안 잠잠했었다. 그런데 영화 막판이니 아무래도 한 번쯤 더 구경 오고 싶은 모양이었다.

정민은 서둘렀다. 늘 그래 왔지만 촬영장에 먼저 도착해서 미리 준비해 둬야 마음이 편했다. 어차피 이 판의 주된 축은 사진사가 아니었다. 그러므로 시간이며 날씨며 혹은 배우들이 정민 위주로 움직일 수 없었다. 모든 상황을 다 수용할 수 있게끔 준비하지 않으면 안 되었다. 일에 있어서 정민은 그 일이 자기 위주로 흘러갈 수 있는가 없는가를 항상 염두에 두었다. 자기 위주로 흘러갈 일이 아니면 몇 배 준비를 더 해두는 게 그동안 터득한 요령이었다. 스튜디오에서 인물 사진 하나를 찍더라도 피사체의 상황에 따라 긴장도가 틀려지는 것은 그 때문이다.

겨울 강가는 쓸쓸했다. 빛이 그랬다. 계절에 따라 나무나 산만 변하는 게 아니다. 제일 먼저 변하는 건 빛이다. 햇살에 고적함이 배어 있으면 겨울이다.

주연급 배우 중에 박동수가 일착으로 왔다. 영화 찍는 내내 그랬다. 무서울 정도로 성실하고 철저한 사람이었다. 속속, 그날 신에 들어 있는 사람들이 오고 촬영이 시작되었다. 감독의 큐 사인 소리에 주위가 조용해졌다. 겨울 강바람조차 조용히 지나갔다.

정민은 배우들 표정보다는 전체적인 분위기가 잡힐 수 있는 곳에 자리를 잡았다. 사진사에게 한정된 포지션 중에서 고르고 고른 자리였다.

감독의 엔지 사인이 떨어짐과 동시에 누군가 정민의 어깨를 톡톡 쳤다. 형욱이었다. 그는 난감한 얼굴로 뒤통수를 긁더니 손가락으로 무언가를 가리켰다. 조금 떨어진 곳에 한섭이 서 있었다. 순간 정민은 못 볼 것을 본 것 같은 느낌에 얼른 고개를 외면했다. 카메라를 든 손이 아주 잠깐 바르르 떨렸다.

「안 된다고 했는데, 몇 번씩 하도 사정을 해서……. 어쩔 수 없이…….」

정민은 아무 말도 하지 않았다. 그는 다시 한섭을 돌아보며 고개를 숙여 알은체를 했다. 다시 감독의 사인이 떨어질 것이어서 그 자리에 붙박인 듯 선 채로였다.

「세상에서 제일 지루한 한 학기를 보냈어요.」

한 학기, 이 남자의 시간 단위는 학기구나 하며 정민은 새삼 이 남자가 몸담고 있는 시간 단위가 참으로 여유 있다고 생각했다. 그러면서 삶에 있어서 이처럼 규칙적인 프레임이 있는 것도 편리하겠다 싶었다.

「죄송합니다. 지난번 학교 홍보 자료 작업에 문제라도 있나요?」

한섭이 말했던 일들을 마무리해서 오케이 사인 받고 스틸 작업을 시작했었기 때문에 그쪽 일은 까마득하게 잊고 있었다. 그러다 이렇게 찾아온 한섭을 보고야 인쇄 과정에서 문제가 있었나 보다고 생각했다. 인쇄를 할 때 색깔은 아주 미묘한 차이로도 그 분위기가 달라지기 때문에 늘 신경 쓰는 문제였다. 그 일을 은석에게 맡겼었다.

「예. 좀 많았습니다. 그런데 도통 연락이 되어야지요. 어차피 입시 때라 이미 배포에 들어가서 이젠 어쩔 수 없습니다.」

정민은 일하는 데 있어서만큼은 누구보다 엄격하다고 생각해 왔다. 그런데 클라이언트 입에서 이런 말이 나올 정도라면 카메라를 놓아야 했다. 정민은 아까 한섭에게서 느꼈던 것이 이 문제 때문이었나 고개를 갸웃했다. 그땐 너무 놀라서 그냥 거의 반사적으로 고개를 돌리고 말았었다. 정확히 그것이 무엇인지 알 수 없었다. 다만 못 볼 것을 보아 버린 자의 당혹스러움일 뿐이었다.

「정말 죄송합니다. 원하시는 대로 다시 해드리겠습니다. 물론 비용은 받지 않겠습니다. 이 일이 곧 끝나 갑니다. 다시 찾아 뵐 테니 그때 구체적인 문제점들에 대해 이야기해 주십시오.」

정민은 박동수의 이야기가 떠올랐다. 시사회 때 쥐구멍을 찾지 않으려고 죽기 살기로 한다는 말. 그녀는 지금 쥐구멍으로 도망치고 싶었다. 늘 마무리까지 스스로의 눈으로 확인했는데, 이번 일은 그렇지 못했다. 은석을 믿었기 때문이기도 했지만, 이쪽 일에 대한 욕심이 더 컸었다.

「그 사진은 분명 잘못되었더군요. 도대체 그 사진 속에 정민 씨가 찍히지 않았는데, 난 그 사진 속에서 정민 씨를 자꾸 발견하니까요. 그러므로 애프터서비스해 줄 곳은 그 사진이 아니라 다른 곳이지요.」

한섭은 자기 가슴을 툭툭 손바닥으로 쳤다.

「유치하다는 그런 표정 짓지 말아요. 원래 유치한 거니까요.」

더 오래 있지도 않았다. 한섭은 차에 가득 실어 온 간식거리들을 내려놓고 자리를 떴다. 짧은 시간 동안 정민은 정체를 알 수 없는 당혹감과 프로로서의 부끄러움과 한섭의 간접적인 고백에 대처할 바를 모르는 어리숙함 따위가 한꺼번에 스치고 지나간 일이 마치 꿈처럼 아득했다.

정민은 명치끝이 따끔거리는 것에 신경을 쓰며 다시 카메라를 잡았다.

15

　중요한 것은 이생에서 그 결단이 이루어졌다는 것이다. 순자에게 그건 충격이었다. 그토록 간단한 것을 그녀는 평생 그리고 다음 생까지 걸쳐서 이루려 했다. 순자는 윤재의 소식을 듣고 둔기로 뒤통수를 얻어맞은 것처럼 몽롱해져 며칠 자리에서 일어나지 못했다. 두 다리로 디디고 설 힘이 없었다. 땅은 너무 단단했고 그녀의 다리는 이제 늙어 버렸다. 결단도 젊었을 적 이야기지 이제 순자에게 아무리 단호한 결단거리가 남았대도 죽음 이외의 무엇을 결정할 수 있으랴. 그 때문에 순자는 병명도 없이 앓아 누웠다. 아니, 죽음도 그녀 스스로 결단할 수 있는 것은 아니었다. 죽음이야말로 그랬다. 그녀가 할 수 있는 것이라곤 힘이 빠진 이 다리로 인해 주위에 피해를 입히지 않아야 한다는 안간힘과 기도뿐이었다.

16

문득 정신을 차리고 보니 한 해가 저물어 가고 있었다. 한여름에 비워 둔 집에 돌아온 것은 눈발이 희끗희끗 날리던 날이었다. 사람의 온기를 오랫동안 담아 보지 못한 스튜디오는 백치의 눈처럼 표정을 잃고 식어 있었다. 마당엔 은행잎들이 수북이 쌓여 있었고, 구석 화단은 전염병이 휩쓸고 지나간 듯 꽃들이 쓰러지지도 못한 채 서서 말라비틀어져 있었다. 집 안 곳곳엔 서걱이는 먼지들과 죽은 벌레 몇 마리와 옅은 햇살이 쓸쓸하게 스며 있었다. 집은 오래도록 외로움을 견뎌 내느라 안간힘을 쓰고 있었던 듯 시골 장터에 나온 영감처럼 추레했다.

집에 돌아와서도 문득문득 영화판의 사람들이 생각났다. 후속 작업으로, 슬라이드 필름을 시나리오대로 정리하거나 추려 내거나 혹은 찍어 온 사진들을 인화하는 일이 남아 있었다. 그래서 밤늦도록 필름 작업을 하고 아침에 일어나면 아직도 새벽같이 영화 촬영 현장으로 달려가야 될 것 같은 생각이 들곤 했다.

정민이 그런 관성에서 완전히 벗어나지 못하던 어느 날, 전화가 걸려 왔다. 이날 울린 스튜디오 전화벨 소리를 정민은 똑똑히 기억한다. 늘상 울리는 전화벨인데도 심상치 않은 기운이 느껴졌다. 밤샘 작업을 하고 다들 일찍 퇴근한 날이라 스튜디오는 비어 있었다. 정민은 빈 공간이어서 그런 모양인가 하면서도 냉큼 전화를 받기가 망설여졌다.

「여보세요.」

「어디 가지 않았구나.」

기가 다 빠진 순자의 목소리가 전화선 너머에서 들려오는 순간, 정민은 무릎에서 힘이 빠져나가는 것 같았다. 순자 쪽에서 전화를 했다는 생각이 들자 수화기를 잡은 손이 가늘게 떨렸다. 언젠가 박동수와의 인터뷰 때문에 먼저 전화를 걸어 온 이후로 처음이었다.

「어디 아파?」

「……」

「엄마, 어디 아파?」

「……아니야……. 저, 혹시…… 윤재…… 윤재 거기 있니?」

「윤재? 윤재가 여기 왜 있어?」

「그 처가 왔다 갔는데…….」

정민은 가슴 한쪽이 무너지는 전율이 일었다. 전광석화처럼 며칠 전 그가 한 말이 떠올랐다.

「고마워.」

얼마 전 막바지 작업으로 한창 바쁠 때, 윤재가 스튜디오로 찾아왔었다. 바람이 꽤 극성스럽게 처마 밑에 달아 둔 풍경을 흔들어 대던 날이었다. 덩달아 복순이도 컹컹 짖어 대서, 어쩐지 스튜디오 내부까지도 겨울바람이 휩쓸고 다니는 듯 한기가 들고 어수선했었다. 그는 정민이네가 다시 돌아온 것을 모르고 무작정 와봤다가 놀란 표정으로 들어왔다.

「언제 돌아왔어?」

밖에서 들어오는 윤재에게서 찬바람 냄새가 났다. 윤재의 얼굴은 평상시보다 조금 더 상기되어 있었다. 찬 공기를 가르고 와서 그런지 훨씬 생기 있어 보였다. 겨울 찬 공기의 맵싸함 때문인지 윤재의 눈빛에 청량한 젊음이 배어 있었다.

「너 참 좋아 보인다. 역시 돈이 좋긴 좋구나. 가게 잘되지?」

「어디에 있다가 왔어? 아프리카 정글 냄샌 나지 않는 것 같고.」

정민은 윤재의 어딘가가 달라졌다고 느꼈다가 헤어스타일이 바뀐 것을 늦게야 알아채고 깔깔 웃었다. 그는 어깨까지 내려온 머리를 위에서부터 층층으로 쳐내고 굵은 파마를 한 데다가 염색까지 했다. 염색은 한참 전에 했는지 머리 뿌리에서 손가락 두어 마디쯤 검은 머리가 돋아나 있었다.

「너희 엄마랑 같이하자고 꼬셨는데 나만 하게 됐어.」

「우리 순자 씨 잘 지내지?」

「그럴걸.」

「돈 버느라고 바빴구나. 나도 새해엔 가봐야지. 오랫동안 못 가봤으니. 이제 슬슬 순자 씨하고 싸움이 그리워지기 시작했어. 두 싸움닭이 볏을 세우고 싸워야 할 시기가 다가온 거지. 그나저나 너

머리 스타일 그렇게 하니까 정말 새롭다. 이게 너네 손님들 취향에 맞는 거니?」

「술이나 한잔 사라, 그렇게 좋아 보이면.」

「야, 돈 잘 버는 네가 사야지. 사장된 축하 턱 아직도 안 냈어.」

정민은 윤재가 참 많이 달라졌다고 느꼈다. 머리 스타일 하나가 이토록 사람을 달라 보이게 하다니, 놀라울 뿐이었다. 아니, 분명 그에게선 오래전에 익숙했던 무언가가 감지되었다. 만년 시간 강사의 피로감이 말끔히 벗겨지고 난 그 자리엔 잊혀진 듯싶었던 팽팽한 무언가가 아직도 남아 있었던 모양이다.

「엄마와 싸울 일이 그리워지는 거 보니까 내 걱정은 듣지 않아도 되겠네.」

정민이 가끔 들르는 카페에 앉자마자 윤재는 순자 이야기부터 꺼냈다.

「이 시간이면 가게 붐빌 시간 아니야?」

「정기 휴일.」

윤재는 발렌타인을 주문했다. 정민은 그런 윤재를 보고 또, 역시 돈 잘 버니까 틀려졌다며 농담을 했지만, 윤재는 그냥 씩 웃고 말았다. 순간 정민은 그런 윤재에게서 뭔가 빈 구멍을 보았다. 바람이 쌩쌩 드나드는, 메워도 메워지지 않을, 언젠가 정민에게도 아버지 영우로 인해 받은 상처가 점점 벌어져 끝내는 커다랗게 되어 버린 적이 있는 그런 구멍. 그리고 윤재가 스트레이트 잔을 한입에 톡 털어 넣으며 턱을 드는 순간 그 구멍은 확연히 드러났다. 그 구멍에서 맵싸한 바람이 일어 정민을 덮쳤다.

아버지가, 가난한 예술가며 낭만적이고 아름다웠던 아버지가 한낱 이기심으로 그득 찬 수컷의 하이에나로 변했을 때, 정민의 속에선 단단한 새순 하나가 불쑥 일어났었다. 그것은 놀라울 정도로 빨리 자라면서 상처를 내기 시작했다. 그것이 자라날수록 상처는 커졌고 그것은 어느 날 정민도 감당할 수 없을 만큼 독한 기운을 뿜어내기 시작했다.

한동안 그 독기를 잊은 듯했다. 잊으려 했다. 그 독기로 벼려진 칼날이 결국 스스로의 가슴을 겨눈다는 사실을 알기 이전에도 이미 힘들고 고단했기 때문이었다.

「네가 잘 살아서 다행이야. 새로운 일을 싫어하면 어떡하나 걱정했어.」

「퀵 서비스로 보낸 사진은 잘 받았다. 간직하고 싶은 것도 있어서 다행이야.」

윤재는 반쯤 찬 잔을 들고 빙글빙글 돌렸다. 정민은 윤재의 숙여진 이마에서 다 채우지 못한 욕망의 고단함을 얼핏 보았다. 정민은 그것이 아마 나이가 들어 가는 징조일 거라 생각했다. 결코, 늙어 죽도록 채울 수 없는, 이미 그것을 채울 방법을 놓쳐 버린 욕망의 흔적. 지금까지 고스란히 갖다 바친 학문에 대한 열정을 접기엔 너무 허무했으리라. 누군가 붙잡지 않는다면 오래도록 시간 강사로 늙어 갈 수 있을 만큼 그 일엔 열정뿐만 아니라, 이미 관성까지 붙었을 것이다. 무엇보다 순정 같은 20대를 온통 들어 바친 일이 아니던가.

「개업 준비 때 너랑 찍은 사진 말이야, 넌 사진 찍는다는 사람 표정이 그게 뭐냐. 잔뜩 굳어 가지고.」

「내가 찍히는 거 싫댔잖아.」

「그 사진 속에 내가 오래전에 가고 싶어했던 길이 찍혀 있더라. 참 새삼스럽기도 하지. 이미 가던 길 버리고 새 길로 접어든 마당에 옛날 옛적에 잠시 꿈꾸었던 길이 보이다니 말이야. 그땐 단순해서 아름다웠던 것 같아.」

정민은 윤재에게서 보았던 음험한 동굴이 어쩌면 착각이 아닐 수 있겠다는 생각을 했다. 정민은 그것이 무엇일까 생각했다. 현주의 아이일까. 그러나 그것은 이미 오래전에 접었을 터였다. 그랬기에 새롭게 일을 시작하고, 돈도 많이 벌고 싶다고 하지 않았던가. 아니면, 학교인가.

「채워지지 않은 욕망은 끝끝내 갈증으로 남아 있더라. 더러 사람들은 잊거나 포기하거나 그럴 텐데, 난 아마 미련한가 봐.」

「채워지지 않은 욕망이 뭐기에, 어차피 욕망은 채워지는 순간 또 다른 욕망이 생겨. 욕망을 채워서 해소시킬 순 없어. 어떤 욕망도 포만감으로 해결될 순 없을 테니까. 그렇다고 잘라 버릴 수도 없어. 그건 수도승들이 평생을 닦아도 쉽게 얻어지는 게 아니야. 결국 채워서도 고사로도 안 되는 게 욕망의 본질이지. 이미 너도 알고 그렇게 살아왔잖아.」

「그럴까. 널 사랑하던 욕망도 그랬을까. 여태 살면서 너와 같이 지냈던 건 단 사 년도 못 되는데 그게 내 삶에서 단단한 옹이로 박혀 있는 거 같아. 근데 그것이 해소될 수 없는 거라는 거지. 그냥 옹이로만 남아 있어야 한다는 거지. 너와 결혼했더라도 그것이 옹이로 남아 있었을까. 현주랑 함께 산 세월이 훨씬 많은데 그 옹이는 빠져나가지 않으니 말이야. 삶 전체로 보면 너와 내가 사랑했다고 믿는 그 시간은 순간일 텐데 그것이 전체를 지배할 수 있다는 게 참 모순 아니니?」
「우리 엄마 순자 씨가 그러더라. 놓으려니까 놓아지더래.」
「참 쉽구나.」
「네가 쥐고 있는 것은 이미 다른 것일 거야. 그걸 다른 것이라고 인정하기 싫어서 여태 쥐고 악착같이 우기고 있단 생각은 안 들어?」
박동수와 통쾌하지 못한 씹을 하고 났을 때, 정민은 자기 속에서 자라난 그것, 영우에 대한 배신감, 증오 따위의 것은 이미 다른 이름의 무엇이었다는 걸 알았다. 변질되었든 새로운 이름의 무엇이었든 어쨌든 그동안 자신의 속에서 뻣뻣하게 자라나던 것, 인간에 대한 불신, 아름다운 것에 대한 의심, 숭고함에 대한 비웃음 따위는 영우에 대한 증오가 아니었다. 그것은 영우에 대한 증오를 양식으로 자신에게서 발아된, 영우를 핑계로 떳떳하게 자란 자신의 비뚤어진 욕망이었다.
윤재는 탁자에 놓인 술잔을 만지작거리며 픽 웃었다.
「현주, 딸 낳았어.」
「…….」
「안심돼. 늙어서도 외롭지 않을 테니까.」
「다행이네.」
「날던 헬리콥터가 추락했으니, 너와 내가 어디서 진하게 얼크러질 수 있을까.」

「타임머신 속에서.」

「우리 타임머신 타지 않을래?」

「타임머신을 타면 난 싸움닭으로 변해.」

「그래도 좋아. 격렬하게 한바탕 싸우고 싶어. 싸운 순간이 오래도
록 힘이 될 거야.」

술을 털어 넣느라 들린 윤재의 턱에서 또다시 동굴 바람이 불어왔
다. 정민은 맵싸한 바람을 안고 사는 윤재를 품어 주어야 할 것 같았
다. 그건 그 동굴을 가슴에 품어 본 사람만이 알 수 있는 아픔이었
다. 한동안 그 동굴에서 웅웅거리며 바람이 울지 않도록 품어 주고
싶었다.

헬리콥터는 10여 년 만에 동백장으로 바뀌었다. 할아버지의 허백
련 그림이 코뿔소로 바뀌었다가 지친 늙은 여자로 바뀌는 것과 어떤
관계가 있는지 모르지만, 정민은 동백장으로 바뀐 헬리콥터에 올라
탔다.

윤재는 정민의 옷을 벗겨 주었다. 아주 천천하고 정성스러운 동작
이었다. 그가 정민의 블라우스 단추를 풀 때 정민은 윤재의 머리를
가슴에 품었다. 그에게서 10여 년 전 맡았던 스무 살 청년의 땀내가
아스라이 넘어왔다. 정민은 그런 윤재의 허리띠를 풀고 아직도 단단
하게 근육이 살아 있는 윤재의 몸을 만졌다. 언젠가 손가락을 꾹 찔
러 보고 싶었던 몸을 뜨겁게 천천히 자신에게로 끌어당겼다. 정민의
품에서 앳된 청년은 서른 중반의 사내로, 결코 재가 되지 않을 듯싶
은 탄탄한 사내로 되었다. 정민은 윤재의 뜨거운 애무를 아리게 받
았다. 겨울처럼 단단하게 얼어 있던 정민의 육체는 서서히 해토되기

시작했다. 하나하나의 세포, 골골의 얼었던 감정들은 윤재의 손에서 데워지고 뜨거워지고 해제되었다. 10여 년을 기다려 온 것이었다. 황사 바람처럼 서걱이지 않는 섹스는 정민의 몸을 동백꽃처럼 붉게 열어 놓았다. 동백은 헬리콥터처럼 거친 숨을 토해 내며 수직으로 빨려 올라갔다. 동백처럼 붉게 단 정민의 몸을 향해 급강하하듯 윤재의 숨소리가 터져 나왔다.

「고마워.」

눈빛이 얽히고 10여 년 만에 얽혔던 몸을 풀면서 윤재가 내뱉은 말이었다. 맙소사! 고마워? 사랑해도 아니고, 고마워라니.

정민은 클클 웃었다. 윤재도 따라 클클 웃었다.

사람의 살이 이토록 따뜻하고 포근한 줄 처음 알았다. 정민은 윤재의 살내를 다시 맡고 싶었다. 그의 따뜻한 허벅지 위에 다시 다리를 올리고 싶었다.

돌아왔다고 믿을 순 없었다. 그는 온전히 돌아올 수 없는 사람이었다. 그렇다고 이처럼 완벽하게 사라져 버릴 줄은 몰랐다.

「아직 백일도 안 된 아기를 들쳐 업고 왔더라. 기대한 것 같지는 않은데…….」

「어디 간다고 편지도 없었대? 그렇게 사라질 때까지 눈치도 못 챘대?」

겨울바람이 또 한차례 처마를 휩쓸고 지나갔다. 풍경이 기절할 듯 높은 소리로 몸부림쳤다. 겨울바람이 이는 허공을 가르고 헬리콥터 한 대가 눈부시게 비상하는 소리가 귓전에 웅웅 울렸다. 그 헬리콥터에 동백꽃 한 다발 흐드러지게 피어 있을는지.

일을 하면서도 문득 사람이 그립다는 생각이 들었다. 또다시 영화
판에서처럼 사람들 사이에 묻혀 있고 싶었다. 그들에게서 뿜어져 나
오는 열기에 마음을 녹이고 싶었다. 아무하고라도 접속하고 싶었다.
무릎을 맞대고 따뜻한 눈길을 주고받으면서 차를 한잔하고 싶었다.

정민은 카메라 가방을 들고 거리로 나왔다. 어깨를 잔뜩 웅크린
사람들은 눈길도 주지 않은 채 종종걸음으로 스쳐 지나갔다. 그들의
웅크린 어깨는 교신을 허락하지 않았다. 암전된 스튜디오처럼 카메
라 앵글을 도저히 맞출 수가 없었다.

겨울바람 같은 시간이 빠르게 지나갔다. 영화일은 이제 마무리되
었다. 쉬고 싶다는 생각이 간절했지만, 그새 박동수 화보를 또다시
찍었다. 그는 화사한 봄옷의 전령사가 되었다. 사람들은 그를 보고
한겨울 이불 속에서 봄을 찾을 것이다.

사람 사는 게 언제나 자기가 의도한 방향대로 흐르지 않는다는 건
알지만, 정민은 자신이 연예 사진을 찍게 될 줄은 정말 몰랐다. 어떻
게 셔터 누르는 소리에 빠져 있다가 보니 앵글에 잡히는 사람들이
그들이 되었다. 생리에 맞지 않는다고 거리를 두었던 일인데 어느새
자연스럽게 그 한가운데 서 있는 것이다. 그리고 이 일은 나름대로
매력도 있고, 생각했던 것보다 훨씬 잘 소화해 내고 있단 생각도 들
었다. 결국 그들, 상업 메커니즘의 한중간에 선 그들도 사람이다. 사
람은 정민의 가장 큰 주제가 아니었던가. 어쩌면 삶의 일부는 이렇
게 저절로 굴러가는 게 아닐까 하는 생각을 잠깐 했다.

역시 박동수는 대박을 터뜨릴 모양이다. 시사회장에서 박동수의
트렌치코트는 썩 잘 어울렸다. 더불어 정민의 슬라이드 쇼도 나름대

로 호평을 얻었다. 그리 흔하지 않은 일이라 매스컴에서 띄워 준 탓
도 있었다.

시사회와 약간의 매스컴의 집중이 지나고 나자, 영화를 보고 나온
한낮의 거리처럼 낯선 일상이 펼쳐져 있었다. 서먹한 일상의 한가운
데 한섭의 꽃다발이 한 아름 놓여 있었다. 분명 시사회장에서 그를
보지 못했는데, 아마 조용히 왔다 간 모양이었다. 그는 스튜디오로
꽃바구니를 보내왔다.

'영화를 볼 땐 흐르는 물처럼 지나가기에 몰랐는데, 정민 씨 사진
을 다시 보면서 배우들이 얼마나 풍부한 표정을 갖고 있는지, 감독이
의도했던 바가 무엇인지 오히려 선명하게 와닿았습니다. 구시대라
그렇다고 생각하진 않습니다. 가장 본질적인 순간을 정지된 프레임
안에 담을 수 있는 것의 힘이 어떤지, 그 화려한 스크린 속에서 깨우
쳤다면 아이러닌가요. 축하드립니다. 흔한 일이 아니란 걸 알고 일
부러 봤는데 참 잘했다 싶습니다.'

이메일은 요즘 한섭이 정민에게 열어 놓은 소통 수단이었다. 영화
일을 끝내고 스튜디오로 돌아오면서 정민은 매일 그가 보내온 메일
을 읽었다. 그가 메일을 보낸다는 사실은 선배의 스튜디오에서 알았
다. 하지만 열어 보지 않고 버려두었었다. 그땐 한섭의 메일뿐만 아
니라 사업상 꼭 필요한 곳의 발신지가 아니면 다 그렇게 내버려 두
었었다.

생각해 보면 한섭은 처음 만남에서부터 한 번도 정민의 생각대로
맞아떨어지는 사람이 아니었다. 처음 막연하게 중늙은이 거라 생각
했던 이사장 자리부터 그랬고, 5월 아침처럼 화사한 웃음 뒤에 있던

그의 삶도 그랬다. 매번 정민을 당황하게 하거나 혼란스럽게 만들었다.

이메일 건만 해도 그랬다. 처음엔 조금 귀찮은 감도 있었다. 하루에도 수십 통씩 날아오는 사업상의 메일은 물론이고 스팸 메일까지, 그것들을 하나하나 열어 보거나 혹은 열지 않고 곧바로 삭제해 버리는 일에 투자하는 시간도 퍽 만만치 않았다. 그 와중에 한섭의 메일까지 가세했으니 그리 달가운 일은 아니었다. 특별한 내용도 없어 보였다. 애절한 고백도 없었다. 맨 처음 변명 같은 구구절절한 메일을 제외하고는 늘 그랬다. 어떤 땐 특별한 날이 아닌데도 카드가 날아오기도 했다. 정민은 그 카드와 함께 들려오는 음악도 다 듣지 않고 닫아 버리는 날이 더 많았다. 또 어떤 땐 달랑 한 줄인 내용을 쓱 훑어보고 삭제해 버리기도 했었다.

그런데 요즘 들어서는 빼놓으면 안 되는 일과처럼 그의 메일을 확인하면서 정민은 또다시 의도하지 않은 물살이 오고 있다는 걸 어렴풋이 느꼈다. 그것이 한섭의 의도라면 일면 그는 성공하고 있는 것인지도 모른다. 그렇다 하더라도 정민이 한섭에게 새로운 감정을 갖는다거나 심정적으로 거리감을 좁힌다거나 그런 것은 아니었다. 순자 말대로 결핍, 인간에 대한 감정의 결핍인지 모른다. 그래도 정민은 자신이 원하지 않는 방향에서 천천히 달려오는 어떤 기운이 있다는 건 알 수 있었다.

한섭이 보낸 꽃바구니가 시들어 갈 무렵, 그에게서 전화가 왔다. 그는 대뜸 '정민 씨?' 하고 물었다. 휴대 전화에 한 것도 아니고, 스튜디오엔 늘 많은 사람들이 들락거린다는 걸 알 텐데도 그랬다. 마치 오래된 연인이기라도 한 것처럼.

「아, 역시. 정민 씨가 전활 받을 것 같은 예감이었어요. 이번 토요일에 시간 어때요? 제가 저녁을 사고 싶은데요.」

「무슨 일이라도…….」

「일이란 만들면 되지요. 다른 특별한 일 없으면 거절하지 말아요.」

그날 정민은 순자를 만나야겠다고 내심 생각하고 있었다. 순자를 찾아가 봐야겠다는 생각을 계속해 왔으면서도 쉽게 가지지 않았다. 마치 순자를 찾아가는 일이 숙제처럼 가슴 한편에 묵직하게 남아 있는데도 그랬다. 정민은 망설였다. 또다시 순자 만나는 일을 늦추면 안 될 것 같은 예감이 들었다. 지난번 윤재의 문제로 통화를 하고 한 번도 찾아가지 않았었다. 전화상으로도 순자의 건강이 썩 좋게 느껴지지 않았었다. 윤재의 느닷없는 증발 때문에 충격을 받은 것이 분명했다. 윤재는, 어쩌면 순자에게 윤재는 아들 같은 존재인지도 몰랐다. 정민보다 훨씬 더 피붙이처럼 굴었으므로, 내심 자신도 모르는 사이에 의지하고 있었을 것이다. 그게 전화상으로도 느껴졌었다.

「글쎄요…….」

「지난번 나에게 필름을 주었던 카페 기억나요? 거기서 다섯시에 기다릴게요. 그럼 그때 봐요.」

분명 한섭은 전화기를 반쯤 내려놨을 것이다. 정민은 서둘러 그를 불렀다.

「그럼 여섯시에 만나요.」

그 시간이면 순자를 만나고 갈 수 있을 것이다. 얼굴 보고 한 줌도 안 되는 그 몸피가 또 줄어들어서 가슴이 아프고, 그래서 공연히 시비를 걸고, 그러면 순자는 또 염장 지르러 왔냐고 받을 것이고, 그렇게 둘이 싸움질하듯 말을 섞고 나면 어느새 정민이 토라져 거친 인사말을 던지고 멀지 않은 산문까지 뚜벅뚜벅 걸어 나오는 게 다일 것이다. 그렇게 짧은 시간이면 끝날 순자와의 만남은 끝내 무위로 돌아갔다.

팔자에 없이 정민은 피사체가 되어야만 했다. 언제부터 후배로부터 인터뷰하자는 말이 있었는데, 정민이 거절해 왔었다. 그런데 그날 후배가 느닷없이 쳐들어온 것이다. 결국 오랜만에 일찍 퇴근하고 데이트를 하려고 잔뜩 벼르고 있던 은석이 카메라를 잡았다. 그는 전화에 대고 애인에게 한 시간쯤 늦겠다고 말을 했다.

아마도 시사회에서 슬라이드 쇼를 한 것이 그런대로 사람들 입에 오르내린 모양이었다. 사실 영화판에서 사진이란 그다지 눈에 띄는 것이 아니었다. 그러므로 딱히 사진에 대한 것보다는 슬라이드 쇼에 대한 사람들의 호기심이 더 컸을 것이다.

그리고 슬라이드 사진이 사람들의 관심거리가 되었다면, 그 영화는 이미 반쯤 성공한 것이라고 정민은 생각했다. 그것은 사진 자체가 주는 또 다른 매력도 있지만, 영화의 뒷맛이 좋다는 의미이기도 할 것이다. 정민의 입장에선 그렇다. 사진쟁이니 영화와는 또 다른 정지된 컷에서 느낄 수 있는 사진의 매력을 빼놓을 수 없겠지만, 영화가 끝난 뒤 올려지는 사진은 분명 영화에 대한 호감이 없으면 절반쯤 실패를 안고 들어가는 일이기에 그렇다. 정민은 뒷맛이 좋은 영화를 보고 나면 자막이 다 끝나도록 바라보다가 아주 느리게 영화

속을 빠져나온다. 따스한 감동이거나 슬픔이거나 호탕한 즐거움이거나 뒤통수 탕 치는 서늘함이거나 등등, 감정을 쉽게 떨치지 못하는 것이다.

오후가 되면서 흐린 하늘에서 눈발이 날리기 시작했다. 인터뷰를 끝내고 나니 눈은 제법 소담스럽게 내리고 있었다. 이런 날씨라면 예상했던 시간보다 좀 더 일찍 집을 나서야 할 것이다.

눈 내리는 서울은 서둘러 네온사인을 밝혀 놓았다. 강물은 어둡고 사람들 마음은 급했다. 젊은 애들을 상대하는 술집이 아니라면 이런 날 마셔야 될 술은 그대로 창고에 묻혀 있기 십상이다. 차들은 아주 소심해져 있고, 공기는 차고 습해서 사람들은 술마시기를 좋아하지 않을 것이다. 오랜만에 그들은 낯선 기분으로 일찍 집으로 돌아가 잠옷 차림으로 소파에 길게 누워 선잠에 빠져 들거나, 얼어 터진 길 위를 전조등 길게 켜고 낑낑거리는 차들을 텔레비전으로 보면서 쯧쯧거리거나, 로맨틱해진 아내의 투실한 엉덩이를 주무를 것이다.

짙은 갈색 롱 코트가 한섭의 옆자리에 얌전히 개어져 있는 걸로 보아, 그가 택시를 타고 왔음에 틀림없다는 생각을 먼저 했다. 그는 목까지 높이 올라오는 아이보리 니트를 입고 있었다. 소담스럽게 쏟아지는 눈 속으로 달려가면 딱 맞을 옷차림이었는데, 정민은 언뜻 이 남자가 마흔을 넘긴 것이 사실일까 생각했다. 카페엔 눈보라 따윈 별게 아닌 젊은이들로 북적거렸다. 지난번 조용했던 것과는 달랐다. 늙었거나 혹은 20대더라도 가정을 꾸린 사람들은 이런 날 이렇게 밖에서 시간을 보내지 않는다. 눈이란 이렇게 홀로인 사람들 가슴을 설레게 하며 내, 린, 다. 한섭은 내리는 눈을 헤치고 환하게 앉아 있었다. 정민은 그 눈밭을 지프를 몰고 달려온 길이었다.

「훨씬 좋아 보이는군요.」

한섭은 정민을 향해 손을 내밀었다. 그의 손은 따뜻했다.

「그동안 했던 일이 좋았나 봅니다.」

정민은 한섭이 말하려는 것이 무엇인지 알 수 없어서 그냥 눈웃음으로 넘어갔다.

「인사가 아니라 얼굴선 자체가 틀려진 느낌이에요. 헤어스타일은 그대론데……. 뭐가 틀려진 거지? 아무튼 좋아 보여요.」

정민은 꽃바구니를 고맙게 받았다고 했다. 그러고는 할 말이 없어졌다. 왜 만나자고 했는지 목적도 알 수 없었고, 어쩐지 속 깊은 곳에서 뭔가가 자꾸 꿀렁거렸다. 정민은 카페를 한번 휘 둘러보았다. 젊은 연인들이거나 젊은 친구들이거나 그들은 모두 축복처럼 내리는 눈에 들떠 있었다. 이 들뜸, 축복처럼 내리는 눈이라고 여기는 그들의 분위기 가운데 한섭과 둘이 앉아 있다는 것이 불편했다. 창밖은 여전히 눈이 내리고 있었다. 눈 쌓인 길은 곧 얼어 버릴 것이다. 아무리 자동차들이 달리며 길 위의 눈들을 녹여 버려도 이처럼 내리는 눈이라면 자동차도 어쩔 수 없을 것이다. 정민은 지난번에 챙겨 두었던 스노 체인을 차에다 실었던가 생각했다. 차라리 눈을 핑계로 약속을 미룰걸 하는 후회가 들었다. 꼭 필요한 일도 아니고, 연인들처럼 간절한 사이도 아닌데 어쩌자고 이 눈밭을 헤치고 왔을까.

「옛날 영화 〈칠 인의 신부〉라는 게 있어요. 그걸 고등학교 땐가 텔레비전에서 봤어요.」

「이렇게 눈이 쏟아질 때 불영계곡 고갯길을 넘은 적이 있어요. 사북 탄광촌 폐가들을 찍느라고 갔다가 동해안으로 넘어가던 길이었지요. 눈이 너무 쏟아져서 제설차들이 쓸고 가도 금방 눈이 또 쌓였어요. 도중에 돌아갈까 하는 생각도 들었는데 이왕 길 위에 선 거 그냥 가자는 심정으로 넘었어요. 그래도 바로 아래가 천 길 낭떠러지라는 생각이 떠나지 않더군요. 눈길에 미끄러져 본 사람은 그 대책 없음이 어떤 건 줄 알잖아요. 그런데 그 길을 무사히 넘고 나니까 동해안은 어찌나 맑고 청량하던지요. 그때 느낌은 안도감보다는 허탈감이나 배반감이 더 많았던 것 같아요. 그런데 가끔 그 길을 달리던, 기절할 만큼의 긴장감을 다시 즐기고 싶단 생각이 들어요.」

「아, 지프 차만 있으면 칠 인의 신부처럼 속절없이 눈 속에 갇히지 않겠다는 뜻이지요?」

「저도 그 영화 봤는데, 여자들을 가둔 건 눈이 아니라 사랑이지 않았나요?」

「그렇지요?」

한섭은 껄껄 웃었다. 낮으면서 무게 있는 그의 웃음은 마치 문제를 요령 있게 푼 학생이 대견하다는 듯 짓는 웃음이어서 정민은 공연히 대답했다는 생각이 들었다.

「그런데 그 길이 기계 때문에 망했어요.」

「예?」

「정민 씨가 나온 그 길이 혹시 동해안을 끼고 달리는 길 아니에요? 해안선 따라서…….」

「그럴걸요.」

「그 길을 한밤중에 달리면 참 좋았지요. 열린 창으로 가끔 바다 냄새도 들어오고. 근데 요즘엔 무인 카메라 때문에…….」

「속도광이세요?」

「가끔. 정민 씨가 눈 내리는 불영계곡 길을 다시 달리고 싶은 마음처럼요.」

5월 아침처럼 환한 미소를 짓는 남자가 바다를 끼고 미친 듯이 달린다? 정민은 한섭의 그런 모습이 얼른 그려지지 않았다.

언젠가 정민은 시속 2백 킬로를 넘게 달리는 차의 조수석에 앉은 적이 있었다. 한 스튜디오의 조수로 있던 때였는데 운전을 했던 사람과는 같은 일을 했었다. 유난히 스트레스를 잘 받고 예민한 사람이었다. 기억이 정확하진 않지만, 아마 분식집 벽에 걸어 두면 딱 맞을 사진들을 연방 찍은 뒤끝이었을 것이다. 그때 정민은 그 남자의 차를 얻어 타고 다니는 신세였는데, 그날은 같이 드라이브하자고 했었다.

정민은 손잡이를 손에 쥐가 나도록 잡고 자신도 모르게 그 남자를 바라보았었다. 그때 남자의 옆얼굴은 무표정했다. 그러나 그 무표정이 평상시의 것과는 참 달랐는데, 후에 생각해 보니 그것은 죽은 사람의 것이었다. 무겁게 가라앉은 채 굳어 있는 근육들. 삶의 흔적인 오욕이 엄청난 속도 속으로 빨려 들어가고 난 껍질뿐인 근육.

도시 위로 눈은 계속 내리고 있었다. 이러다간 아마도 대설 주의보가 내릴지도 몰랐다. 길이란 길은 다 막히고, 도시란 도시는 온통 눈 속으로 사라져 버릴 것이다. 그러면 젊은 연인들은 집을 잃거나 눈 위에 새집을 지어야 할지 모른다.

「저, 나 혼자만이라도 술을 마셔도 될까요? 정민 씨는 좀 그렇죠?」

음식 접시가 거의 비어 갈 무렵이었다. 아마도 한섭은 처음부터 술 생각이 있었는데 참다가 기어이 말을 꺼낸 표정이었다.

「제 스튜디오도 아닌데 술을 참고 있었단 말이에요?」

「사실은 이렇게 눈이 와서 정민 씨가 차를 가져오지 않았으면 했는데……. 칠 인의 신부처럼 눈에 갇힐 의향도 없어 보이고.」

정민은 하, 하며 웃었다. 한섭은 손을 들어 와인을 주문했다.

풍만하게 벌어진 와인 잔에 그린빛이 감도는 술을 보자 정민도 마시고 싶어졌다. 눈 내리는 도시를 내려다보며 느긋하게 한잔하고 싶었던 참이었다.

「어느 것에 갇힐 예정이죠?」

「어느 것에도…… 산간 오지를 카메라 하나 들고 다니면서 가끔 취하기도 했으니까요.」

「위험한 여자군요.」

「아뇨. 싸움닭이었어요. 언제나 세상과 싸우는 기분이었거든요.」

한섭은 정민을 가만 바라보았다. 정민은 그 눈빛이 버거워 어깨를 으쓱해 보였다.

「밖엔 소담스럽게 눈이 내리고 안엔 젊은 연인들로 들떠 있고, 그리고 정민 씨와 와인과 음악과…… 지나 버렸지만 크리스마스 같은 기분으로 건배해요.」

눈 내리는 산사의 풍경 소리처럼 두 개의 잔이 맑은 음으로 부딪쳤다. 그 소리가 눈 내리는 들판처럼 마음 한 자락을 푸근하게 가라앉혔다. 눈이 내리는 날 들판은 이상하리만치 고요하다. 평화! 다른

말은 필요없다. 사진을 찍기 위해 눈 속에서 시린 발을 구르고 추운
어깨를 웅크리고 있어도 눈 내리는 들판은 평화였다. 크리스마스 카
드 한 모퉁이에 아주 따스한 마음으로 장식하고 선 촌아이처럼 넉넉
하고 평화롭고 아늑하고.

향기로움이 목줄기를 타고 천천히 흘러내렸다. 정민은 눈 내리는
도시를 바라보았다. 아직 늦은 시각이 아니었으므로 사람들은 여전
히 북적거리고 네온사인은 화려하고 자동차들은 아주 느리게 일렬
로 달려가고 있지만, 들판처럼 고요했다. 정민도 편안하게 눈처럼 가
라앉는 기분이었다. 발끝으로 따스한 알코올의 기운이 스며들기 시
작했다.

「나가서 걸을래요?」

장독대에 쌓인 눈 같은 침묵을 밀어내고 한섭이 낮은 목소리로 말
을 걸어왔다. 정민은 깜짝 놀랐다. 사람을 앞에 두고 이토록 오래도
록 편안한 침묵에 빠져 있었다니.

눈발은 많이 약해져 있었다. 정민은 외투 깃을 올렸다. 빌딩 사이
를 헤매던 바람 한줄기가 휭 몰려왔다. 정민은 몸을 움츠리며 주머
니에 손을 찔러 넣었다.

「소주 한잔 더 할래요?」

한섭이 놀란 눈으로 정민을 바라보다가 아무 말 없이 앞으로 걸어
나갔다. 그러더니 뒤따라오는 정민을 향해 돌아섰다.

「갇히길 원한다고 짐작하지 마세요. 그냥 술을 좀 더 마시고 싶을
뿐이에요. 친구가 있다면 더 좋을 날씨잖아요.」

한섭은 정민이 다가오는 걸 기다렸다가 손을 벌렸다. 정민이 그

손바닥과 한섭을 번갈아 바라보자, 그는 '자동차 키요' 하며 싱긋 웃었다.

한섭은 제일 먼저 체인을 채웠다.

「멀리 가고 싶지 않아요.」

「멀리요? 그냥 눈 속일 뿐이에요.」

정민은 한섭이 체인을 감는 모습을 보며 잠시 망설였다. 한섭의 손길은 차분했고, 능숙했다. 그는 체인을 다 채우고는 추운데 그렇게 서 있었다며 핀잔 같은 소리를 하고는 마치 자신의 차처럼 조수석 문을 열고 정민을 기다렸다.

세 시간 남짓 달리는 동안 둘은 아무 말도 하지 않았다. 가다가 대형 할인 마트에 들러서 물건을 사느라고 몇 마디 이야기한 것 외에는 없었다.

「의왕에 선산이 있어요. 거기에 가끔 가족들이 모이기 좋게 작은 집을 하나 지어 놨거든요. 화려한 별장이라고 생각하면 실망할 거고, 잠시 쉬면서 선대들하고 이야기할 곳이지요. 나도 거기 묻힐 거예요.」

도시를 벗어나자 길은 갑자기 좁아지면서 어두워졌다. 눈 때문에 어둠이 두텁지는 않았지만, 차량 통행이 거의 없는 시골길이라 여차하면 논이나 밭에 처박히고 말 것 같았다. 그러나 한섭은 익숙한 길인 듯 같은 속도로 차분하게 달렸다. 긴 들판길을 지나자 작은 마을이 하나 마술처럼 나타났다. 외등 하나만 입구에 조용히 서 있는 마을은 이미 눈 속에 갇혀 침묵하고 있었다. 한섭은 그 마을 옆길로 조금 더 올라가서야 차를 세웠다. 그는 정민을 차에 둔 채 낯선 집 대문 벨을 눌렀다. 곧 맨발 차림의 여자가 웅크리고 뛰어나왔다가 놀란 모습으로 굽실 인사하고 다시 안으로 뛰어 들어갔다. 아마 열쇠를 받는 모양이었다.

몇 차례 공회전을 거듭하다 덜덜거리며 출발한 차는 조심조심 달려가다 멈췄다. 눈을 푹 뒤집어쓰고 고요히 잠든 집은 부스스 깨어났다. 흐린 외등 빛에 정민과 한섭의 발자국이 눈 덮인 마당 위에 추상화처럼 드러났다.

집은 한섭의 말대로 아주 소박했다. 텔레비전이나 잡지에서처럼 벽난로가 있고 샹들리에가 번쩍거리는 그런 집이 아니었다. 막 출근했다가 돌아온 집처럼 낯익고 일상적이었다. 한섭은 정민을 소파에 앉게 하고 부산하게 집 여기저기를 돌아다녔다. 보일러를 켜고 주방으로 들어가 할인점에서 사온 물건들을 담아 오고 방으로 들어가 옷을 벗어 놓고 정민에게 무릎을 덮을 작은 담요를 갖다 주었다. 그리고 전기난로를 정민의 곁으로 가져와 스위치를 눌러 놓았다. 주황빛 불이 점점 밝아지면서 따스한 온기가 전해졌다. 모든 것들은 정해진 순서처럼 자연스럽게 척척 이루어졌다.

「멀지 않은 곳이라 가끔 옵니다. 제가 좋아하는 곳이거든요.」

한섭은 얼음이 담긴 온더록스 잔에 술을 따르면서 웃었다.

「우리 할아버지가 이 싼 술을 좋아해요. 아까 장 볼 때 술도 사올걸 그랬나?」

술은 커다란 병에 담긴 짐빔이었다. 그러나 짐빔이건 막소주건 사실 술 마시고 싶은 생각은 여기로 달려오면서 사라졌다.

「사실은 아까 카페에 앉아 있으면서 이 집을 생각했었어요. 정민 씨가 아무 말도 안 하고 눈 오는 것만 바라보고 있을 때. 그런데 소주 한잔 더 하자는 말을 듣고는 이 집으로 온 거예요. 전혀 다른 생각인 것 같지만, 이 집 생각과 정민 씨가 조용히 앉아 있는 모습이 결국은 이렇게 만난 겁니다. 그렇게 앉아 있는 정민 씨가 이 집을 닮았단 생각을 했거든요.」

정민은 얼음이 풀린 술을 한 모금 마셨다. 목줄기를 타고 뜨거운 기운이 천천히 내려갔다.

「흔한 말이지만 때라는 게 있단 생각을 했어요. 내가 이십 대 때 정민 씨를 보았다면 그때도 정민 씨를 이 집과 닮았다고 생각했을까 하는 생각이 들더군요. 내가 처음 정민 씨를 본 순간, 나와 닮은 상처를 보았다고 한 말 기억나죠. 상처는 상처를 알아보지요. 이십 대 땐 나나 정민 씨나 상처 따윈 생각지도 못했을 거고요. 내 상처를 뚫고 정민 씨의 상처가 들어오는 순간…… 그게 때였을 거예요. 내 손에 새로운 열쇠가 주어진 때요.」

정민은 한섭의 차분하게 가라앉은 얼굴을 바라보면서, 동해안 국도를 2백 킬로 넘게 달리는 그의 모습을 그려 보았다. 그럴 수도 있을 것이다. 시간 속으로 맹렬하게 빨려 들어갈 수 있을 것이다, 저 얼굴로.

눈은 그쳤다. 눈이 쌓인 마당 위로 감청빛 겨울밤이 조용히 얼고 있었다.

거실 창으로 한섭과 정민이 앉은 풍경이 떠 있다. 정민은 거실 창으로 한섭을 바라보았다. 그리고 차가운 무언가, 유성처럼 날카롭게 선을 그리고 무언가가 떨어지는 것을 보았다. 정민은 얼른 고개를 돌렸다. 한섭은 소파에 몸을 묻고 조용히 앉아 있었다.

그때 한섭이 영화 촬영장에 찾아왔을 때도 이 낙뢰는 있었다. 너무 놀라서 얼른 외면해 버리고 애써 생각지 않았던 것이었다.

표준 매뉴얼을 적용시킬 수 없는 사람이란 건 진작에 알았다. 그렇더라도 지난번 이후로 그의 모습에서 순간적으로 스치고 지나가는 이것은 무엇일까. 낙뢰라고밖에 설명될 수 없는 이 기습적인 것.

정민은 다섯 잔째 술을 따랐다. 언제인지 한섭이 틀어 놓은 첼로 곡이 아주 작게, 끊어졌다 이어지곤 했다. 정민은 이상하게 아무런 말도 하고 싶지 않았다. 집은 첫눈에 포근했고 마당엔 감청빛 어둠에 물든 눈이 쌓여 있다. 그녀는 오래도록 자신이 태어난 집에서 이렇게 혼자 앉아 있다는 생각에 빠져 들었다. 정민은 좀 전에 한섭이 전기스토브를 한쪽으로 치워 놓는 것을 알 수 있었다. 실내는 충분히 훈훈해졌다. 나른함 속에서 첼로 소리가 자꾸 가라앉았다. 첼로 연주자가 힘이 빠져 가는 모양이라고 생각했다. 연주자에게 창밖의 눈을 한 줌 가져다 주어야지 생각했다. 감청빛 눈을 그의 이마에 대 주어야지.

정민은 화들짝 놀라 몸을 일으켰다. 눈앞에 한섭의 얼굴이 바싹 다가와 있었다.

「침대에 가서 자요.」

아마 깜빡 졸았던가 보았다. 정민은 시계를 보았다. 벌써 새벽 두 시가 지나 있었다.

「아, 집에 가야지.」

정민은 무릎에 덮여 있던 담요를 걷어 내고 핸드백을 찾았다.

「늦었어요. 어쩌면 길이 막혔을지도…….」

그러잖아도 정민은 눈처럼 두터운 나른함에 빠져 있었다. 모든 세포들은 휴식에 들어가 버렸고, 의식은 첼로 연주처럼 끊어질 듯 말 듯 몽롱해지는 중이었다.

17

 순자는 짐을 쌌다. 며칠 알 수 없는 이유로 앓고 나서 내린 결정이었다. 언젠가 이런저런 만남들과 좋아한 일들이 통장의 숫자처럼 채워지길 바란 적이 있었다. 그런 것들은 눈에 보이지도 않고 숫자로 채워지지도 않는 거라 허무해한 적도 있었다. 그러나 그런 것들도 세상 어느 구석엔가 쌓이는 모양이다. 놀랍게도 물리적인 형태로.

 순자는 새로운 일자리를 찾았다. 사찰 음식을 주로 하는 음식점이었다. 오랜만에 절을 벗어난 곳에 묵을 방도 얻었다. 단칸 셋방이지만, 그 방엔 여느 사람들처럼 텔레비전도 놓고, 사진도 놓고, 그리고 철철마다 갈아입을 색색의 옷도 걸어 놓을 것이다. 어쩌면 차 한잔 나누어 마실 새로운 이웃도 놀러 올 것이다.

 절로 들어가면서 버렸던 옷들을 순자는 다시 사들였다. 절에 수없이 드나들던 신도들의 옷을 보면서 별다른 생각을 품어 본 적이 없었다. 그러나 버렸던 것을 다시 살 때, 시장에 나가 옷을 몸에 대고 거울을 보거나, 온갖 색색의 것들을 고를 때, 순자는 처음으로 색깔을 발견한 사람처럼 놀랐다. 잿빛 몸뻬를 입고 산 세월이 긴 것도 아니었다. 6년 남짓일 뿐이었다. 그런데 모든 것이 새로웠다. 냄비 하나를 사도 새롭고, 정민을 염두에 두고 수저며 그릇들을 살 때도 새로웠다. 가깝게 지내던 신도가 집들이 선물이라며 예쁜 개다리소반을 주었는데, 자줏빛 옻칠된 그 상에 새삼 목이 메어 왔다.

세상은 컬러풀하다. 온갖 색들은 감동이다, 사람이다. 순자는 다시 사람들 틈으로 돌아왔다. 서로에게 상처를 주고 상처를 받으면서 얽혀 사는 사람들 틈이다.

순자는 출근하기 전날 대학로에 들렀다. 색색의 깃발 같은 사람들로 붐비는 거리는 젊었다. 그들은 바람에 몸을 나부끼듯이 자연스럽게 분위기에 휩쓸려 어울렸다. 누군가는 춤을 추고 누군가는 박수를 쳤다. 또 누군가는 벤치에 앉아서 서로의 몸들만큼 뜨거운 눈빛으로 이야기를 하고, 또 누군가는 혼자 멍청하게 앉아 있었다. 아직 찬바람이 쌩쌩 불고, 빈 가지에 겨울이 한 움큼 을씨년스럽게 앉아 있어도, 그들에겐 어떤 경고도 되지 못했다.

지하철 입구 벽마다 온통 연극 포스터들이 즐비하게 붙어 있었지만, 순자는 그것들에 붙어 서서 들여다보진 않았다. 여전히 지구는 돌아가고 또 연극은 무대에 올려질 터였다. 그 무대엔 오래된 늙다리부터 새로운 신참이 있을 것이고, 무대를 버리고 떠난 자들 중에도 오래된 늙다리도 있을 것이고, 새로 오자마자 떠난 신참도 있을 것이다. 관객들도 몇십 년 단골도 있을 것이고, 처음 쭈뼛거리며 연극을 보러 온 사람도 있을 것이다. 그리고 아주 오랜만에 친정 오라

비 얼굴 보듯 찾아온 순자도 그 틈에 있었다.

그런데 도통 예전의 대학로가 아니었다. 분명 활기가 넘치고, 연극은 여전히 공연되고, 은행나무며 벤치들이며 많은 것들이 그대로였다. 물론 새로운 공연장이 생기거나 이름이 바뀌거나 음식점이 새로 들어섰거나 없어졌거나 그런 문제가 아니었다. 그걸 트집 잡고 싶진 않다. 가장 핵심적인 무엇이 빠졌다. 그것을 볼 수 없어서 더욱 피곤하고, 그것이 없어서 더 힘들고, 그것이 없어서 예전만큼 다정하지 않았다.

음식을 만들다 보면 분명 양념을 제대로 다 넣었는데, 꼭 집어 말할 수 없는 빠진 맛이 있을 때가 있다. 그 음식에 대한 손맛을 잃어버린 것이다. 소금 몇 그램, 마늘 몇 쪽 하고 넣어서 만드는 것이 아니어서 손맛을 잃으면 그 빠진 맛이 무엇인지 쉽게 잡히지 않는 법이다. 새삼 이것저것 다시 양념들을 조금씩 더 채워 넣어도 그 맛은 도통 살아나지 않는다. 순자는 이미 대학로에 대한 손맛을 잃어버린 것이라 생각했다.

오랜만에 색색의 사람들 틈을 헤집고 돌아다녀서인지 무척 피곤했다. 매일 축제가 벌어지던 코뿔소에도 가고 싶었지만 다리는 늙었고 눈은 피로했다. 순자는 은행나무 밑 벤치에 한참 앉아 있었다. 팍팍해진 다리엔 좀체 새 힘이 오르지 않았다. 점점 구부러지는 등줄기로 회복되지 않을 것 같은 묵직함이 느껴지자, 순자는 천천히 몸을 일으켰다. 새로 얻은 단칸방으로 돌아가야 할 시간이었다. 얼른 가서 뜨끈하게 불을 넣고, 알록달록한 이부자리에서 한숨 푹 자고 싶었다. 겨울바람은 아직 차가웠다.

돌아오면서 순자는 자기가 연극을 보았던가 다시 생각해 보았다. 연극 제목도 생각나지 않았다. 발길이 닿는 대로 걷다가 사람들 틈에 서서 표를 끊고 연극 한 편을 보긴 했는데, 무대 위엔 영우가 없었다. 영우를 찾다가 시간이 다 지나 버렸다. 그러곤 연극 내용도, 어떤 배우가 나왔는지도 생각나지 않았다. 아마도 그 때문에 이토록 지치고 힘든 모양이라고 생각했다. 집으로 돌아와서 순자는 자장면 한 그릇을 주문했고, 그토록 영우가 싫어하던 텔레비전을 오랫동안 들여다보았다.

단칸방을 얻어 절을 나온 게 한 달이 다 되어 가는데, 느닷없이 정민이 전화에 대고 소리를 쳐댔다.

「도대체 하나밖에 없는 딸년 따위가 안중에 없다는 건 알았지만, 그래도 그렇지, 거처를 옮기면서 어떻게 말 한마디 안 하고 그럴 수가 있어. 혼자 죽어 나가도 모르게 할 심산이었어? 나이 들어 가면서 고집도 좀 꺾을 일이지, 무슨 놈의 고집이 나이가 들어도 그렇게 짱짱해. 만날 난 엄마에게 깍두기 신세지.」

절집을 나오면서 순자는 휴대 전화를 마련했다. 그리고 운주 보살에게 그 번호를 남겨 두었었다. 그렇게 마련한 전화기가 한 달 만에 처음 쏟아 놓은 소리였다. 생전 가야 울리지도 않을 것처럼 먹통이어도, 그래도 배터리만큼은 꼬박꼬박 갈아 두었었다. 주방에서 일할 때도 집게를 꽂아 행주치마 주머니에 넣어 두었었다. 그런데 한 달 만에 울리는 벨소리가 어찌나 크던지 나물을 데치다가 그만 뜨거운 물에 손을 집어넣을 뻔했다.

정민은 절집에서 순자가 그토록 끊으려고 해도 끊을 수 없다고 포기한 연(緣)이었다.

오로지 정민과의 교통만을 염두에 둔 채 마련한 휴대 전화가 울리던 날, 순자는 다리에 힘이 빠져서 주방 한쪽에 쪼그리고 앉았다.

「시간 있으면 엄마가 얻어 놓은 방에서 하룻밤 묵었다 가거라. 미리 전화하고. 여기는 매주 월요일이 쉬는 날이니까 일요일 저녁이면 더 좋겠지.」

따발총처럼 쏟아지던 정민의 말이 끝나자 순자가 말했다. 순자는 장롱 속에 새로 사둔 정민의 베개를 생각했다. 베개를 두 개 살 때 이불집 아주머니는 순자가 고른 하늘색을 보면서, 영감님이 쓰기엔 너무 곱다며 웃었다. 순자가 고른 분홍빛 베개와 정민을 염두에 두고 고른 하늘색 베개를 보면서 남녀 한 쌍이라 생각한 듯했다. 색깔에 임자가 어디 있으랴만 때때로 그렇게 본의 아니게 임자가 정해지기도 하는 모양이었다. 하기는 한때 잿빛이 자기 몫이라 생각한 적도 있기는 했었다. 이승과 저승의 중간적 삶의 색으로 여겼던 시절이었다.

문득 윤재가 생각났다. 아마 정민의 전화 때문일 것이다. 어디로 날아갔는지 윤재는 철저하게 사라져 버렸다.

「병법에서요, 가장 마지막 방법인 삼십육계가 도망이라는 게 재밌지 않아요?」

언젠가 탑돌이를 하던 그가 그렇게 말하면서 빙긋 웃던 모습이 떠올랐다. 그땐 시간 강사 생활로부터 도망치겠다는 소린 줄 알았었다. 피자집을 제의해 온 사람이 있다면서, 정말로 고단한 시간 강사를 미련 없이 접을 수 있을까 고민하던 때였다.

순자는 가끔 윤재의 생각으로 가슴이 서늘해질 때가 있다. 윤재는 신들린 것처럼 부처님께 절을 올리곤 했었다. 거의 무아지경에 이를 정도였다. 순자는 그런 윤재의 모습을 볼 때 안쓰러웠었다. 그러나 지금 생각해 보면 그토록 절을 올리고 그토록 탑을 돌면서도 끝내 떨쳐 버릴 수 없었던 그의 짐들이 가슴 아프다.

정민은 일요일 저녁에 순자를 찾아왔다. 굳이 식당으로 오지 않고 근처 찻집에서 기다렸다. 순자는 찻집에 물끄러미 앉아 있는 정민을 보면서 영우를 떠올렸다. 참 많이도 닮았다. 한때 영우를 사랑했던 유일한 흔적인 정민은 나이가 들수록 점점 더 영우를 닮아 가는 것 같았다.

「식당에서 밥도 먹게 들어오지. 나물들이 아주 맛깔스러운데.」

「득도하고 하산한 거야? 이왕이면 근사한 곳으로 하산할 일이지 어째 만날 주방만 빙빙 돌아다녀. 전생이 조왕신이었어?」

「설마 남들한테도 이렇게 시비 걸지는 않을 거고, 한동안 입이 근질거려서 어떻게 살았어.」

정민은 픽 웃었다. 나이 서른이 넘도록 허구한 날 청바지에 커트 머리라 가끔 스무 살 철없는 애로 보일 때도 있었다. 하긴 영우도 좀체 나이가 들지 않는 얼굴로 평생을 살긴 했었다. 그는 어쩌면 평생을 스물댓 살로 살았을 것이다. 외모나 행동이나, 그리고 열정이나.

겨울이 한층 눅지고 있었다. 밤바람이 살을 파고드는 기세가 그랬다. 하긴 낼모레가 벌써 입춘이다. 정민은 순자가 세 든 집을 냉큼 들어가지 않고 주위를 둘러보았다. 집집마다 옥탑방을 올린 고만고만한 단독 주택들이 밀집된 곳이었다. 그러니 정민의 차를 주차시키는 데도 한참 걸렸다. 순자가 얻은 방은 담장 끝에 낸 쪽대문을 열면 막바로 부엌이 나오는 곳이었다.

「버스로 한 번이면 식당까지 갈 수 있어. 정류장도 가깝고. 혼자 살기에 딱 좋다.」

「누가 더 뜯어먹겠다고 붙을 놈은 없겠네.」

「사흘 굶어도 도둑이 훔쳐 갈 게 있다는데, 무슨 소리야. 난 삼시 세끼 진수성찬으로 먹는다. 뜯어 가지 않아도 내가 주고 싶으면 다 줄 거야.」

「어이구, 어련하시겠어. 부처 났네, 부처 났어.」

정민은 오면서 장 보아 온 것들을 부엌 싱크대 위에 부려 놓거나 냉장고에 집어넣었다. 며칠 굶은 사람처럼 정민은 장을 푸지게 보아 왔다. 그것도 대개 즉석에서 해 먹을 수 있는 것들이었는데, 아마도 식당에서 대강 때울 테니 집에선 식사를 거를 거라 생각한 모양이었다. 정민은 심지어 전자레인지에 데워 먹는 밥까지 사왔다. 즉석 해장국, 즉석 미역국, 즉석 사골국. 그리고 족발에 소주까지.

순자는 옻칠된 개다리소반에 족발과 소주를 차렸다. 소주잔은 미처 장만하지 못했으므로 녹차 잔을 대신 올렸다.

「돼지 머리를 사올걸 그랬나. 우리 김순자 여사 돈 많이 벌어서 뭇 사람들 먹여 살릴 수 있게 해달라고 말이야.」

「오냐, 나가서 사와라. 그리고 돼지 콧구멍에다 백지 수표도 좀 꽂아 넣고.」

「백지 수표 달란 주인장 때문에 보류해야겠구먼. 너무 뻔뻔하잖아. 남들 뱃구레로 다 들어갈 돈이면서.」

「윤재가 족발을 좋아했는데.」

정민은 말없이 순자 잔에 술을 따랐다. 순자는 정민이 따른 술로 입술을 적셨다. 오랫동안 술을 잊고 살아왔기 때문에 혀끝에 닿는 소주가 독했다.

「너한테도 들르지 않았니?」

「부처 아줌마한테나 들렀겠지.」

정민은 귓바퀴에서 윤재의 숨결이 느껴지는 것 같아 몸을 부르르 떨었다.

너랑 있어서 안심이다.

언젠가 윤재는 그렇게 말했었다. 안심이라고.

「어디로 갔는지 모르지만 절은 하지 않을 거야. 언젠가 그러더라고. 절을 했더니 개똥만 싸더라고. 개똥 싸기 싫어서 달아났을 텐데, 뭐.」

순자는 정민이 말하는 걸 이해할 수 없었다. 하지만 윤재가 원하는 게 무엇이었는지 어렴풋이 알 수 있을 것 같았다. 순자는 옷이 흠뻑 젖도록 절에 매달리던 윤재를 떠올렸다.

「근데 무슨 맘으로 이렇게 이사를 한 거야?」

「득도.」

순자가 쿡 웃었다. 그런 순자를 보면서 정민은 어이없는 웃음을 보였다.

「어쨌거나 도피 생활을 마쳤다는 건 다행이야. 소위 패배 의식을 숨긴 사람들이 삶을 초월한 양 은둔자처럼 보내는 꼴이 못마땅했거든. 주둥이만 살아서, 입만 열었다 하면 인권이니 혹은 진정한 자아 성찰이니 운운하면서 말이야.」

「윤재도 그렇게 개똥 싸다가 포기한 거니?」

「그럴걸. 흉내에도 한계가 있을 테지.」

「너 참, 말 한번 야물딱지게 한다만…… 관둬라. 분명히 그건 네 편견이야. 스스로를 피곤하게 하고 스스로에게 상처를 입히는 그런 편견.」

「인정해. 내 주둥이도 만만치 않아.」

정민은 윤재가 떠난 자리가 이상하게 편안했다. 파리로 떠나면서 억지로 그를 떠밀어 버렸던 그때의 상처까지 편안해졌다. 언젠가 낯선 여관방에서 우르릉우르릉 소리를 내며 돌아오던 윤재는 어쩌면 정민에게가 아니라 스스로에게 돌아간 건지 모른다는 생각을 했다. 순자로부터 윤재가 사라졌다는 이야기를 듣고, 며칠 머리가 지끈지끈 아플 정도로 생각들이 얽혔다가 풀리면서 얻어 낸 결론이었다. 그러나 어쨌든 그건 윤재만이 알 일이었다. 그동안 현주와 그 아들과 살아 낸 세월을 어떻게 없었던 듯 지워 버릴 수 있을 것인가. 그 몫을 어떻게 감당해야 할 것인지는 여전히 남아 있을 터였다. 그곳이 설령 달나라일지라도. 그러므로 돌아간다는 말은 이미 모순일지 모른다.

순자는 아주 천천히 술잔을 비워 냈다. 오랜만에 혀끝에 닿는 알코올의 독함과 온몸으로 번지는 따스한 황홀이 기분 좋았다. 그리고 무엇보다 정민에게서 변화를 읽을 수 있어 좋았다. 예전의 정민이라면 순자가 얻어 놓은 집이 아무리 대궐이어도 코빼기도 내밀지 않았을 터였다. 게다가 순자를 배려한 음식들과 술에다가 하룻밤 한 이

불 속에서 잘 생각까지 했다는 건 분명 변화의 조짐 이상이었다.

「사진 찍는 게 그렇게 좋니?」

「얼마 전에 영화 촬영을 같이했거든. 영화를 찍는대도 나 같은 사진쟁이가 할 일이 있어서. 그런데 난 내가 사람들을 좋아하고 사람들하고 섞여 지내는 능력이 있다는 걸 처음 알았어. 역시 피는 못 속이는 모양이야. 아버지가 그랬잖아.」

「그렇지. 아버지가 좋아한 건 연극도 연극이었지만 사람도 무척 좋아했지. 어쩌면 그렇게 식당에서 사람들을 먹여 댄 것도 그저 사람이 좋아서였을 거다. 사람들을 와 몰고 와서 그들에게 무언가를 해줄 수 있는 것이 좋았던 거야.」

「그렇게 말 나오자마자 아버지를 감쌀 필요는 없잖아. 솔직히 아버지의 그런 행동거지가 온당한 처사는 아니었으니까.」

「넌 아주 어릴 때부터 사람들을 잘 따랐지. 사람들도 널 좋아했고. 아주 아기 때부터 그랬어.」

순자는 조금씩 오르는 취기 사이로 정민이 따박따박 걸을 무렵부터 영우 손을 잡고 극단 사무실을 따라다니던 때를 떠올렸다. 영우를 닮아 오뚝한 코와 커다란 눈망울을 가진 이목구비가 뚜렷한 아이였다. 심지어 어떤 사람들은 텔레비전에 내보내라는 말을 하기도 했었다. 게다가 낯을 가리지 않고 사람들을 잘 따랐다. 그 어린것이 어쩌다 눈앞에서 사라지면 행여 누군가 주머니 속에 넣고 사라졌을까 봐 불안해한 일이 한두 번이 아니었다. 이런 정민 때문에 더욱 영우가 단종 수술 받은 것이 서운했다. 이토록 어여쁜 아이를 단 하나만 주고 만 영우의 냉정함에 화가 나기도 했었다.

소주 두 잔에 순자는 다리를 뻗고 벽에 등을 기댔다. 정민은 상을 치웠다. 그러고는 이불을 폈다. 벽에 등을 기대고 앉은 순자는 정민의 행동 하나하나를 눈으로 쫓았다. 정민은 순자에게 이부자리에 누우라고 했지만 순자는 눕지 않았다. 누우면 그대로 잠들 것 같았기 때문이다. 정민이 담겨 있는 이 공간의 공기를 실컷 마시고 싶었다. 순자는 나가서 찬물에 세수를 했다. 이도 닦고 발도 닦았다. 늦은 겨울밤 찬바람을 뱃속 가득 들이고 두 팔을 휘둘러 보았다.

순자가 나간 사이 정민은 사진을 보았다. 얼마 전 정민이 찍어 준 영정 사진 옆에 영우와 나란히 찍은 사진이 다시 놓여 있었다. 절집에선 내놓지 않았던 것을 다시 꺼내 놓은 것이다. 영우는 부신 햇살 속에서 환하게 웃고 있었다. 20년 넘게 그는 그렇게 웃고 있다. 영우와 찍은 사진에서 순자의 얼굴은 너무 작았지만 그래도 젊었고 그녀의 고개는 영우를 향해 기울어 있었다.

「네 나이 때야.」

언제 들어왔는지 찬바람과 함께 순자의 말이 들렸다.

「사는 게 참 순간이다.」

「이 두 사진 사이에 무슨 일이 일어났을까. 엄만 밥만 푼 것 같아. 언제나 그랬던 것 같아. 내 기억에 항상 엄만 주방에만 있었으니까.」

「밥만 폈는데 벌써 한세월이 갔잖니. 더 늦기 전에 너도 누군가를 만나야 할 텐데. 난 내 인생에서 가장 맘에 드는 게 널 낳은 거야.」

「엄마 인생이 얼마나 초라한지 알겠네. 나같이 인정머리 없는 년을 낳은 게 가장 맘에 든다니 말이야. 솔직히 손영우를 사랑한 일이잖아. 하긴 그것도 결코 성공적이진 않았지만.」

순자는 씁쓸하게 웃었다. 순자와 정민은 벽에 등을 기댄 채 다리를 뻗고 나란히 앉았다. 가끔씩 뜨끈한 온돌방에 몸을 묻고 싶었던 정민은 방바닥의 온기가 좋았다. 작고 초라한 방은 참 편안했다. 정민은 얼마 전 편안했던 집을 떠올렸다. 이상하게 첫눈에 편안한 집이었다.

낯선 방에서 눈을 떴을 때 창문으로 배어든 푸른 새벽 기운은 정민의 이마를 명징한 맑음으로 적시어 주었다. 정민은 침대에서 일어나 거실로 나왔다. 한섭은 없었다. 주방에도 보이지 않았다. 거실 커튼은 열려 있었다. 밤새 하얗게 쌓인 눈 위로 한섭의 발자국 한 줄이 곧게 뻗어 있었다. 그는 아침 일찍 일어나 산책을 나간 모양이었다. 마당도 집처럼 소박했다. 우아한 자태를 드리운 소나무 한 그루 없었고, 어느 강가에선가 트럭이 기우뚱할 정도로 실어 내왔을 정원석도 없었다. 시골집 마당처럼 작은 관목 몇 그루와 봄부터 여름 한철 흐드러지게 꽃을 피웠을 화단이 눈 속에 묻혀 있는 게 다였다. 집은 산 아래 있었기 때문에 대문 너머로 뻗은 길과 마을이 한눈에 들어왔다. 지난밤 어렵게 차를 주차시킨 곳은 대문 바로 아래 축대였다. 그곳에서 정민의 지프는 눈을 뒤집어쓴 채 밤새 푹 잔 모양이었다. 눈은 한 점 흐트러짐 없이 차를 덮고 있었다.

정민은 돌아서려다 마을 끝에 나타난 사람 하나를 발견했다. 어제 한섭이 입었던 갈색 롱 코트가 아니라 검은색 점퍼 차림이어서 돌아서려는데, 그 검은 점퍼 어깨 위에 얹힌 기운이 낯설지 않았다. 정민은 가만 서서 움직이는 그 검은 점퍼를 바라보았다. 어깨를 약간 앞으로 구부린 채 고개를 숙이고 걸어오는 그 검은 점퍼는 느리게 이

쪽으로 오고 있었다. 그 어깨에 얹힌 기운, 정민은 영화 촬영장에서 한섭을 보고 날카로운 무언가에 움칠 놀라 고개를 외면했던 그때의 그것이라는 걸 알아챘다. 그때 이후로 가끔씩 명치끝이 따끔거리며 정민의 신경을 긁어 대던 바로 그 기운이었다. 정민은 순간 통증으로 허리를 구부렸다. 아주 오랫동안 정민의 명치끝에 굴을 파고 들어앉아 있던 무엇이 파장을 일으키며 통증을 불러 모으고 있었다. 그 안의 것들은 다시 똘똘 뭉치면서 경계 모드로 돌아서기 시작했다. 그 집은 더 이상 편안하지 않았다. 거실에 놓여 있는 소파, 몇 해전 할아버지 이사장 방에 있던 것을 옮겨 놓았다는 그 육중한 소파 같은 중압감이 뒷덜미를 타고 올라왔다. 머리는 아프고 명치끝은 답답하게 뭉치기 시작했다.

　정민은 돌아섰다. 그리고 좀 전에 빠져나왔던 침대로 다시 기어들어갔다. 정민은 모로 누워 다리를 모아 가슴께로 끌어당겼다. 그리고 손을 두 다리 사이로 넣었다. 갓난아이가 뱃속에 들어앉은 자세 그대로였다.

　주방에서 한참 달그락거리는 소리가 들렸다. 수돗물이 쏟아지고, 가스 불이 켜지고 도마질 소리가 들렸다. 한섭은 아침을 준비하는 모양이었다. 정민은 그렇게 태아처럼 웅크리고 누워서 한섭의 동선을 쫓았다. 얼마를 그렇게 소리에 귀 기울였을까. 한섭의 발걸음이 정민이 누워 있는 방으로 옮겨지는 소리가 들렸다. 한섭은 방문을 노크했다. 정민은 태아처럼 웅크린 자세로 기척 없이 그 소리를 들었다. 명치끝에서 미세한 통증이 다시 느껴졌다.

　「그 밥을 누가 다 먹었을까.」

「나.」

정민은 순자를 돌아보았다. 순자는 다리를 뻗은 편안한 자세로 정민을 마주 보며 웃었다.

「생각해 보니까 내가 다 먹었더라.」

「득도하긴 했나 보네.」

순자는 웃으며 정민의 손을 꼭 잡았다. 순자의 마르고 작은 손 안에서 정민의 손이 넘쳐 났다. 그래도 참으로 따스했다. 문득 윤재와 살을 섞던 일이 떠올랐다. 사람의 살, 살내, 그 따스한 기운. 문득, 결혼하고 부부가 되는 것은 이 온기를 나누기 위함일 거란 생각이 들었다. 섹스란 단란주점 화장실에서도 주고받을 수 있는 것이다. 하지만 이 온기, 살의 이 온기는 어떻게 주고받는단 말인가.

「하산한 김에 재혼이나 하지.」

「왜, 돈도 없이 늙은 엄마가 짐 될까 봐 무서워?」

「어떻게 알았어? 솔직히 그 짐을 어떻게 지고 가나 잠이 안 오는데.」

「걱정 마. 네가 먼저 결혼하면 그때 생각해 볼 테니까. 순서가 그렇잖아.」

「하이고, 손영우 못 잊어서 그렇게 재혼할 맘이나 생기겠다.」

「손영우? 손영우는 옛날에 지웠어. 널 못 지워서 힘들었지.」

「맙소사! 그 말을 믿으란 말이야, 정말로?」

「절에 들어가서 한 일이 그거야. 괜히 도 닦는다고 한 줄 알아?」

정민은 깔깔 웃었다. 정민은 숫처녀가 남자 뒤통수 한 번 보고 임신했다는 말을 들은 것처럼 자꾸 웃어 댔다. 정민의 웃음이 천장에

텅텅 부딪치며 흩어지다가 순자의 가슴으로 파고들었다.

다 덤벼!

사람들은 와 덤벼들었다. 그들은 축제처럼 즐거운 표정이었다. 그리고 앙다문 순자의 일상 속에서 그들의 축제는 매일매일 이어졌다. 때때로 그들의 축제는 과도하기도 했지만, 언제나 즐거웠다. 도대체 다른 사람들을 맘먹고 해칠 그런 사람들이 못 되었다. 함부로 악의를 품을 사람들도 아니었다. 그런 사람들이라면 돈도 안 되는 연극 따위에 목을 매지도 않았을 터였다.

그런데 무슨 심사였을까. 무슨 오만이었을까. 순자는 다 덤비라고, 모두 와서 다 가져가라고 목 놓아 부르짖고 싶었다.

그것은 절연(絶緣)의 몸부림이었다.

그때 영우와 함께 다정하게 사진을 찍고, 그리고 어느 순간엔가 영우에 대한 모든 것을 놓아 버렸을 때, 순자는 절연을 꿈꾸었다. 다 덤벼, 벌 떼처럼 덤벼. 그게 한 방법이야.

그렇게 순자가 다 덤비라고 오기를 부릴 때, 그것은 전생에서 이생에 이르기까지 행여 순자 자신도 모르게 지었던 인연에 대한 갚음이라고 생각했었다. 정말 너무하다 싶게 많은 액수의 외상을 지고 어느 날 훌쩍 날아가 버린 사람을 보면, 순자가 그에게 전생에서 그보다 더 큰 빚을 지었는가 보다 생각했다. 그래서 전생에서 순자가 진 빚을 다 갚을 만큼 외상을 지고 가길 바랐다. 이생과 전생에 걸친 빚 갚음이라 생각했다. 영우도 그랬다. 전생에 그에게 얼마나 큰 빚을 졌기에 이토록 오랜 세월 갚아야 할까 생각했다. 알뜰하게 갚아 주마 생각했다. 다 덤벼라, 전생과 이생에 걸친 모든 빚진 자들아.

하루 세끼 대웅전 마루에 엎디어 미친 듯이 절을 하기는 순전히 다 갚지 못한 빚 갚음이었으며, 또한 다시는 다음 생에서 이생의 누구와도 얽히지 않게 해달라는 기도였었다. 혹시 이생에서 처음 순자에게 빚을 진 자가 있다면 채무 장부 따윈 만들어 놓지 않게 해달라고 빌었다. 이생에서의 누구와도 채권자나 채무자로 남고 싶지 않았다. 무엇보다 자신의 제삿날 자신의 등에 졌던 짐 몇 곱절을 영우에게 보태 주겠다는 그 독기 오른 치부책부터 제일 먼저 버리려고 애썼다. 누구와도 다시 다음 생에서 얽히고 싶지 않았다. 그럼에도 끝내 다음 생에까지 그 인연의 끈이 이어질 것 같은 사람은 정민이었다.

그런데 이 좁은 소견머리에 충격을 준 사람은 부처도 아니었고, 스님의 설법도 아니었다. 같은 고통을 지고 간다고 믿었던, 심지어 선배로서 충고까지 아끼지 않았던 윤재였다.

윤재는 반란을 일으켰다. 분명 반란이었다. 순자에게 그건 충격이었다. 그토록 간단한 반란도 있다니. 윤재의 아내라는 여자가 아직 어린것을 들쳐 업고 왔을 때, 순자는 현기증으로 몸을 제대로 가눌 수가 없었다. 그 여자는 허둥대는 순자를 빤히 쳐다보았다. 허둥대는 네 꼴 속에 숨긴 것을 내놓으라는 듯 당돌한 눈빛이었다. 그녀는 끝내 정민의 이름까지 들먹거렸다. 순자를 찾아온 것이면서 또한 정민에 대해서도 알고 싶은 눈치였다.

「어제도 정민이는 다녀갔는데, 윤재에 대해선 별말 없었는데.」

순자는 그녀의 서투른 상상에 못질하듯 그렇게 말했다.

정민과 윤재가 연인 사이일지 모른다고 생각했었다. 도통 내색을 하지 않는 정민이었기 때문에 '네 애인이냐'고 묻지 않았다. 그러나 어미란 다 아는 법이다. 그러면서 내심 연극판으로부터 멀리 달아나게 만들었던 그 무엇인가를 윤재에게서 풀어내길 바랐었다. 그러나 무엇인지 알 수 없는 단단함으로 뭉쳐 있던 정민은 끝내 윤재에게도 그것을 풀어내지 못했다.

정민이 순자에게 한마디 상의도 없이 유학을 떠났을 때, 순자는 마음 한편이 허방으로 무너지고 있다는 걸 알았다. 돌아서던 정민의 등은 그만큼 단단하고 싸늘했다. 그런 정민의 뒷모습을 보면서 정민과는 또 다른 인연의 끈이 남아 있을 거란 생각이 들었다.

윤재는 순자에게서 무언가 위안을 받으려고 왔을 것이다. 그러나 위안은 순자에게 왔다. 처음 한동안 순자는 윤재에게서 아들의 듬직함을 느끼기도 했다. 그러나 단순히 듬직함으로 기대기엔 윤재는 상처가 많은 사람이었다. 순자는 윤재에게 알 수 없는 동질감을 느꼈다. 그것이 정민에게 상처를 주었거나 혹은 받은 것이라고 생각했다. 나중에 그 상처가 정민에게서 온 것만이 아니라 그의 아내에게서 온 것이라는 것을 알았을 때도 달라진 것은 없었다. 순자와 윤재는 서로 그 고통을 공유했고, 그래서 그들은 자주 만날 수 있었던 것이다. 그랬기에 순자는 아무 거리낌 없이 먹은 것이 똥이 되도록 절을 하라고 했다. 어느 순간 무애의 희열을, 또다시 그것이 착각이었다는 것을 깨달을지라도, 그것을 맛보고 그 힘으로 살아갈 수 있으리라 생각했다. 설령 그 경지까지 이르지 못할지라도 최소한 편안히 체념에 빠질 것이라 생각했다.

그런데 윤재는 삶이란, 이생이든 다음 생이든, 그렇게 채권 채무로 이어지는 게 아니라는 듯 훌쩍 자기의 또 다른 삶을 찾아 떠났다. 언젠가 순자가 정민에게, 사는 게 탁구대에서처럼 핑퐁핑퐁 주고받기로 이루어질 수 없다고 했던 말은 순자가 들었어야 할 말이었다. 이생이니 전생이니 운운했지만 결국 주고받고, 더 이상 줄 것도 없고 받을 것도 없게끔 만들겠다는 야멸친 생각으로 살아온 사람은 자신이었다. 그랬으므로 윤재의 비상은 순자에게 충격 이상이었다. 삶을 몽땅 헤집는 일이었다.

고통을 체념하지 못한 윤재는, 드디어 날아갔다. 날다가 똥통에 처박히든 푸른 창공을 유유히 날든 중요하지 않다. 그는 고통을 쌓아 직공처럼 날개를 짰으며, 그리고 훌쩍 날아가 버린 것이다. 그는 진정 존재했었던가.

윤재의 급작스러운 사라짐의 충격은 오래갔다. 아직도 순자는 윤재를 생각하면 가슴속에 응어리 하나가 굴러다니는 걸 알 수 있다. 그것이 무엇인지 알 수 없지만, 한이나 미움이나 사랑이나 혹은 충격으로 뭉쳐진 것이 아닌 것은 분명했다. 그것은 어떤 감정으로 쌓인 것은 아니었다. 어쩌면 다시 윤재가 눈앞에 나타나면 이 말을 해주고 싶은 건지 모른다.

「축하해.」

「뭘요?」

「그냥, 무조건 축하해. 그토록 젊은 나이에 놓을 수 있었잖아.」

바람이 잠겨지지 않는 쪽문을 흔들고 지나가는지, 덜거덩거리며 끽끽거리는 소리가 들렸다. 바람이 지나고 나야 그 잠기지 않는 쪽문은 늦은 비명을 지르는 것이다.

순자는 벽에 기댄 등을 일으켜 세웠다. 그녀는 정민이 펴놓은 이

불 속으로 몸을 눕혔다. 정민은 일어서서 불을 껐다. 정민이 순자의 이불 속으로 들어왔다. 달짝지근한 술 냄새가 정민의 숨 속에서 배어 나왔다. 순자는 정민을 향해 모로 누웠다. 정민이 품속에 들어올 듯 가깝게 누워 있는 것이 새삼 신기했다. 문득 정민을 태에 품고 열 달 내내 조심조심 살아왔던 지난 일이 바로 엊그제처럼 느껴졌다. 순자의 난자를 뚫고 정민이 안착되었던 그 순간이 없었더라면……. 때때로 순간이 얼마나 오랜 시간을 지배하는지, 언젠가 정민이 말했던 그 결정적인 순간. 순자에게서 가장 결정적인 순간은 영우의 뒤꼭지를 사랑했던 순간이 아니라, 정민이 순자의 태 속에 들어왔던 순간일 거란 생각을 했다.

「내일은 엄마랑 둘이서 사진이나 한 판 박을까? 속세 귀환 기념으로.」

정민이 순자를 향해 몸을 돌리면서 물었다.

「파마부터 하고. 염색도 좀 할까?」

골목에 늦겨울 바람이 지나는 소리가 간간이 들렸다. 쪽문은 닫히지 못한 채 여전히 덜거덕거렸다.

치 즈

초판 1쇄 발행일 · 2002년 7월 15일
초판 2쇄 발행일 · 2002년 7월 20일
지은이 · 이명인
펴낸이 · 임성규
펴낸곳 · 문이당

등록 · 1988. 11. 5. 제 1-832호
주소 · 서울시 성북구 동소문동 4가 111번지
전화 · 928-8741~3(영) 927-4991~2(편)
팩스 · 925-5406
ⓒ 이명인, 2002

홈페이지 http://www.munidang.com
전자우편 webmaster@munidang.com

ISBN 89-7456-188-3 03810

값은 표지 뒷면에 표시되어 있습니다.

잘못된 책은 바꾸어 드립니다.
저자와의 협의로 인지는 생략합니다.
이 책의 판권은 지은이와 문이당에 있습니다.
양측의 서면 동의 없는 무단 전재 및 복제를 금합니다.